KB271812

검명도살 劍影刀殺

몽월 新무협 판타지 소설

FANTASTIC ORIENTAL HEROES

검명도살 1

몽월 新무협 판타지 소설

초판 1쇄 찍은 날 § 2011년 6월 3일
초판 1쇄 펴낸 날 § 2011년 6월 10일

지은이 § 몽월
펴낸이 § 서경석

총괄팀장 § 유경화
편집책임 § 박우진
편집 § 주소영

펴낸곳 § 도서출판 청어람
등록번호 § 제1081-1-89호
등록일자 § 1999. 5. 31
어람번호 § 제2-2103호

주소 § 경기도 부천시 원미구 심곡2동 163-2 서경B/D 3F (우) 420-822
전화 § 032-656-4452 팩스 § 032-656-4453
http://www.chungeoram.com
E-mail § chungeoram@chungeoram.com

© 몽월, 2011

ISBN 978-89-251-2535-0 04810
ISBN 978-89-251-2534-3 (세트)

몽월 新무협 판타지 소설

겸명도살

 운명의 폭풍

도서출판 청어람

目次

序

　고향이다. 멀리 우뚝 솟아 흔들거리고 있는 불빛은 낙양의 자랑거리 팔각등(八角燈)이며, 유난히 붉은 등불이 일 장의 폭으로 나란히 늘어서 있는 곳은 유곽이 밀집되어 있는 채화로이다. 출사(出仕) 전 몇 번 채화로 출입 경험이 있는 탓인지 자신도 모르게 얼굴이 붉어진다. 화려한 불빛 사이로 움푹 꺼지듯 어둠이 지배하고 있는 동그란 곳은 백룡지(白龍池)일 것이다. 용은 떠나고 이름만 전해오는 낙양제일의 연못.

　백미사에 걸린 연등이 보이고, 망산의 거총(巨塚)을 밝히는 석등이 깜빡거린다.

　"헛헛!"

　자꾸 웃음이 나오는 것이 지나치게 흥분하고 있음이다. 하

긴 삼십 년 만의 귀향이니 어찌 가슴이 떨리고 입안에 침이 고
이지 않겠는가.

하후천은 흥분된 가슴을 진정하고 주위를 두리번거렸다. 어
둠만이 사방을 덮고 있을 뿐 아무도 없다.

"인석이!"

조금 전보다 더 짙어지는 웃음.

누군가를 떠올리고 있음이다. 모든 것을 주어도 아깝지 않
고 그저 생각하는 것만으로도 행복하게 만들어주는 유일무이
한 존재.

늦어도 술시(戌時)까지는 이곳 태봉령으로 아버지를 마중
나오겠단다. 밤길이고 하여 괜찮다고 했지만 한사코 나오겠다
니 막을 수 없는 노릇.

털썩!

그냥 갈까 했지만 자칫 길이 엇갈릴 수도 있어 잠시 바위에
앉아 기다리기로 했다.

아이들을 가르치는 것으로 족했다. 가난한 부모를 둔 탓에
일찍부터 학문과 멀어진 아이들을 데려다 넓은 세상을 설파하
고 꿈과 희망을 버리지 말 것을 강조했다. 학문이 있어 삶이
존재한다며 목청 높여 가르친 아이들이 하나둘 대처(大處)로
나가 벼슬길에도 오르고 명문가의 글 선생으로 들어가는 것을
보며 얼마나 흐뭇했던가.

그러나 운명이란 참으로 알 수 없는 괴물이었다. 자신에 대

한 소문이 그렇게 키운 제자들에 의해 퍼져 나갔고, 황궁에서 사람을 보내온 것이다. 몇 차례 거절했지만 신하 된 도리로 황제의 명을 언제까지 외면할 수는 없었다.

세자부(世子傅).

당시 세자의 나이는 다섯.

제대로 말도 통하지 않는 어린 세자였기에 함께 기숙을 하기도 했고 글뿐만이 아니라 때로는 친구가 되어 놀아주기까지 했다. 불행히도 황제가 일찍 붕어하는 바람에 아홉 살의 세자는 만인지상의 보위에 올랐는데, 그때부터 고난은 시작되었다.

세자를 끌어내리려는 자들과 그들의 음모에 맞서 방패 역할까지 해야 했던 처절한 사투는 권력에 대한 증오에 가까운 적대감을 잉태시켰으며, 하루라도 빨리 고향으로 돌아갈 날만을 기다렸다. 다행히 세자는 숱한 위험을 이겨내고 황실의 모든 권력을 틀어쥐었다. 역할이 끝나면 떠나는 것이 아름답다.

이립(而立)에 접어든 황제가 눈물까지 비치며 막았지만 끝내 하후천의 의지를 꺾지는 못했다.

멈칫!

하후천의 눈이 빛났다.

전혀 몰랐는데 좌측 오 장여쯤 떨어진 바위에 누군가 웅크리고 있었다.

자신과 반대로 소년은 낙양이 아닌, 낙양을 향해 올라오는 고개를 내려다보고 있다.

“소형제!”

다가가 묻는다.

소년이 고개를 들어 돌아본다.

어둠 탓인가, 유난히 맑은 눈빛을 가졌다.

“넌 누군데 여기서 뭐하느냐? 밤이 깊어가거늘.”

소년은 아무런 대답도 않는다. 단지 이따금씩 고개를 빼고 고개 아래를 내려다보는 것이 누군가를 기다리는 얼굴이다.

소년을 한참 살펴보던 하후천의 눈이 이채를 띤다. 학의 날개에 아무리 먹물을 칠해도 까마귀가 되지는 않는다. 누더기에 가까운 흑의를 걸쳤지만 어둠을 뚫고 쏘아가는 눈빛이 가슴 서늘하다.

벌떡!

소년이 용수철마냥 일어났다.

“에이씨, 오늘도 안 오잖아.”

소년은 성질을 부리며 다시 한 번 길 아래를 노려보더니 낙양을 향해 달려 사라졌다.

第一章

내 아버지는 잡객(雜客)

검명도살

검명도살

　내 나이 쉰.

　단 한 명의 벗만 남기고 이미 모두 저세상으로 떠났다. 모두 늙어 죽은 것이다.

　단명이라고?

　천만에 이 시대에 오십은 장수한 것이다.

　난 무인(武人)이다.

　그렇다고 강호에 이름을 날리는 유명한 종사(宗師)라든지 거목(巨木)은 아니다.

　단지 한 자루 칼에 의지해 비록 가난했지만 굶어 죽지 않고 오십 년을 살았으니 무인이라고 자부한다.

　혹시 사문이 어디냐고, 사부가 누구냐고는 묻지 마라. 난 누

구에게서도 무공을 배워본 적이 없고 가르침을 받아본 적은
더욱 없다. 기억이 시작될 때쯤, 그러니까 내 나이 일곱 살 때
부터 객점 점소이로 있었는데, 무인들이 술에 취해 싸우는 모
습을 보면서 그들이 펼치는 기예를 한 두어 수 훔쳐 배운 것이
차곡차곡 쌓여 생사결(生死決)이라는 이름을 붙인 도법을 만들
었다.

생사결.

생사결이라고 하니까 무슨 대단하고 폭발적인 도법으로 생
각할까 싶은데 절대 오해하지 말기를 바란다. 강함과는 전혀
연관이 없는, 죽기 아니면 살기로 살아가야 한다는 의지의 표
현으로 그렇게 지었을 뿐이다.

사람은 이름대로 살고 무인은 초식대로 산다고 하지 않던
가.

나에게도 꿈은 있었다.

한 자루 칼로 대강남북을 휘젓는 원대한 상상을 했고, 더 나
아가 내 이름을 따라 지은 문파를 하나 세워보는 꿈도 꾸었다.

그렇다고 나 또한 달마가 세운 소림이나 장삼봉의 무당처럼
그렇게 크고 무시무시한 문파를 만들겠다는 꿈은 아니다. 최
소한 내 성을 딴 문파 하나쯤은 만들어보겠다는 생각이다.

그러기 위해서는 무공이 높아야 했다.

강해지는 데 가장 빠른 지름길은 명문의 제자가 되는 길이
었다.

난 틈나는 대로 천하 각처에 퍼져 있는 명문들을 찾아다니

며 입문 시험을 치렀다. 명문들은 거의가 삼 년에서 오 년 터울로 한 번씩 제자들을 선발하는 입문시험을 치른다.

결론부터 말하자면 백스물세 번 도전하여 백스물세 번 실패했다.

하루에 세 곳의 문파를 도전할 때도 있었다. 한 곳은 걸리겠지 하는 것이 솔직한 내 마음이었지만 인생에서 혹시나는 없었다. 실력이 있으면 붙고 없으면 떨어졌다. 이 문 저 문 많이 찾아다니며 응시한다고 붙는 건 절대 아니었다.

나중에 이런 식으로는 안 된다는, 뭔가 잘못되었다고 느끼고 정신을 차렸을 때는 내 나이 마흔을 훌쩍 넘긴 뒤였다.

마흔에 이른 이름없는 무사가 할 수 있는 일이라고는 극히 제한적이었다.

잡객(雜客).

간단히 말하면 해결사이다.

잡객에는 세 가지가 있었다.

셋 중 가장 높은 급이 잡객이다. 그다음이 잡사(雜士)이고 가장 낮은 계급이 잡인(雜人)이다. 잡인은 일반 허드렛일을 거들어주고 먹는 부류라고 보면 된다.

잡객이든 잡사이든 잡인이든 하는 일은 거의가 엇비슷하다. 잠시 바쁜 일로 가게를 비우는 주인을 대신한다거나, 신법을 조금 펼칠 줄 아는 덕에 급한 물건을 배달해 주기도 하고, 이따금 채무 해결을 하기도 하는데 이건 무척 위험한 일이다. 남의 돈을 떼어먹고 갚지 않는 자들 정도면 상당한 악질이자 험악

하기 때문이다. 함부로 맡고 나섰다가는 당하기도 한다.

비록 잡객으로 살아간다고 해서 내 꿈이 영원히 사라진 건 아니다.

내 꿈은 여전히 유효하다.

개파(開派).

죽기 전에 반드시 내 이름 추작도로 된 문파 하나를 세우고 마는 것이다.

달마는 분명히 말했다.

—강호는 오십부터이다.

지천명에 들어서야 인생을 알 듯 강호 역시 쉰이 되어야 무공을 알고 제대로 된 이치를 깨닫는다.

그렇다고 그 말을 믿느냐 하면서 비아냥거릴 사람이 있을지도 모르지만 난 믿는다. 다른 사람이 아닌 달마가 허튼소리를 할 위인은 아니지 않는가. 혹자는 틀린 말 할 달마는 아니지만 그게 어디 쉬운 일이냐. 쉰이란 나이는 결코 적은 나이가 아니다. 무슨 얼어 죽을 꿈이냐고 하겠지만 난 절대 포기하지 않을 것이다.

언젠가 강호에서 추 씨로 시작되는 명문가가 도도하게 움직이는 모습을 보이고 말 것이다.

"에이, 성질나!"

저잣거리에 붙일 단전지(單傳紙)를 만들고 있는데 문밖으로부터 아들 산(山)의 목소리가 들려왔다.

덜컹!

난 방문을 열어젖혔다.

산이 씩씩거리며 샘가에서 찬물을 바가지로 떠 마시더니 돌아섰다.

"으헉!"

난 소스라치고 말았다.

아들 산이 코피를 흘리고 있었다.

"산아!"

난 맨발로 달려가 산이의 손을 잡았다.

"왜 이러느냐? 무슨 일이더냐?"

추산(秋山).

올해 열세 살이다.

지금으로부터 십삼 년 전, 내 나이 서른일곱 살 때.

아직 어둠이 걷히지도 않은 이른 새벽에 누군가 대문을 두드렸다.

보름 전 약초 장사를 하는 곡 대인으로부터 사건 의뢰를 받았다. 약초를 가져간 중상이 은자 백 냥을 떼어먹고 주지 않는다는 것이다.

받아주기만 하면 절반을 주겠다는 제의에 난 망설일 필요도 없었다.

무려 보름 동안을 쫓아다니며 갖은 협박과 위협을 해도 놈은 꼼짝도 하지 않았다. 급기야 온 가족의 몸에 화탄을 묶어

폭발시키겠다고 협박을 하자 그제야 돈을 내놓았다.

은자 오십 냥.

삼십칠 년 인생 중에서도 손가락으로 셀 정도밖에 만져 보지 못했던 거액을 쥔 난 밤새 마시고 새벽녘에 들어왔기 때문에 완전히 곯아떨어져 있었다.

그런 깊은 잠을 깨웠으니 곧장 핏대를 올릴 수밖에 없었다. 난 속옷 바람으로 누구냐면서 신경질적으로 문을 열어젖혔다.

정신을 차리고 봤는데 놀랍게도 화왕루 기녀 용월이었다. 용월의 품속에는 아기가 포대기에 싸여 자고 있었다. 용월이는 대뜸 나에게 아기를 던졌다.

난 얼떨결에 포대에 싸인 아기를 받았고, 용월이는 내게 못을 박듯 말했다.

"당신 아들이에요."

그 한마디를 남기고 용월이는 도망치듯 사라져 버렸다.

아닌 밤중에 홍두깨라더니 난 한참 동안 멍하니 아이를 안고 서 있었다.

남자의 본능은 어쩔 수 없었다. 혼인을 못했지만 가끔씩 돈이 생기면 화왕루를 찾았다. 화왕루에는 삼십여 명의 기녀가 있었으며 용월은 가장 못생겼기에 가격이 가장 저렴했다.

한 달에 한두 번 꼴로 용월을 찾았는데 갑자기 나타나 내 아이란다.

추산은 그렇게 내 아들이 되어버렸다.

용월이 나와 잠자리를 한 것만은 아닐 것이다.

솔직히 내 자식인지 무엇으로 증명한단 말인가.

아이의 웃음을 보았는가.

사람 미치고 환장할 노릇이었다. 데려다 주기 위해 포대기에 안고 나서기만 하면 날 보고 웃는데 예뻐 죽을 것만 같았다.

까르르! 까르르!

내가 까꿍이라도 하면 자지러질 듯 소리 내어 웃는 아이.

그렇게 하루 이틀 시간이 지나면서 나도 모르게 정이 들어버렸고, 어쩔 수 없이 키우고 말았다.

"내가 이대로 넘어가면 개다."

추산은 분을 못 이기겠다는 듯 이를 갈았다.

"누구냐?"

난 추산의 코피를 틀어막으며 분노의 외침을 터뜨렸다.

추산은 아비인 나의 손을 뿌리치며 말했다.

"두고 봐."

"누구냐니까?"

"차오."

"뭣이? 차오가?"

추산은 울분을 삼키며 자초지종을 말했다.

또래 친구들끼리 배전(盃錢) 놀이를 하고 있는데 차오가 나타나 은자 두 냥만 빌려달라고 했단다. 싫다고 했더니 부하들을 떼거지로 데려와 모두 빼앗아갔다고 한다.

배전놀이는 도박이었다.

작은 컵에 은자를 담아 흔들어 몇 개를 넣었는지 맞히는 것으로 아이들이 즐겨 한다.

이제 열세 살.

어린아이가 도박을 하는데 내버려 두는 아비가 있느냐고 반문하실 분이 있을지 모른다. 맞다. 분명 교육적으로 보나 인성적으로 보나 바람직한 것은 아니지만 어쩔 수 없었다.

아무리 먹고산다는 이유라지만 둘도 아닌 하나 있는 자식 내팽개치고 천하를 떠돌다 보면 내 기분 이해할 것이다. 그래서는 안 된다는 걸 알면서도 미안해서, 안타까워서 용돈을 주고 그 돈으로 무엇을 하든 가로막고 싶지 않다.

제대로 봐주지도 않으면서 간섭까지 하려 들면 아이가 말을 듣겠는가, 당신 같으면.

더구나 엄마도 없는 아인데 말이다.

"받아!"

난 소매에 감추고 있던 소도(小刀)를 꺼냈다. 비상시 사용하기 위해 항상 감추고 다닌다. 나만의 특별한 방법으로 숨기고 다니기 때문에 어지간한 눈썰미를 지닌 이나 고수들도 알아차리지 못한다.

칼을 내밀자 추산은 움찔했다.

"아비가 뭐라고 했느냐? 죽을지언정 맞고 들어와서는 안 된다고 했지?"

"그, 그래서 이 칼로 차오 형을 죽여?"

"사람을 죽이면 안 되지. 대신 찔러."

“찌, 찔러?”

좀체 놀라지 않는 추산이 작은 눈을 부릅떴다.

“아버지가 뭐라고 했느냐?”

“하, 한번 밀리면 계속 밀린다고 했어.”

“바로 그거다. 이번에 이대로 넘어가면 앞으로 차오는 계속 너희 돈을 뜯어갈 것이다. 그럼 끝없이 두들겨 맞고 빼앗겨야 한다는 얘기지.”

추산의 얼굴이 심각해졌다.

난 단호히 말했다.

“찌르되 죽지 않을 곳을 찌르란 얘기니라. 너의 배짱과 만만치 않음을 보여주란 얘기야.”

추산은 얼른 대답하지 않았다.

난 눈을 부라렸다.

“사내자식이, 다른 곳 찌를 것 없어. 허벅지 두어 방 찌르면 돼. 아마 그렇게 되면 절대 널 건드리지 않을 것이다.”

꿀꺽!

추산은 마른침을 삼켰다.

얼굴에 두려운 기색이 일렁거렸다.

“계속 두들겨 맞고 돈 빼앗길 거야?”

“미쳤어.”

“뭐해? 어서 가.”

난 칼을 쥐어주었다.

“뺏고 살지는 못해도 빼앗기며 살면 안 되지.”

칼을 받아 쥐었지만 추산은 돌아서지 못했다.

"네 이놈, 사내자식이 그게 뭐냐? 아버지가 뭐라고 가르쳤느냐? 한 대 맞으면 무슨 수를 써서라도 두 대를 때리라고 했지 않느냐?"

"이, 이건 칼이잖아."

"그러니까 허벅지만 찌르란 말이야."

"허벅지 찌르면 안 죽어?"

"안 죽어. 만약 다녀오지 않으면 앞으론 용돈 없어."

추산은 한참을 망설였다.

내 눈에서 싸늘한 기운이 걷히지 않자 도저히 안 되겠다 싶었는지 이를 깨물었다.

"알았어. 갔다 올게."

"장하다."

탁탁!

난 어깨를 두들기며 용기를 실어주었다.

추산은 칼을 옆구리에 찔러 옷으로 덮더니 다녀오겠다면서 나갔다.

후레자식이란 말을 들어보았는가.

배운 데 없이 막 자란 버릇없는 자를 일컫는 말인데 좀 더 깊이 파고들면 홀아비 자식이라는 말이다.

홀로 산 아비가 어미 없이 키운 자식이 불쌍하여 오냐오냐하면서 키우다 보면 교양이나 버릇 따위가 없어져 제멋대로 성장할 수밖에.

　나 또한 경박하거나 어른을 몰라본 녀석들에게 후레자식이란 욕을 한 적이 있다.

　그런데 내가 홀로 아들을 키우다 보니 홀아비, 홀어미의 마음을 이해하게 됐다.

　홀로 키우다 보면 유난히 더 애잔하고 불쌍하다. 미운 놈 떡 하나 더 주고 예쁜 놈 매 하나 더 준다고 하지만 절대 그렇게 되지 않는다. 불쌍해서 더 봐주고 안타까워서 혼을 내지 않다 보니 아이는 막 자랄 수밖에 없다.

　난 추산의 뒤를 조용히 따라 나갔다.

　도박장은 푸른 연기로 가득 찼다. 모두 아편을 태울 때 피어나는 연기다. 아편 연기는 나무를 태울 때 생겨나는 연기와 달리 푸르고 몸에 달라붙을 만큼 끈적거린다.

　발 디딜 틈조차 없을 만큼 도박장은 사내들로 붐볐다. 가장 기초적인 도박인 배전을 비롯해 주사위, 마작, 반상(般床) 등 다양한 종류의 도박이 벌어지고 있는 가운데 차오의 입에서 거친 욕설이 튀어나왔다.

　"우라질!"

　그는 지금 반상 도박을 하고 있는데 반 시진도 채 못 되어 은자 백 냥을 잃었다.

　반상은 거대한 원판을 돌린 후 액수를 찍어 맞히는 도박이다. 가장 많은 액수를 찍은 만큼 작은 액수를 찍은 사람들이 돈을 거둬주는 아주 단순하지만 판이 크고, 한 판에 복수를 할 수 있다는 이점으로 인기가 좋다.

“차오 형!”

차오 부하인 이충이 다가와 귓속말로 뭐라고 속삭였다.

차오의 이마가 찌푸려졌다.

“그 자식이 왜 날 찾아?”

“할 말이 있답니다. 잠깐이면 된다는데요.”

“들어오라고 그래.”

“싫답니다. 문밖에서 보자는데요.”

“뭐하자는 거야.”

탁!

손에 쥐고 있던 전표를 탁자 위에 놓으며 말했다.

“잠깐 네가 하고 있어.”

“겸사겸사, 쉬십시오. 끗발이 내리막일 때는 잠시 뒷간에 가서 만지기도 하시고요. 흐흐.”

사내가 자리에 끼어들었다.

차오는 수하에게 판을 맡기고 입구를 향해 걸어갔다.

“벌써 털리고 가는 거야?”

“그냥 가면 안 되지, 인간 차오가.”

여기저기서 사내들이 아는 체를 했다.

카악!

차오는 바닥에 침을 뱉으며 문을 열고 나갔다.

문밖은 복도로 이어졌는데 좌측 끝에 추산이 서 있었다.

차오는 주머니에 손을 넣고 인상을 쓰며 다가갔다. 추산은 우두커니 서 있었다.

가까이 다가간 차오는 적의를 발산하며 물었다.

"뭔데, 인마."

크흥!

이번에는 한쪽 코를 막고 코를 푼다.

"바빠. 왜 보자고 한 거야? 돈이라도 더 대주려고?"

히죽 웃는 차오다.

추산은 나직이 불렀다.

"형!"

꿀꺽!

추산의 얼굴에 긴장의 표정이 떠올랐다.

"빨리 가봐야 해, 인마. 용건이 뭐냐니까?"

추산은 더듬거렸다.

"내… 내 돈 돌려줘. 아까 빼앗아간 거."

"뭐?"

어이가 없다는 듯 차오의 눈이 커지더니 이내 인상이 구겨졌다. 가뜩이나 돈을 잃고 있는 마당이었다.

"이 쥐방울만 한 놈이 미쳤나?"

퍽!

주먹으로 머리를 한 대 쥐어박았다.

추산의 표정은 굳어졌다.

"꺼져, 인마!"

돌아서는 차오를 향해 추산은 다시 말했다.

“돈 줘.”
홱 돌아선 차오의 눈이 이글거렸다.
추산은 다시 말했다.
“내 돈……?”
부우웅!
차오의 주먹이 뻗어왔다.
그 순간 추산이 허리를 낮추며 차오에게 파고들었다.
와락!
추산은 차오의 허리를 힘껏 끌어안고 소매 속에 감춰놓은
칼을 꺼내 허벅지를 찔렀다.
“으악! 뭐야?”
비명을 지른 차오는 파고든 추산의 얼굴을 머리로 박았다.
벌러덩!
추산은 뒤로 나자빠졌다.
차오의 허벅지에서 피가 흘렀다. 재빨리 중심을 잡으려 했
지만 비틀거리다 그대로 주저앉았다.
“죽어!”
추산이 그대로 몸을 날려 쓰러진 차오를 덮쳤다.
있는 힘껏 차오를 짓누른 채 추산의 오른손이 날렵하게 바
람을 가른다.
푸푸푹!
연거푸 허벅지에 칼질을 해댔다.
몇 번 머리로 박고 주먹질을 하던 차오는 더 이상 견디지 못

하고 축 늘어졌다.

차오는 하얗게 변한 안색으로 누워 있었다. 바닥은 피로 흥건해졌다.

차오의 머리에 받힌 추산의 코에서는 다시 피가 흘렀다.

"내일까지 내 돈 갚아."

추산은 다시 한 번 차오의 허벅지에 칼을 꽂았다.

푸우욱!

"끄윽!"

추산은 칼을 뽑아 들고 일어섰다.

천천히 돌아가는 추산을 바라보는 차오의 두 눈이 부르르 떨리고 있었다. 그것은 숨길 수 없는 두려움이었다.

＊　　＊　　＊

귀하의 고충을 해결해 드립니다. 채무, 사랑, 호위, 매자, 배달, 복수까지 필요한 건 뭐든지 최선을 다해 도와드리겠습니다. 불러만 주십시오.

자시가 넘고 저잣거리 행인들이 뜸해지자 추작도는 낮에 준비해 놓은 단전지를 들고 집을 나섰다.

추작도는 사람들이 다니지 않는 으슥한 담벼락에 단전지를 붙이기 시작했다

낙양에는 수많은 잡객들이 활동한다. 추작도 같은 사람들이

즐비한 것이다.

　그러다 보니 경쟁이 치열하고 자신의 존재를 고객에게 알리기 위해 필사적이다.

　고객에게 자신의 존재를 알리는 길은 전단지뿐이다.

　자주 전단지를 붙여야 하는데 틈만 나면 경쟁 잡객 쪽에서 이쪽에서 붙인 전단지를 찢고 그 위에 자신의 것을 붙인다. 그러면 이쪽에서 다시 그 위에 붙인다. 결국 영업에 지장을 받지 않기 위해 수시로 돌아다니며 찢지 못하게 단속이나 감시를 해야 한다. 그러다 보면 잡객들끼리 시비가 붙을 때도 있지만 동업자이므로 대충 절충점을 찾아 물러난다.

　집에서 나갈 때 오십여 장을 준비했는데 어느새 동이 났다.

　동이 났다는 것은 전날 붙인 내 것을 다른 쪽에서 뜯어냈거나 그 위에 자신들의 것을 붙였다는 의미다.

　추작도 역시 남의 것 위에 붙이는 방법을 쓴다.

　그것은 어쩔 수 없었다.

　전단지를 붙이고 집으로 들어오자 인시가 막 지나고 있었다. 추산은 배를 드러낸 채 깊은 잠에 곯아떨어져 있었다.

　추작도는 땟국물이 범벅이 되어 자고 있는 추산의 얼굴을 빤히 내려다보았다.

　언제부턴가 추작도는 추산의 자는 얼굴을 바라보는 습관이 생겼다. 잠들어 있는 자식처럼 귀엽고 사랑스런 모습은 없다고 한다. 그렇다고 추작도 또한 귀엽고 사랑스러워 바라보는 것이라고 생각하면 미안하지만 큰 착각이다.

그가 추산의 자는 얼굴을 자주 살피는 것은 과연 날 닮은 구석이 있는지 찾아보기 위함이다.

비록 정이 들어 이제는 떼려야 뗄 수가 없는 부자지간으로 정착이 되었지만 마음속 의구심까지 사라진 것은 아니었다.

눈, 코, 입, 귀는 물론 심지어 콧구멍까지 살펴도 날 닮은 곳은 없었다.

스윽!

이마를 덮은 머리를 쓸어 올렸다.

툭 튀어나온 이마, 그리고 백회혈 근처까지 벗겨졌다고 해도 과언이 아닌 넓은 면적.

반면 추작도의 이마는 좁다.

눈썹 바로 위부터 머리가 났으며 숱이 적은 추산에 비해 추작도의 머리는 숱이 많았다.

추작도는 눈이 작은 편인데 추산의 눈은 크다.

추작도는 코가 납작한데 추산은 태산처럼 웅장하게 뻗어 내려왔다. 얼굴에서 코가 차지하는 비중이 절대적이어서 제백궁이라고까지 하는데 추산의 코 하나는 알아줄 만했다.

추작도의 입술은 두껍다.

그러나 추산의 입술은 조금 얇은 편이었다. 입술이 얇으면 성격이 차갑다고 했다.

추작도의 귀는 아주 보잘것없었다.

겨우 귀의 형태만 갖고 있다고 할 수 있을 만큼 작고 초라한데 추산의 귀는 클 뿐 아니라 귓불이 굵고 커서 마치 부처님 귀를 연상하게 한다.

얼굴 어디를 살피고 훑어도 추작도와 닮은 곳은 찾아볼 수가 없었다.

이제 와서 자신의 아들이 아니라고 쫓아낼 수는 없는 노릇.

아니, 십이 년의 정은 친부가 아닐지라도 친부보다 훨씬 더 사랑하고 깊은 정을 느끼는 이제 뗄 수 없는 혈연관계가 되었다.

그러나 자꾸 닮은 구석을 찾아보려는 본능까지는 어쩔 수 없지 않는가.

'녀석!'

피곤했던지 오늘따라 양말까지 신고 잔다.

무척 깔끔한 녀석이다. 비록 낡은 옷이지만 찢어진 곳이 있으면 자신의 고사리 같은 손으로 서툴지만 꿰매 입었고 아무리 추운 겨울이라도 하루도 빠짐없이 찬물로 씻는 녀석이었다. 추작도는 그런 추산의 완벽에 가까운 깔끔함이 병이 아닌가 걱정할 정도였는데, 얼굴까지 꾀죄죄한 그대로 잠에 곯아떨어진 것을 보면 오늘 일로 상당히 놀라긴 한 모양이다.

아직까지 얼굴에 긴장이 묻어 있었다.

하긴 태어나 처음으로 사람의 허벅지에 칼을 꽂았으니 본인도 당황했고 받은 충격 또한 적지 않았을 것이다.

다른 건 몰라도 양말은 벗겨주어야 했다.

제법 컸다고 이제 발에서 냄새가 풀풀 난다. 추작도는 오른쪽 양말을 벗긴데 이어 왼쪽 양말까지 벗겼다.

"엇!"

추작도는 왼쪽 양말을 벗기고 나서 깜짝 놀랐다.

추산의 왼발 엄지발가락이 밖으로 휘어지기 시작하고 있었다.

추작도는 충격을 받은 모습으로 밖으로 휘어지기 시작하는 추산의 엄지발가락을 한동안 넋 놓고 바라보았다.

스윽!

추작도는 잽싸게 자신이 신고 있던 양말을 벗었다.

엄지발가락이 나머지 네 개의 발가락이 있는 곳을 향해 휘어져 있다. 그것은 나머지 네 개의 발가락을 보호하고 덮는 효과가 있다고 족상관(足相觀)들은 말한다. 물론 다른 이유를 내세우는 사람들도 적지 않지만 어쨌든 추작도는 그렇게 배웠고 믿고 있었다.

그런데 왼발 엄지발가락이 네 개가 있는 곳으로 휘어져 붙지 않고 밖으로 벌어지면 팔자가 기구하다고 했다.

그런데 어쩜 자신과 이렇게 똑같을 수가 있단 말인가.

'크흑!'

자신도 모르게 갑자기 가슴이 뜨거워졌다.

추작도는 추산을 사랑한다.

아니, 추산이 없으면 하루도 살지 못한다. 만에 하나 추산에게 어떤 불행한 사태가 발생하면 그 또한 그 뒤를 따르리라고 수십 번 각오하고 다졌다.

이제 추산은 그의 혈육을 넘어 자식일 뿐 아니라 운명이며 살아가야 할 가치이다.

그런데 누가 인간처럼 교활한 동물이 없다고 했던가. 자신을 닮지 않았다는 것 때문에 추산 모르게 무척 고민하고 괴로워했다. 불어오는 바람에도 괴로워했고 지는 잎새에도 슬퍼했다.

—아무리 봐도 내 아이가 아니야.

어려서는 아직 어리기 때문에 티가 나지 않는다는 말을 듣고 크면 어딘가 날 닮은 곳이 나타나겠지 싶어 꾹 참고 키웠다. 그러다 보니 정은 들었고, 끝내 자연스럽게 자식으로 인정했지만 닮지 않았다는 것은 가끔씩 그를 절망으로 빠뜨렸음을 부인하지 않는다.

그런데 왼발 엄지발가락.

그것은 완벽한 그의 것이었다.

그의 씨가 아니면 절대 닮을 수 없는 바깥으로 휘어진 발가락을 그는 슬며시 쥐었다.

"헉헉헉!"

숨죽여 눈물을 흘렸다.

추산에게 너무 큰 죄를 지은 것 같았고, 그동안 얼마나 자식을 놓고 의심을 했던가.

미우나 고우나 자식이라고 다짐을 하면서도 가슴 한편에 자리한 돌덩이보다 무겁고 큰 강력한 의심의 덩어리.

추작도는 엄지발가락을 쥐며 하염없이 눈물을 흘렸다.

'아들아, 내 아들 추산아.'

그는 십삼 년 동안 품었던 의심이 풀렸기에 더욱 슬퍼 울었다. 그리고 미안해서 울었으며, 그날 뜬눈으로 아침을 맞이했다.

낙양 동북쪽으로 삼십여 리 정도 가면 나무로 만들어진 부교(浮橋)가 있었다.

하양교로 불리는 다리.

황하의 지류인 용천을 가로지르는 하양교는 물결이 거칠어지면 건널 수가 없을 만큼 파도가 부교를 덮어버린다.

부교 입구에는 조그만 정자 하나가 세워져 있는데 하양대(河陽臺)이다.

하양교를 건너려는 사람들이 파도에 의해 심하게 흔들리거나 잠길 때 잔잔해지도록 기다리는 곳이었다. 하양대가 언제부터 세워졌는지 알 수는 없지만 금방이라도 쓰러질 듯 낡은 것을 보면 아주 오래되었음을 알 수 있었다.

하양대에는 용천을 건너려는 사람 십여 명이 짐 보따리를 한쪽에 놓고 파도가 잔잔해지기를 기다리고 있었다.

용천을 건너지 않고 길을 따라가면 이십 리 길이다. 더구나 용천을 건너 조그만 산봉우리 한 개를 넘으면 황하 본류인 회하가 나타나고, 곧바로 섬서와 사천으로 단숨에 건너갈 수 있

는 범선이 기다리고 있기 때문에 원거리 상인들에게는 유용한
길목이었다.

잿빛 삿갓을 쓰고 있는 사내.

누가 보더라도 하양교를 건너기 위해 기다리는 사람으로 보
였다. 그러나 그는 추작도를 기다리는 손님이었다.

발아래 철썩거리는 파도 소리를 들으며 추작도와 삿갓사내
는 나란히 섰다.

얼굴이나 좀 볼까 하는 생각에 자세를 낮추려다 그만두었
다. 그런 짓은 삼류 잡객들이나 하는 짓이다. 잡객이면 어차피
삼류인데도 일류인 척하려는 나 스스로조차도 이중적인 태도
에 씁쓸한 웃음을 흘린다.

오늘따라 용천의 물은 유난히 황톳빛이었다.

아침 일찍 단전지 붙여놓은 곳을 돌았는데, 저잣거리 끝에
있는 외양루 담벼락 단전지에 하양대에서 삿갓을 쓰고 있겠다
는 작은 표식을 발견하고 달려온 것이다.

스윽!

사내는 소매 춤에서 한 통의 봉서를 꺼내 내게 건네주고 말
없이 사라졌다.

추작도는 사라지는 사내를 한참 바라보다 등을 돌렸다. 하
양대를 떠나 조그만 소로로 접어들어 주위를 살폈다.

마침 평평하게 잘려 나간 고목의 그루터기가 눈에 띄어 그
곳에 주저앉아 그는 사내로부터 건네받은 봉서를 뜯어 펼쳤
다.

흠칫!

봉서를 읽던 추작도는 깜짝 놀라고야 말았다.

여수(汝水) 상관 대인 암살요(暗殺要), 금자 열 냥, 시반액(始
半額) 종반액(終半額), 사흘 후 답요.

'금자 열 냥을 줄 테니 여수에 사는 상관 대인이란 사람을
죽여달라. 일을 시작할 때 다섯 냥을 주고 일이 끝나면 나머지
다섯 냥을 지불하겠다' 는 내용이었다.

추작도는 다시 한 번 내용을 읽었지만 변한 것은 없었다.

암살(暗殺).

흔히 살인과 암살을 동일시 생각하는데 그렇지 않다.

살인에는 세 가지 종류가 있었다.

앞서 언급한 암살은 말 그대로 몰래 잠입하여 상대를 제거
하는 것으로, 주로 고위 관료들이나 강호의 거목들을 경쟁자
가 없애기 위해 자객들에게 청부하는 일이다.

두 번째는 투살(鬪殺)이었다. 강호에서 가장 많이 일어나고
일반화된 살인이다. 무사들끼리 승부를 겨루다 죽는 일로 이
것은 지극히 당연시되고 양심이나 도덕적으로 절대 지탄받지
않는다. 약육강식의 강호에서 정정당당하게 겨뤄 죽는 것은
결코 죄가 되지 않기 때문이다.

세 번째는 도살(盜殺)이다.

도둑놈들이 물건을 훔치러 들어갔다가 주인이나 하인들에

게 들켰을 때 자신의 존재를 감추기 위해 사람을 죽이는 것을
말한다.

무인의 수명은 짧다. 이따금 아흔 살, 백 살, 심지어 백이십
이 넘도록 사는 전대의 고인들이 있는데 이들은 강하기 때문
에 죽지 않고 장수하는 것이다.

극히 일부분인 그들을 제외하고 대부분의 무인들은 단명한
다. 강호를 행도하다 보면 자신보다 강한 자와 충돌은 피할 수
없고, 그렇게 한 삶을 마감한다.

언젠가 곤륜파에서 구파일방을 비롯해 명문세가를 상대로
무인에 대한 수명을 조사한 적이 있는데 평균 서른여덟에 생
을 마친다는 결과가 나와 강호는 한때 충격에 빠졌다.

그의 나이 오십.

그렇다고 그가 강해서 오래 산 것은 절대 아니다.

평균 수명 서른여덟인 강호의 세계에서 오십이 되도록 건강
하게 살아남을 수 있었던 이유는 아주 간단했다. 강자한테는
절대 덤비지 않았기 때문이다.

아무리 그가 잘못하지 않았어도 상대가 족보 있는 가문의
인물이거나 소문난 고수라면 그는 무조건 무릎을 꿇고 잘못을
빌었다.

그보다 나이가 스무 살이나 어린 청년에게 깍듯이 존칭하며
눈물로 살려달라고 호소한 적도 있다.

그런 추작도를 비겁한 사람이라고 비난할지도 모른다.

그래도 그는 전혀 신경 쓰지 않는다. 상대도 되지 않는 사람

에게 달려들었다가 개죽음을 당하는 것보다는 실력이 뒷받침
되지 않을 때는 어떤 수모를 당하더라도 물러나는 것이 현명
한 행동이라고 확신하기 때문이다.

그도 큰소리치고 목에 힘주고 살고 싶다.

수많은 사람들이 자신의 비위를 맞추기 위해 앞다투는 꿈을
꾸기도 한다. 그러나 현실은 냉정하다.

그는 강호인이라고 자처하지만 잡객이고 살아가기 위해서
는 어떤 억울함이 짓눌러도 삼키고 흘려야 한다는 걸 알고 있
다.

어쨌든 수입은 일에 비례한다.

위험한 일에 손댈수록 큰돈을 번다. 그 또한 그것을 모르는
바는 아니지만 그가 지닌 무공으로 위험한 일을 할 수는 없었
다.

기껏해야 무공을 모르는 일반 사람들을 상대로 하는 채무
해결이나 신변 호위, 물건 배달, 정보 탐지 등 비교적 위험이
덜한 일을 할 수밖에 없는 능력이었고, 그러했기에 오늘날까
지 살고 있다. 그 대신 집안 살림이 넉넉하지 못한 것은 필연
이었다. 추산이 걸치고 있는 옷을 보아도 그의 수입이 얼마나
허술한지 알 수 있을 것이다.

하나뿐인 아들인데도 한 번도 새 옷을 사 입혀본 적이 없다.
다행히 추산은 옷이나 신발 따위에는 그다지 관심이 없었기에
추작도를 힘들게 하지는 않았다.

그와 다른 점이 있다면 녀석은 또래들을 끌고 다니는 우두

머리 기질이 있다는 것이다.

그리고 아비와 또 다른 점은 배짱이었다.

배짱이 없는 놈이라면 아무리 아버지의 말이라고 해도 칼질을 못한다. 더구나 상대는 열다섯. 적은 나이가 아니고 더구나 저잣거리에서 제법 알려진 차오이다.

그런데도 망설임없이 단신으로 찾아가 칼침을 놓은 것을 보면 확실히 독한 면이 있었다.

하루 종일 추작도의 머릿속을 떠나지 않는 숫자가 있었다.

금자 열 냥.

추작도에겐 막대한 거금이었다. 아니, 누구에게라도 엄청난 액수일 것이다. 크게 사치를 부리지 않는다면 그와 추산이 그럭저럭 평생을 살아갈 수 있는 거액이다.

할까 말까.

아침부터 저녁까지 방 안을 뒹굴며 고민하고 다방면으로 생각을 해보았지만 결론을 내리지 못했다.

"어딜 가?"

저녁을 먹고 그가 문을 나서자 추산이 물어왔다.

잠옷으로 갈아입은 녀석의 눈이 초롱초롱했다. 추작도는 추산의 왼발에 시선을 던졌다.

바깥으로 활처럼 휘어지기 시작한 엄지발가락을 보자 또다시 가슴이 울컥했다.

와락!

추작도는 자신도 모르게 추산을 끌어안았다.

"숨 막혀."

추산은 난데없는 추작도의 행동에 당황한 듯 밀어냈다.

"별일없었느냐? 차오 말이야."

추작도는 추산에게 물었다.

씨익!

추산이 웃는다.

"제까짓 놈이 별일있으면 어쩔 건데."

불과 어제까지만 해도 형이라고 불렀는데 이제 놈이라는 호칭을 서슴없이 한다.

"안 만났느냐?"

"응!"

"조심하거라."

절대 그냥 넘어갈 차오가 아니었다.

그런데 추산은 빙긋 웃었다.

"이미 엎질러진 물 아니겠어? 이제야말로 내가 죽든지 지놈이 죽든지 한쪽이 꺼지는 수밖에. 물론 사과하고 없었던 일로 치자고 하면 모르겠지만."

추작도는 숨을 들이켰다.

열세 살 아이치고 섬뜩한 얘기다.

오십을 살아오도록 꿈에도 생각해 보지 않았던 살인적인 결단을 녀석은 기껏 열세 살에 단칼처럼 내리고 있었다.

"잠깐 다녀오마. 먼저 자거라."

“아버지!”

갑자기 낮춰 부르는 목소리에 추작도는 고개를 들었다.

“빨리 와.”

아비만의 착각일까. 여느 때와 달리 추작도를 바라보는 추산의 눈빛은 처연했다.

“금방 올게.”

사실 추산은 아비인 그가 무슨 일을 하는지 잘 모른다. 물론 나이가 좀 더 들면 알게 되겠지만, 단지 무사로서 여기저기 적당한 일을 봐주고 대가를 받아 살아간다는 것 정도일 뿐 구체적인 것은 일체 말해주지 않았고 본인도 묻지 않았다.

추작도는 싱긋 미소를 지어 보인 후 문을 열고 나갔다.

추작도가 나가자마자 추산은 잠옷을 벗어 던졌다. 흑의로 갈아입은 추산은 벽장문을 열더니 낮에 준비해 놓은 인피면구 한 장을 꺼내 들었다.

얼굴에 쓰지는 않고 쫙 펴서 동경에 비춰본다. 인피면구는 육십가량의 평범한 노인 얼굴이었다.

추산은 한 자루 칼을 소매 속에 넣고 인피면구를 품에 숨기더니 문을 열고 밖으로 나갔다.

어둠은 짙게 깔렸고, 하늘에는 별이 총총히 떠 있었다.

추산은 조용히 낡은 대문을 열고 낙양의 복잡한 저잣거리로 스며들었다.

第二章

천하제일화선

검명도살

추산은 가급적 사람들 눈에 띄지 않기 위해 고개를 떨어뜨린 채 골목이나 어두운 곳을 이용해 걸어갔다.

흑의에 허리까지 약간 구부린 전형적인 늙은 노인의 모습.

척!

부지런히 걷던 추산의 발걸음이 멈췄다.

흘긋!

길가 담벼락 아래 몸을 숨긴 추산의 시선이 맞은편을 바라보았다. 길 건너편 골목 어귀에 삼층으로 된 목조건물이 짙푸른 넝쿨식물에 덮여 있는데, 그 사이로 의원이라는 희미한 간판이 보인다.

스윽!

품속에 넣어두었던 인피면구를 꺼내 뒤집어썼다.

어찌나 세밀한지 전혀 표시가 나지 않았고, 추산은 육십 중반가량의 노인으로 순식간에 변했다. 또한 주머니에서 노란 액체가 든 병을 꺼내 뚜껑을 열고 손등에 바르자 주름살이 생기고 검버섯이 피어난다.

잠시 몸 상태를 점검한 추산은 길을 건넜다.

한밤중의 의원 건물은 침묵에 빠져 있었다.

마당은 자갈밭이었다.

걸음을 옮길 때마다 자갈 부딪치는 소리가 정적을 깼다. 일층 문을 밀고 들어섰다. 좌우로 복도가 뻗어 있고 정면으로 이층으로 오르는 계단이 있었다. 일층은 환자들을 진맥하고 살피는 진료소이고, 이층과 삼층은 중환자들이 입원해 있었다.

추산은 곧바로 계단을 밟고 이층으로 올라갔다.

이층 역시도 일층과 구조가 동일했다. 일층과 마찬가지로 곧바로 삼층으로 오르는 계단이 뻗어 있고 좌우로 입원 환자들이 묵는 방들이 있었다.

추산은 망설임없이 삼층으로 올라서서 오른쪽으로 고개를 돌렸다.

멈칫!

복도 맨 끝에 두 명의 사내가 창틀에 앉아 있었다. 두 사내는 창틀에 나란히 엉덩이를 걸치고 앉아 뭔가 소곤거리며 얘기를 나누고 있었다.

계단을 올라선 추산은 벽에 몸을 바짝 붙이고 두 사내의 거동을 살폈다.

야명주가 천장에 박혀 있지만 거리가 멀어 얼굴을 확인하기는 어려웠다.

조용히 귀를 기울였다. 두 사내는 자신의 얘기를 하고 있었다. 적의에 가득 찬 목소리들이었다.

두 사내의 얘기를 종합해 보면 차오는 치료가 끝나면 자신을 칠 계획이란다.

"놈의 아비는 뭐한다고 했지?"

"잘 모르겠어. 있다는 말도 있고 고아라는 말도 있고. 그딴 새끼 가족 상황 내가 알아서 뭐하냐?"

"하긴."

그때 덩치가 조금 큰 사내가 일어났다.

"어딜 가."

"물 좀 빼고 올게."

사내는 손을 들어 보이며 추산이 숨어 있는 곳을 향해 걸어왔다.

뒷간은 마당 구석에 있었다.

추산은 지붕으로 올라기는 벽에 달라붙어 숨을 죽였다. 가까이 다가온 사내는 콧노래를 흥얼거리며 곧장 계단을 내려가기 시작했다.

사내가 완전히 사라지자 추산은 옷매무새를 가다듬고 천천히 복도를 향해 걸어갔다.

팔짱을 낀 채 어두운 창밖을 바라보고 있던 사내가 기척에 돌아섰다.

차오를 치료하는 의원이 다가오자 사내는 눈을 크게 떴다. 깊은 밤에 의원이 나타난 것에 몹시 놀랍다는 반응이었다.

"뭐요, 이 시간에?"

추산은 노란 금침 한 개를 들어 보였다.

"술시에 이걸 꽂아야 하는데 깜빡해서 말일세. 금방 꽂고 나오겠네."

"이런, 우랄 염병할, 치료를 하려면 제대로 해야지."

"자네도 늙어보게. 깜빡한다네."

추산은 문을 밀었다.

추산이 문을 미는 손이 자신도 모르게 떨리고 땀까지 차올랐다.

드르륵!

추산이 문을 밀고 들어서자 캄캄한 방이다. 코 고는 소리가 흘러나오는 오른쪽 구석으로 고개를 돌리자 누군가 다리에 흰 천을 감고 잠에 빠져 있었다.

보지 않아도 차오임을 알 수가 있었다.

추산은 조용히 다가갔다.

차오는 아무것도 모르고 깊은 잠에 빠져 있었다. 추산은 소매 속에 감추고 있던 칼을 꺼내 들었다.

어찌나 날을 세웠던지 어둠 속에서 은빛 광채가 방 안을 환히 밝혔다.

팍!

추산은 차오의 입을 왼손으로 틀어막고 무릎을 찔렀다.

"크윽!"

차오가 비명을 지르며 눈을 떴다.

추산은 있는 힘껏 입을 틀어 누르고 연속적으로 무릎에 칼을 박아 넣었다.

허벅지는 단지 흉터만 남긴다. 그러나 무릎은 그렇지 않았다. 여러 가지 복합적인 기관들이 얽혀 있는데 그중 가장 중요한 것이 인대이다.

인대는 무릎을 튼튼하게 하거나 자유롭게 움직일 수 있도록 돕고 몸의 하중을 단단히 지탱해 주는 아주 중요한 결체이다. 인대가 끊어지거나 다치면 평생 절름발이가 되거나 걷지를 못할 수도 있다.

—한번 밀리면 끝까지 밀린다.

부친 추작도가 어려서부터 귀가 아프도록 가르쳐 준 말이다.

무슨 일이든 한번 벌였으면 후환이 없도록 완결을 시키라는 뜻이다.

가다 중지하면 아니 간만 못하다는 말과 함께.

상처만 입혀서는 안 된다.

아예 두 번 다시 달라붙지 못하게 만들어 버려야 한다.

푸푸푹!

어둠을 울리는 칼 소리.

그리고 뼈가 갈라지는 소리.

차오는 두 번 다시 오른쪽 다리를 쓰지 못할 것이다. 한마디로 절름발이가 되는 것이다. 절름발이 병신을 우두머리로 믿고 따를 저잣거리 사내들이란 없다.

힘이 절대적인 저잣거리에서 절름발이라는 것은 치명적인 약점이다.

"잘 가요, 형."

푸욱!

마지막으로 무릎에 칼을 꽂아 한 바퀴 돌렸다.

끼기긱!

관절과 신경이 모조리 절단 나는 소리다.

베개로 입을 덮고 그 위로 이불을 뒤집어씌운 다음 천천히 방을 나왔다.

"수고하게!"

창틀에 앉아 노닥거리는 사내를 향해 손을 들어 보인 추산은 복도를 걸어갔다.

끝에 쯤 이르렀을 때 뒷간을 갔던 사내가 삼층으로 올라섰다.

"어, 영감이 이 밤에 웬일이슈?"

추산은 가벼운 미소를 지었다.

"깜박 잊고 침을 빼먹었지 뭔가."

추산은 느긋하게 계단을 내려갔다.

"빼먹을 것이 따로 있지, 늙은이들이라는 것들은 하나같이 그저."

뒷간을 다녀온 사내가 창틀에 앉아 있는 사내 곁에 앉으며 투덜거렸다.

두 사내는 다시 노닥거리기 시작했다.

그러나 문득 두 사람의 고개가 방문을 향해 돌아갔다. 무슨 소리가 들려온 것이다.

두 사내는 문을 열고 방 안으로 들어섰다.

"혀… 형님!"

침상에 누운 차오가 고통 가득한 비명을 지르고 있었다.

두 사내 중 하나가 머리맡에 있는 초에 불을 당겼다.

치잇!

실내가 환해졌다.

"으악!"

"피!"

두 사람의 눈은 찢어져라 커졌다.

차오의 오른쪽 무릎이 너덜거리고 있었다.

소문은 급속히 퍼졌다. 입에서 입으로 전해지면서 부풀려지고 확대되었으나 한 가지 사실만큼은 분명했다.

—차오가 깨졌다!

현재 주인인 맹패광의 뒤를 이어 낙양 저잣거리의 미래 주인을 차오로 인정하지 않는 사람은 없었다. 머잖아 무공 사부까지 초대하여 본격적으로 무예 수업을 받을 것이라는 소문이 퍼지면서 차오의 낙양 천하는 누구도 부정하지 못할 기정사실이었다.

그런데 그런 차오가 박살이 났다.

그것도 오른쪽 무릎이 완전히 부서져 재기 불능의 치명타를 입었다는 것이다.

─흉수가 누구냐. 감히 미래 낙양 저잣거리의 주인 차오를 무너뜨린 자.

추산이다.

거리가 술렁거렸다. 누구도 생각지 못한 일이었기에 더욱 저잣거리는 경악했다.

추산은 덩치도 작고 차오보다 세 살이나 적다. 단지 그 또래에서는 누구도 넘보지 못할 만큼 기가 세다는 것 정도가 그에 대한 전부였다.

특히 사람들이 놀란 건 추산의 행동이었다.

한 번 친 것으로 만족하지 않고 완전히 차오가 달려들지 못하도록 잔혹한 확인사살을 했다는 것이다.

이제 사람들의 관심은 맹패광에게 돌려졌다. 자신이 점찍어

둔 후계자가 당했으므로 과연 어떤 반응을 보일까. 차오에게 저잣거리를 물려주고 감숙 쪽 어느 명문의 제자 겸 무사로 들 어간다는 설이 있는 맹패광이었다.

　일단의 사내들이 추산의 집 대문을 부수며 난입했다. 그들 의 손에는 검과 칼과 몽둥이가 들려 있었다. 그들의 눈은 시뻘 건 살기로 넘쳐흘렀으며 닥치는 대로 부숴댔다.
　"어딨어? 나와, 이 자식!"
　와당탕!
　쫘르르!
　온 집 안을 뒤졌지만 추산의 모습은 보이지 않았다.
　"두 놈은 여길 지키고 나머지는 날 따라와."
　두 명이 마당에 떡하니 버티고 섰고 네 사내가 부서진 대문 을 밟고 골목으로 들어섰다.
　바로 그 순간 갑자기 눈앞이 빨개졌다.
　시뻘건 가루가 완전히 주위를 덮어버렸다.
　촤아아!
　졸지에 당한 일이었기 때문에 누구도 피하지 못했다.
　당초(唐椒).
　"으악!"
　"매, 매워. 크어어어!"
　만지기만 해도 쓰릴 만큼 매운 당초 중에서도 가장 으뜸인 혈초 가루가 눈에 들어가자 사내들은 미친 듯이 눈을 감싸며 날뛰었다.

"까!"

누군가의 명령이 떨어지고 무자비한 몽둥이세례가 사내들에게 쏟아졌다.

혈초를 뒤집어쓴 사내들은 순식간에 피투성이가 되었고, 마당을 지키는 두 사내 또한 추산이 이끄는 패거리들에 의해 난도질당하고 말았다.

그날 밤 한 사내가 낙양을 떠나고 있었다.

양쪽에 목발을 한 채 절뚝거리며 걷는 사내는 차오였다.

이화루 후원 별채에 일곱 명의 건장한 사내들이 앉아 술을 마시고 있었다.

하나같이 험상궂은 얼굴들.

그중 맨 상석에 앉은 목이 짧고 뚱뚱한 사내는 현재 낙양 저잣거리를 휘어잡고 있는 맹패광이다. 올해 스무 살로 힘이 장사여서 어지간한 무림인도 그의 힘 앞에는 기를 펴지 못한다.

"차오 아우가 떠났다고?"

맹패광이 잔을 비우며 말했다.

수하 중 한 명이 대답했다.

"어젯밤 아무도 모르게 떠난 모양입니다."

차오는 자신이 가장 아끼는 후배이며 후계자로 점찍어놓았다.

"형님!"

수하 한 명이 눈을 빛냈다.

"어리다고 방치해서는 안 될 것 같습니다. 머리까지 있는 영리한 놈입니다. 더 크기 전에 아예 싹을 잘라 버리죠."

"열세 살, 한참 귀여울 나인데."

"이미 새끼 호랑이가 되었습니다. 하루가 다급합니다. 금방 자랍니다."

수하들 모두 당장 추산을 밟자고 거든다.

바로 그때였다. 밖에 있던 수하가 뛰어들어 와 다급히 말을 했다.

"혀, 형님, 큰일 났습니다."

모두가 놀란 표정으로 돌아봤다.

사내가 더듬거린다.

"추, 추산이 형님을 뵙겠다고 찾아왔습니다."

쨍그랑!

"추, 추산이?"

"뭐?"

너무 놀라 잔까지 떨어뜨린 사내도 있었다.

맹패광의 얼굴도 굳어졌다.

전혀 예상하지 못한 일이다.

"형님, 추산입니다. 잠시 들어가겠습니다."

스윽.

문 앞에 앉은 한 사내가 허리에 차고 있던 검을 반쯤 뽑았다.

“이 자식, 여기가 어디라고!”

척!

맹패광이 자제하라는 수신호를 보냈다.

문이 열리고 추산이 들어섰다.

모든 시선이 추산에게 대못처럼 박혔다.

금방이라도 일제히 추산을 향해 달려들 것 같은 핏발 선 살기.

쿵!

혹독한 침묵을 깨며 추산은 무릎을 꿇더니 맹패광을 향해 큰절을 올렸다.

추산이 큰절을 하자 사내들 얼굴에 당황한 빛이 떠올랐다.

추산은 맹패광을 보며 엎드려 말했다.

“죄송합니다. 너무 심려를 끼쳐 드렸습니다. 용서해 주십시오.”

꿈틀!

맹패광의 눈썹이 모아졌다.

사내들은 당황하여 더듬거렸다.

“뭔 수작이야?”

“저걸!”

맹패광이 조용히 하라는 듯 손을 들었다.

추산이 말했다.

“제 입장에서는 어쩔 수 없었습니다.”

“그게 무슨 뜻인가?”

획!

횈!

사내들이 하나같이 놀라며 맹패광을 돌아보았다.

사내들 모두 자신의 귀를 의심했다. 지금 맹패광은 추산에게 하대를 하지 않았다.

“남들은 돈 몇 푼이라고 말할지 모르지만 저에게는 큰돈입니다. 사내라면 내 돈 하나쯤은 지켜야 한다고 생각합니다.”

“저, 저, 저저……..”

“안 되겠구만.”

사내들이 흥분했다.

맹패광의 눈이 빛났다.

추산 또한 아직 어리고 초롱초롱한 눈빛이지만 다부지게 자신을 바라본다.

다 큰 호랑이와 이제 막 야성을 발휘하는 새끼 호랑이의 눈빛이 마주했다.

탁!

맹패광이 술병을 거칠게 쥐더니 쾰쾰쾰 커다란 대접에 술을 넘치도록 따랐다.

“자, 받게.”

추산은 말했다.

“아직 술을 못하지만 존경하는 큰형님께서 주시니 감사히 받겠습니다.”

추산이 무릎걸음으로 다가간다.

화악!

‘저런!’

사내들의 눈은 또다시 찢어졌다.

무릎걸음은 신하가 황제의 부름을 받고 다가가는 걸음이다. 그것은 철저한 복종의 징표이고 어떤 암수나 위협적인 행동도 하지 않겠다는 의지이다.

쭈욱!

단숨에 술을 비운 추산은 그 잔에 자신도 가득 채워 내밀었다.

“올립니다. 저는 그럼 이만.”

그가 돌아나가며 눈이 마주친 사내들에게 모조리 예를 차린다.

탁!

문이 닫히고 방 안은 침묵에 빠졌다.

모두 무거운 얼굴이고 일부는 질린 표정을 짓기까지 했다.

“헛헛헛!”

맹패광이 돌연 무거운 침묵을 깨고 웃음을 지었다.

사내들이 본다. 무슨 의미인지 궁금한 얼굴들이었다.

맹패광은 추산이 따라준 술잔을 들어 단숨에 비웠다.

쭈욱!

잔을 내린 맹패광은 혼잣말처럼 중얼거렸다.

‘될 성싶은 나무는 떡잎부터 알아본다더니.’

한 사내가 물었다.

"명령을 주십시오. 당장 뒤따라가 베어버리겠습니다."

맹패광의 눈이 가늘어졌다.

"추산의 아비가 뭐하는 사람이라고 했던가?"

"그건 저희도 잘……."

"있다는 말도 있고 없다는 말도 있고."

"추산은 지금 이후부터 내가 가장 아끼는 아우이다. 누구든 추산에게 행패를 부리거나 귀찮게 하면 내가 가만 안 둔다."

"혀, 형님!"

"그, 그건……."

맹패광은 침묵했다.

그러나 입가에는 얇은 미소가 피어나고 있었다.

이화루 문 앞에는 이십여 명의 소년이 긴장한 얼굴로 몰려 있었다. 그들의 손에는 하나같이 흉악한 무기가 들려 있었다. 검과 칼은 물론 죄수의 목을 베는 대감도에서부터 늑대의 이빨이라고 부르는 낭아봉과 쇠사슬, 낫, 심지어 땅을 파는 데 사용하는 곡괭이와 삼지창까지 보였다.

"안 되겠어. 들어가자."

"그래. 이각이 지났는데도 나오지 않는 걸 봐서 무슨 일이 생긴 것이 틀림없어."

십삼 세 소년들이라고 하기에는 너무나 서릿발 같은 눈빛들.

"우리 죽자!"

“짧게. 굵게.”

소년들이 각자 병기를 움켜쥐고 이화루 문을 밀어젖히려 할 때 삐걱 소리가 들리며 추산이 모습을 드러냈다.

“추산!”

“괜찮아.”

모두가 서둘러 추산을 에워쌌다.

추산은 동료들 등을 토닥이며 웃었다.

＊　　　＊　　　＊

여수의 근원은 하남성 노군산이었다. 즉, 발원지가 노군산인 것이다. 노군산을 시작하여 동쪽으로 흘러 횡천현에서 회하와 합류하며 커진다.

해질 무렵, 물의 도시 여수로 한 명의 비단장수가 들어섰다. 석 자 길이의 비단을 두 자 가까운 높이로 짊어졌는데, 먼 길을 온 듯 비단을 덮어씌운 광목 위로 누런 먼지가 쌓여 있었고, 사내는 연신 흘러내리는 땀을 손으로 훔쳤다.

사내는 몹시 지친 듯 한 걸음 한 걸음 뗄 때마다 거친 숨을 토해내었다.

잠시 후 저잣거리로 들어선 비단장수는 주위를 살폈다. 어느 객점으로 들어가 요기를 할 것인지 살피는 눈빛이었다.

잠시 객점 간판을 살피던 비단장수는 방향을 틀었다. 비단장수가 들어선 객점은 방야반점(房野飯店)이라고 쓰인 곳이었다.

"어서 오십시오."

십여 세 가까운 점소이가 쪼르르 달려와 넙죽 허리를 구부렸다.

점소이의 안내를 받으며 비단장수는 객점 안으로 들어섰다. 객점은 넓었는데 절반 가까이 사람들이 차 있었다. 비단장수는 사람들이 없는 구석진 곳으로 다가가 등짐을 벗었다.

푸스스!

등짐을 벗자 가라앉은 먼지가 자욱하게 피어났고, 주위 사람들이 인상을 찌푸렸다.

비단장수는 미안하다는 듯 그들을 향해 굽실거렸다.

"에이!"

"퉤!"

사람들이 손으로 날아오는 먼지를 휘저으며 인상을 썼다.

비단장수는 연신 고개를 숙여 사죄했다.

점소이가 주문한 만두를 내오자 비단장수는 허겁지겁 먹기 시작했다. 씻지도 않은 더러운 손으로 만두를 주워 먹자 주위 사람들이 인상을 쓰거나 혀를 차며 경멸의 시선을 던졌다.

자신을 향해 야유하는 소리가 들릴 텐데도 비단장수는 전혀 신경을 쓰지 않았다. 오로지 자신이 돈 주고 시킨 만두를 뱃속으로 집어넣는 데 열중할 뿐이었다.

"걸신이 들렸군!"

"그러게 말이야. 허허허!"

순식간에 만두 삼 인분을 해치우자 모두가 놀란 표정을 짓는다.

꺼억!

비단장수는 주위가 들썩거리게 트림을 한 후 목이 막히는지 물을 잔에 가득 따라 마셨다.

비단장수가 점소이를 향해 손짓을 했다.

점소이가 다가오자 만두 값을 계산하고 곧바로 벗어놓은 비단을 짊어졌다. 비단을 짊어지면서 다시 먼지가 일어났고, 사람들이 또다시 인상을 쓰며 노려보았다.

비단장수는 손을 들어 미안하다는 표정을 지었다.

비단을 살피는 상관옥의 두 눈이 날카로웠다. 상관옥은 여수에서 가장 큰 규모의 비단 상인이었다. 여수에서 거래되는 비단의 칠 할을 그가 주무른다.

비단의 품질을 살피는 방법은 아주 간단했다.

캄캄한 어둠 속에서 촛불에 비춰보면 비단의 품질을 알 수가 있었다. 빛이 어느 정도 투과하느냐에 따라 촘촘하게 짜였는지 알 수가 있고, 반사되는 광채에 의해 부드러움과 향기를 알 수가 있었다.

상관옥은 암실(暗室)로 불리는 지하 석실에서 지금 막 들어온 비단 검사에 열중하고 있었다.

다른 건 아랫사람들에게 거의 맡기지만 비단 검사만큼은 자신이 직접 한다. 그것은 지난 수십 년간 변하지 않았다. 비단의 품질을 검사하는 일이야말로 장사의 흥망성쇠를 좌우하는 가장 중요한 일이기 때문이다.

"중(中)!"

등급이 떨어졌다.

지켜보던 상인이 펄쩍 뛴다.

"마, 말도 안 돼. 어찌 이것이 중급이란 말입니까?"

"싫으면 관두고."

두 번 다시 말하기 싫다는 듯 상관옥은 다른 상품을 판별하러 다른 비단으로 발길을 옮겼다.

중급 판정을 받은 상인은 억울하다는 표정을 짓더니 이내 포기한 듯 총관으로부터 돈을 건네받고 등을 돌리면서 투덜거렸다.

'개자식! 벼락이나 맞아라.'

혼자 독점하다 보니 횡포가 심했다.

상관옥에게 중급을 받았다가 다른 곳에서 상급을 받았다는 동료 상인들의 말을 듣고 설마했는데 아무래도 자신도 다른 거래처를 알아봐야겠다고 마음먹었다.

그그긍!

문이 열리고 검을 휴대한 호위무사 한 명이 들어서더니 품질 검사에 열중인 상관옥에게 다가갔다. 호위무사는 상관옥의 귀에 대고 나직한 목소리로 뭐라고 속삭였다.

휙!

상관옥의 고개가 호위무사를 향해 돌아갔다.

“강서에서 육 대인이 설옥금(雪玉錦)을 보냈다고?”

“예! 이리 데려올까요?”

“아니다.”

설옥금은 비단 중에서 최상품이었다. 눈처럼 흰 백색이지만 푸른 옥색의 기운이 감돌며 연향(蓮香)이 뿜어 나온다. 설옥금은 습기에 아주 민감하다. 그래서 어두운 곳에서 품질 검사를 하되 건조하고 깨끗한 곳이어야 한다.

“기다리거라!”

상관옥은 등급을 받기 위해 기다리고 있는 비단 상인들에게 한마디 던져 놓고 곧바로 지하실을 벗어났다.

상관옥이 밖으로 사라지자 남아 있던 칠팔 명의 비단 상인들이 투덜거렸다.

“씨이, 얼마나 기다렸는데.”

“강서의 육 대인이란 놈은 또 누구야? 누군데 새치기를 해.”

“아니, 자네는 비단물 이십 년을 먹었다면서 강서성의 육 대인도 몰라본단 말인가. 그는 오로지 설옥금만 취급하는 대상일세. 그가 취급하는 설옥금의 팔 할이 황실로 들어간다네.”

“아아, 그 육 대인?”

“나도 소문은 들었지. 중원의 설옥금은 그가 좌지우지한다더군.”

여기저기서 놀란 표정을 지었다.

호위무사의 안내를 받으며 추작도는 상관옥이 머무르는 전각 미화당 앞에 섰다.

"기다리거라."

호위무사는 추작도를 세워놓고 계단을 올라갔다.

계단은 모두 열세 개였다. 계단 위 토방에서 마루의 높이는 대략 두 자 가까이 되어 보인다. 마루에서 방문까지 거리는 일 장쯤이었다. 문이 닫혀 있어 안의 상황은 가늠할 수가 없었다.

추작도는 주위를 살폈다.

전각 좌측으로 조그만 연못이 있고, 연못가로 사류목이 병풍처럼 펼쳐져 있으며, 끝부분에 연못을 내려다볼 수 있는 작은 정자 한 채가 세워져 있다. 오른쪽으로는 긴 회랑이 있고, 지붕까지의 높이는 이 장 가까이 된다.

회랑의 지붕을 지탱하는 기둥은 족히 한 아름은 되어 보였다.

회랑 끝나는 지점부터는 일 장 높이의 돌로 쌓인 담장이 이어져 있었는데, 그 너머로 뒤로 우뚝 솟은 산이 있었다.

꿀꺽!

미리 정탐을 했지만 그때는 밖에서 안을 보았고 이제는 안에서 밖을 보는 것.

다행히 예상과 어느 정도 맞아떨어지는 구조이다.

뛰는 심장 소리가 어찌나 큰지 혹시라도 호위무사가 들을까 싶었다.

"육 대인이 보낸 자를 데리고 왔나이다."

사내가 토방에 서서 방문을 향해 말했다.

방 안에서 무거운 목소리가 흘러나왔다.

"데리고 들어오너라."

호위무사가 토방에 선 채 돌아보며 말했다.

"뭐하시오. 어서 올라오시오."

"네!"

추작도는 천천히 계단을 밟아 올라갔다.

이미 수차례 몸수색을 당했다. 하지만 다행히도 숨긴 칼은 발견되지 않았다.

열세 개의 계단.

저승길이 될지 행복의 길이 될지는 아무도 모른다.

긴장한 탓인가, 자꾸 손바닥에 땀이 고였다. 손바닥에 땀이 묻으면 칼 손잡이를 잡을 때 미끄러질 위험이 있으며, 상대와의 충돌 때 핑그르르 돌아갈 가능성이 크다. 칼이 돈다는 것은 긴박한 싸움에서 돌이킬 수 없는 치명타.

추작도는 눈치채지 못하게 옆구리에 자꾸 손바닥의 땀을 닦았다.

스윽!

신을 벗었다.

자신을 데리고 온 호위무사는 토방에 선 채 경계를 했고, 혼자 문 앞으로 다가섰다.

"소인이옵니다."

"들거라."

두근두근!

금방이라도 심장이 튀어나올 듯 왼쪽 가슴이 불쑥거렸다.

덜컹!

문손잡이를 잡아당겼다.

문이 열리고 방 안을 들여다보던 추작도는 흠칫했다. 방은 넓었다. 안쪽 깊숙이 여덟 폭짜리 병풍이 있고, 그 앞으로 검은 자단목 탁자를 놓고 상관옥이 위엄을 한껏 갖춘 채 앉아 있었다.

단지 눈빛만 슬쩍 부딪쳤는데도 움찔할 만큼 상관옥의 눈빛은 강했다.

안으로 들어가는 방향에서 왼쪽으로 세 명의 무사가 검을 휴대한 채 우뚝 서 있었다.

호위무사들이다.

설옥금은 추작도의 거처인 이곳 미화당에서 품질을 검사한다. 설옥금의 품질을 검사하기에 가장 적당한 구조와 온도를 상시 갖추고 있다는 특별한 방.

첫 걸음을 내딛던 추작도의 눈썹이 미미한 떨림을 보였다.

병풍이 가볍게 흔들리는 것을 놓치지 않았다. 그건 병풍 뒤에 사람이 숨어 있다는 의미다.

사실 설옥금을 감정하는데 이토록 엄중한 무사를 배치하는 이유는 상관옥에게도 있었다.

워낙 고가의 상품이다 보니 가짜가 많았다.

가짜라는 판정이 떨어지는 순간 호위무사들의 검은 뽑힌다.

'음!'

추작도는 무거운 신음을 뱉었다.

한두 명 정도의 호위무사는 예상했지만 세 명인데다 병풍 뒤에 있는 무사들의 숫자를 알 수가 없었다. 자신이 보기에는 한 명 같은데 절정의 고수가 아니므로 감각을 전적으로 신뢰해서는 안 된다. 그나마 다행스러운 건 상대는 아직 자신을 의심하지 않고 있다는 것이다. 육 대인이 보낸 아랫사람으로 볼 뿐 암살자로는 전혀 생각하고 있지 않다.

"소인 마작도라고 하옵니다."

추작도는 선 채 포권을 취했다.

상관옥은 앉아 말했다.

"먼 길 오느라 고생했구먼. 짐부터 내리게."

두 명의 호위무사가 잽싸게 부축하여 등에 짊어진 비단을 내렸다.

추작도는 뒤로 한 걸음 물러나 입구 쪽에 섰다. 감정을 할 동안 물건 주인은 입구에 서서 기다리는 것이 관례이다.

스르륵!

호위무사 한 명이 설옥금을 감싼 광목을 풀어헤쳤다.

"으음!"

상관옥의 입에서 탄성이 나왔고, 호위무사들까지 놀랐다.

순식간에 방 안으로 퍼지는 난향, 그리고 푸른 광채가 눈이 부실 정도로 빛났다.

"창을 가려라."

호위무사 둘이 좌우 창문을 천으로 가로막았다.

"불도 끄거라."

벽에 걸린 등잔불을 끄자 방 안은 어둠 속으로 잠겼다.

'지금이다!'

천하의 절정고수라도 갑자기 빛 속에 있다 어둠으로 접어들면 순간적으로 시력이 약화된다.

이름하여 맹점.

무공이 고강할수록 맹점의 강도는 작아지지만 절대 타격은 피할 수 없다.

검은 비단 속에 들어 있다. 이미 수십 번 집에서 불을 꺼놓고 비단 속에 숨겨놓은 칼을 뽑아 드는 연습을 했다.

스윽!

신속한 공격을 위해 칼집도 씌우지 않았다.

상관옥은 맨 위 비단을 내려 살폈다. 칼은 두 번째와 세 번째 사이에 끼워놓았다.

추작도는 숨겨진 칼을 뽑아 곧장 좌측을 향해 그었다. 자신 역시 맹점이 되긴 마찬가지였지만 이미 짐작을 굳게 해놓았기 때문에 좀 더 유리했다.

촤악!

어둠을 가르는 은빛 섬광

"컥!"

짧은 비명에 이어 칼이 수평으로 쓸어갔다. 칼끝에 묵직한 무게가 느껴지는 것이 비단을 상관옥에게 건네주던 사내의 목이 잘리고 있음이다.

취릭!

어둠을 뚫고 찔러오는 검광.

피할 시간이란 없었다. 암살은 속전속결이 생명이다. 아무리 거목의 자객일지라도 사지를 온전하게 빠져나올 생각은 하지 않는다.

추작도는 마주 칼을 뻗어갔다.

푹!

푸욱!

서로의 복부에 검과 칼이 꽂혔다.

"크윽!"

사내는 비명을 질렀지만 추작도는 이를 물며 검을 오른쪽으로 힘껏 그었다. 복부에 꽂힌 칼이 몸을 반으로 잘라 버리자 사내의 몸이 쓰러진 듯 쿵 소리가 났다.

'둘!'

와당탕 하며 병풍이 넘어지더니 두 개의 검광이 날아왔다.

연이어 꽈다당 하며 방문이 열리고 토방에 서 있던 사내까지 날아 들어와 외친다.

"무슨 일입니까?"

그 또한 훤한 곳에 있다 캄캄한 곳에 들어와 분간을 못하고 있었다.

병풍 쪽에서 찔러오는 검을 상대하려던 추작도는 마음을 바꿨다. 지금 들어온 자는 밖에 있었기 때문에 시력이 거의 무방비 상태일 것이기 때문이다.

촤앙!

돌아서며 힘껏 검을 휘둘렀다. 그러면서 밑으로 꺼지듯 방바닥으로 주저앉았다.

등 뒤 병풍 쪽에서 찔러오는 검을 피하려는 동작이었다.

"으악!"

"음!"

첫 번째 비명은 밖에서 들어온 자가 지른 것이고 두 번째는 추작도 것이었다.

신속히 주저앉는다고 했지만 한 개밖에 피하지 못하고 다른 한 개가 왼쪽 어깨를 파고들었다.

추작도는 몸을 돌렸다.

설옥금, 어둠 속에서도 빛을 낸다.

비단을 들고 있는 상관옥. 그가 비단을 들고 있지 않았다면 어쩌면 추작도는 오늘 일을 실패했을지도 몰랐다.

상관옥 또한 너무 급작스런 사태에 잠시 생각이 멈췄다. 비단을 들고 있으므로 인해 자신이 노출된다는 것을 잊은 것이다.

콰아아!

공격해 오는 두 사내의 검을 무시하고 추작도의 칼은 푸른 비단을 향해 떨어졌다.

뒤늦게 비단으로 인해 자신의 위치가 훤히 보인다는 것을 알고 상관옥이 얼른 비단을 던져 버렸지만 한발 늦고 말았다.

"끄어억!"

상관옥의 비명과 더불어 추작도의 몸에서도 열기가 피어올랐다. 두 사내의 검이 몸을 관통한 것이다.

'크다!'

이번 상처는 예사롭지 않았다.

암살도 중요하지만 퇴로가 더욱 중요하다. 그중에서 도망칠 수 있는 힘이 없으면 무조건 실패다.

마음 같아서는 상관옥을 향해 한 번 더 칼을 휘두르고 싶었지만 그럴 시간적 여유가 없었다. 부디 마음속으로 치명상을 입고 죽기를 바라면서 곧바로 몸을 돌려 밖으로 뛰쳐나왔다.

"서랏!"

두 사내가 소리치며 따라 나온다.

검에 뚫린 어깨가 축 처지고 복부에서 피가 흘러내렸다. 다행이라면 다리를 부상 입지 않아 도망치는 데 그다지 지장이 없다는 것이다. 추작도는 회랑을 따라 달리다 담장이 나타나자 단번에 땅을 박차고 날아올랐다. 부상을 입지 않아도 낮지 않은 이 장 높이의 담장인데 중상을 입어 상당히 벅차다. 가까스로 걸터앉듯 올라섰고, 곧바로 몸을 뒹굴며 밖으로 떨어졌다.

"잡아랏!"

"놓치지 마라!"

"대인 어른을 어서 의원으로 모셔라!"

추작도를 쫓는 자들의 외침과 상관옥을 의원으로 급히 데려가는 외침이 섞여 장원을 들쑤셨다.

출혈 탓인가. 고작 산등성이 하나를 넘었을 뿐인데 숨이 턱 밑까지 차오른다. 추적자들의 옷자락 펄럭이는 소리가 귓속을 파고드는 것이 거리는 더욱 가까워진 듯했다.

추작도는 도목(刀木) 숲으로 뛰어들었다.

도목은 손가락 굵기의 가시가 붙은 키가 작은 나무이다. 가시가 웬만해서는 꺾이지 않아 철침목이라고도 부른다.

찌익!

싸악!

예상대로 뛰어들기가 무섭게 옷이 찢어지고 뺨이 따갑다.

"엇!"

"이런!"

등 뒤로부터 당황성과 비명이 들려온다.

─내가 편하면 적도 편하고 내가 불편하면 적도 불편하다.

등 뒤의 것, 추적자들이 내지른 비명이었다.

원래 계획했던 도주로는 이곳이 아니었다. 담장을 넘는 즉시 계곡을 치고 올라가 산등성이를 넘는다. 등성이 넘어 작은 봉우리 한 개를 넘으면 회하가 나타난다.

다른 건 몰라도 수영에 관한 한 천하제일이라 할 만한 실력을 갖고 있었기에 선택한 도주로.

그러나 어깨를 다쳤다.

옆구리나 복부, 가슴 따위의 부상을 예상했는데 어깨는 수영을 하는 데 팔의 움직임을 절대적으로 방해한다. 그래서 하는 수 없이 육로로 도주로를 택했다.

"아이고!"

"이런, 크악! 내 눈!"

눈이 가시에 찔린 모양이다.

도망치는 추작도나 쫓는 사내들 또한 필사적이었다.

그러나 서로의 필사적인 면에서 차이가 있었다.

추작도는 목숨을 걸고 도주해야 하고 추적자들은 목숨까지 걸 필요는 없다.

다시 말해, 추작도는 가시고 뭐고 찔리든 찢든 그냥 내달리는 것이고, 추적자들은 가시를 피하려는 본능에 움직임이 둔화될 수밖에 없다. 살아나는 것이 목적인 추작도와 어떻게 해서라도 잡으려는 추적자들의 의지에는 상당한 격차가 있게 마련.

조금씩 거리가 멀어진 듯했다.

그러나 거리를 벌린 만큼 추작도의 몸은 흉흉했다.

혈인이라고 해도 좋을 만큼 온몸은 피로 목욕을 하고 있었다.

흘긋!

추작도가 뒤를 돌아보았다. 사람도 보이지 않고 더 이상 옷자락 펄럭이는 소리도 들리지 않는다.

상처를 입었지만 그 대가는 얻었다는 보람을 느끼며 다시 전진하려던 추작도의 몸이 얼어붙었다.

　'위, 위풍찬.'

　추작도의 입술이 떨렸다.

　흰 백삼을 걸친 한 명의 사내가 앞길을 막고 서 있었다.

　가장 일어나기를 원치 않았던 최악의 상황이 도래하고 말았다. 자신이 상관옥에 대한 조사를 할 때에는 눈앞의 사내는 사냥 중이었다. 그래서 더욱 자신감을 가졌다.

　그런데 어쩐 일인가. 틀림없이 눈앞의 사내는 내일 돌아오기로 되어 있었다.

　위풍찬에 대한 소문은 여러 가지였다.

　그중 가장 눈에 박히는 소문은 역시 잔혹한 품성이었다. 사람을 죽이는 데도 단순히 생명을 끊는 사람이 있고, 죽은 몸에도 칼질을 하는 사람, 온몸의 아픈 곳만을 집중적으로 찌르고 베어가며 몸서리쳐지게 죽이는 사람이 있다.

　위풍찬은 가장 후자에 속했다.

　그런 이유로 그는 호위대장이라는 직함을 얻었다.

　앉은 자리에 풀도 나지 않을 것이라는 독상(毒商)이라는 별명을 얻은 상관옥에게 딱 걸맞은 호위대장이었다.

　돈이면 염라대왕의 목까지 베어온다는 난폭한 사내.

　상관옥으로부터 한 달 녹봉을 금자로 닷 냥을 받는 것에서 그의 손속과 능력을 엿볼 수 있었다.

　"허허!"

　위풍찬이 웃었다.

어이없다는 미소이다.

감히 자신이 모시는 상관옥을 죽이려 한 암살자가 쉰이 넘어 보이는 늙은 무사라는 것에 실망한 얼굴이었다.

팟!

추작도의 귀가 쫑긋해졌다.

철썩철썩!

바람 소리에 실려오는 소리는 틀림없는 파도 소리다.

회하의 파도 소리. 선택의 여지가 이제는 없다. 죽든 살든, 수영을 하든 못하든 유일한 가능성은 회하로 뛰어드는 수밖에 없었다.

“가자!”

위풍찬은 돌아섰다,

추작도쯤은 안중에도 없다는 행동이다. 추작도가 아무리 발버둥쳐도 절대 놓치지 않을 자신이 있다는 넘치는 여유가 엿보였다.

'간다.'

어떤 천재적 병략가라 할지라도 이 상황에서 선택할 수 있는 방법은 한 가지뿐일 것이다.

슈우욱!

돌아선 위풍찬을 향해 공격을 감행했다.

누가 보면 돌아선 틈을 노린 필사의 공격으로 보인다. 어느새 돌아선 위풍찬 또한 가소롭다는 표정을 지었다. 한마디로 감히 나 위풍찬에게 그따위 계략을 사용하느냐는, 약간은 모욕감을 느낀 듯 이마까지 찌푸렸다.

"늙은이!"

위풍찬이 싸늘한 호통을 치며 오른손을 뻗어냈다.

검도 뽑지 않는 장력.

검을 뽑을 가치도 없다는 행동이었다.

위풍찬은 검의 달인에 가깝다고 했다. 그의 검이 뽑히면 베어지지 않는 상대가 없단다.

꽈아앙!

치욕을 느낀 탓인가, 위풍찬의 장력은 매몰찼다.

칼과 장이 충돌했다.

"커어억!"

예상대로 추작도는 비명을 지르며 날아갔다.

그런데 추락하던 추작도의 신형이 재차 솟구쳐 올랐다.

차기격도(借氣擊逃).

차기미기(借氣彌氣)라는 수법이 있다. 공격해 오는 상대의 기운을 받아들여 자신의 내공으로 흡수해 버리는 상승의 수법이었다. 말이 그렇지, 상대의 공격을 자신의 내공으로 흡수할 능력을 지닐 정도라면 입신지경이거나 선도(仙道)에 이르러야 가능하다.

아무튼 위풍찬을 향해 세차게 공격을 가한다. 위풍찬 또한 분노하여 무자비한 장력을 쏟는다.

두 장력이 부딪치면 당연히 약한 쪽은 뒤로 튕겨 나간다. 튕겨 나가는 힘에다 남은 내기를 끌어올려 도망치는 수법을 차

기격도라고 하는데,

　사실 차기격도는 자살 행위라 해도 무리가 아니다.

　도망을 치려는 자가 무공이 상대보다 강할 리는 없다. 약하기 때문에 도망을 치려는 것.

　그런데 혼신을 다한 상대의 공격과 부딪친다면 엄청난 내상을 입는 건 불을 보듯 뻔하다.

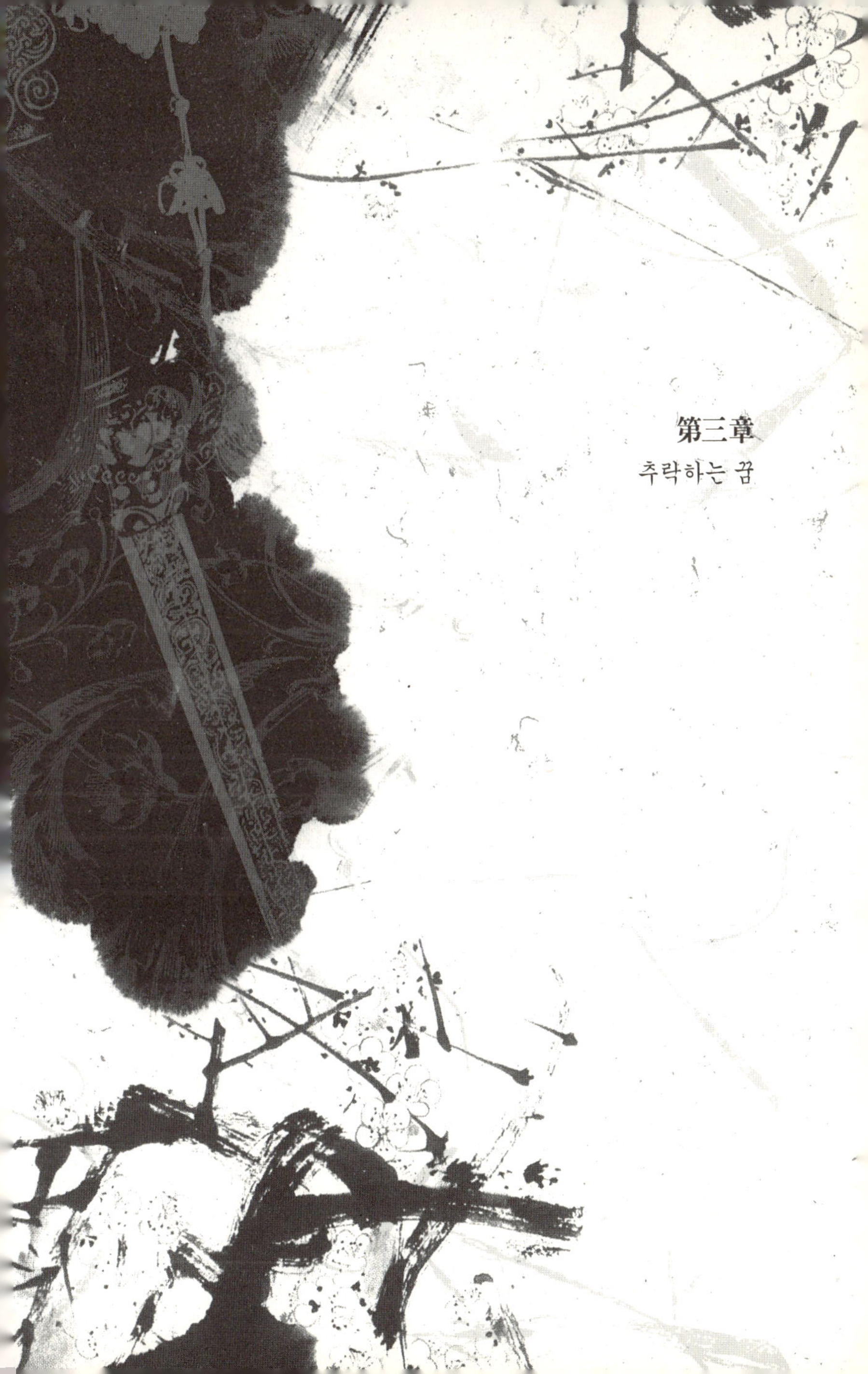

第三章
추락하는 꿈

검명도살

거기다 남은 진기까지 싹싹 긁어 도주하는 데 사용한다면 몸 상태는 더욱 나빠질 것이다. 더구나 이미 몸에 많은 상처를 입고 도주하고 있는 추작도로서는 완전한 생사의 도박이었다. 말이 도박이지 그것은 삶의 정리였다.

자신의 의지로 선택한 마지막 길이지만 가슴 한쪽을 쪼개듯 격렬하게 긁는 아픔 하나가 있다. 그것은 끝내 꿈을 이루지 못하고 스러지는 서글픈 운명도 아니고 실패한 삶에 대한 미련은 더욱 아니었다.

―추산!

─발가락으로 자신의 친자가 더욱 확인된 탓일까, 미치도록 미안하고 보고 싶어졌다.

─이렇게 가면 어찌하자는 것입니까.

책임지지도 못하고 제대로 키우지도 못할 것이면서 왜 낳았느냐고 따질 것이다. 그 정도로만 원망을 해도 못 이긴 체 들어줄 수도 있다. 그러나 나는 아버지의 도움으로 살아온 것이 아니라 내 두 발로 걷고 두 손으로 벌어 살아온 것이라고 외치면 진정으로 고개를 들지 못할 일이다.

그러나 상황은 어디에도 긍정적인 곳이 없었다. 그런 말을 듣지 않기 위해서는 악착같이 살아야 하는데 길이 없다.

"엇!"

여유 가득하던 위풍찬이 뒤늦게 놀라며 소리쳤다.

설마 차기역도를 펼칠 줄이야. 그것도 너무나 자연스러웠다. 천하에 자신이 속다니!

"감히!"

위풍천이 버럭 핏대를 올리며 추적했다.

파아아!

과연 명불허전이다.

한 번 땅을 박찼을 뿐인데 순식간에 저 멀리 희끄무레해진 추작도의 모습이 선명해졌다.

"너 따위가!"

검 자루를 잡았다.

하지만 이내 다시 손을 놓았다.

저런 잡객에게 검을 쓴다는 것은 자신의 위치에서 볼 때 부끄러운 일이 아닐 수 없었다.

삼십여 장의 거리는 어느새 십여 장으로 좁혀졌고, 순식간에 오 장으로 좁혀졌다.

슈유유!

분노의 일장이 뻗어갔다.

쾅!

여지없이 등에 격중되었다.

"윽!"

짧은 비명과 함께 갑자기 추작도의 몸이 사라졌다.

위풍찬은 몸을 내려섰다.

까마득한 절벽 아래로 추작도의 몸이 떨어지고 있었다.

―산아! 산아!

회하의 거친 파도가 산더미처럼 밀려와 절벽에 부딪치며 거대한 물기둥을 만들어내고 있었다.

쿠쿠쿵!

추작도의 몸은 솟구친 물기둥 속으로 흔적도 없이 사라져버렸다.

'빌어먹을!'

위풍찬은 인상을 썼다.

시체를 가져가야 한다.

시체가 없으면 절대 안 된다.

'우라질!'

위풍천이 어쩔 줄 모르고 있을 때 헉헉거리며 추작도를 추적했던 수하들이 도착했다. 하나같이 도목에 찔려 흉측하기 이를 데 없었지만 눈빛은 형형했다.

"어딨습니까?"

"놈은?"

위풍찬이 절벽 아래를 바라보고 있자 모두가 고개를 숙였다. 아무리 봐도 추작도의 모습은 보이지 않는다. 알 수 있는 건 절벽 아래로 떨어졌다는 것.

기적이라는 것이 없지는 않지만 일백여 장 가까운 높이의 절벽에서 떨어졌으니 살아나기란 불가능하다.

"어차피 갈 놈!"

"그래도 서운하군. 잡아 찢어 죽여야 하는데."

위풍찬의 표정은 굳어 있었다.

그러면서 속으로 연신 중얼거렸다.

'이런, 우라질! 이게 아닌데!'

"대장님!"

그때 한 무사가 다가왔다.

상관옥을 의원으로 업고 달려갔던 수하이다.

모든 시선이 사내에게 멎는다.

“어찌 됐느냐? 대인께서는?”

사내는 주저하더니 대답했다.

“운명하셨사옵니다.”

“주, 죽었다고?”

“정말이냐?”

수하들이 놀라 외쳤다.

위풍찬은 어떤 반응도 보이지 않고 먼 하늘을 올려다보았는데, 언뜻 씁쓸해 보이기도 하고 야릇해 보이기도 했다.

회하의 강폭은 삼백 장이 넘는다. 온몸에 부상을 입은 몸으로 회하를 횡단한다는 것은 아무리 수영의 귀재라고 해도 불가능하다. 더구나 회하의 물결은 머지 않은 곳에 있는 본류 황하의 영향을 받아 소용돌이가 수시로 일어나 어지간한 범선쯤은 한순간에 휩쓸려 사라진다. 범선에 비하면 가랑잎만도 못한 사람이 생존할 확률은 없다고 해도 과언이 아니었다.

희미해지려는 의식을 안간힘을 다해 붙들며 추작도는 벼랑 쪽으로 손을 허우적거렸다.

떨어지는 순간 밀려오는 파도와 절벽에 부딪쳐 밀려가는 파도가 만나는 지점, 이름하여 연파(軟派)에 떨어진 것이다. 위풍찬의 최후 일장에 몸을 움직일 능력이 상실되었는데, 말 그대로 천우신조였다.

위험하긴 하지만 벼랑 쪽으로 붙어 들어서는 것이 지금으로서는 유일한 방법이었다.

절벽에 부딪쳐 나오는 파도와 강심에서 밀려오는 파도에 끼면 죽는다. 들어가지도 나가지도 못한 채 허우적거리다 시신이 되기 십상이다.

콰아아!

거센 파도가 절벽을 치고 나왔고, 밀려오는 파도와 만났다. 다행히 밀려오는 파도의 위세가 크자 절벽 쪽으로 강물이 밀려갔다. 추작도는 잽싸게 몸을 실었다.

물속의 눈은 빛났다. 물이 절벽에 부딪치기 전에 뭔가를 붙들어야 했다. 그렇지 않으면 다시 치고 나오는 물살에 휩쓸려 멀리 떠내려간다.

콱!

파도가 절벽에 부딪치는 순간 추작도는 뾰쪽하게 물 위로 솟구친 바위를 있는 힘껏 양팔로 끌어안았다.

쏴아아아!

파도가 밀어냈지만 악착같이 바위에 달라붙었다.

파도가 밀려나자 추작도는 신속하게 고개를 들어 절벽 위를 올려다보았다. 위풍찬으로 보이는 백의를 입은 사내와 까만 점들이 보였다. 뒤쫓아 온 수하들일 것이다.

추작도는 절벽에 붙어 주위를 살폈다.

일 장쯤 높은 곳에 움푹 들어간 조그만 동굴이 있었다. 아니, 동굴이랄 것까지도 없는 푹 들어간 웅덩이 같은 곳.

조심스럽게 바위에 붙은 조개 덩어리들을 잡고 밟으며 안으로 들어갔다. 겨우 몸 하나 들어갈 만한 공간이었지만 파도의 위험에서는 벗어날 수 있었다.

덜덜덜!

온몸이 떨린다.

피는 계속 흐르고 상처로 물이 스며들어 칼로 뼈를 도려내는 듯 온몸이 쑤시고 아프다.

서둘러 어떤 치료를 하지 않으면 위험해질 것이다. 추작도는 고개를 빼 들고 다시 보았다.

보이지 않는다. 혹시 몰라 좀 더 기다렸다가 다시 보았다. 여전히 보이지 않았다.

추작도는 강가로 내려와 파도를 피해가며 부지런히 걸었다. 강을 거슬러 가며 얕은 절벽을 찾기 위해서이다. 한 굽이 두 굽이, 무려 다섯 굽이를 돌자 야트막하게 뻗어 내려온 산과 강이 만나 흐르고 있었다.

산으로 들어선 추작도는 풀썩 쓰러졌다.

강한 현기증에 더 이상 버티지 못한 것이다. 잠시 엎어져 있던 추작도는 몸을 일으켜 세웠다.

'사, 산아!'

이상하게 어려움이 닥치면 아들 추산의 얼굴이 떠오르고 그때마다 어디서 솟아나는지 불끈 힘이 생긴다.

두 눈에서 살겠다는 의지의 빛이 쏟아지고, 흔들거리던 걸음이 제법 중심을 잡는다.

추작도는 주위를 살폈다.

한참을 두리번거리며 올라가던 추작도의 눈이 빛났다. 잎사

귀가 다섯 개 달린 작은 풀 한 포기.

추작도는 거침없이 뜯어 흙을 털어내더니 뿌리째 씹어 먹었다.

마령초이다. 아편과 비슷한 효과를 지녔다. 한 시진 정도는 아픔도 고통도 느끼지 못한다. 그러나 이후에는 상상을 초월한 고통이 밀려오면서 몸은 더 악화된다.

그러기 이전에 의원을 찾아야 한다.

추작도는 걸음의 속도를 높였다. 워낙 상처기 깊기 때문에 마령초를 복용했다지만 정상인과 같아질 수는 없었다. 단지 조금 나아졌을 뿐이다.

헉헉!

거친 숨을 몰아쉬며 부지런히 산을 올라갔다. 일단 산을 벗어나야 의원을 찾을 수 있기 때문이다.

멈칫!

마령초 약효가 떨어지기 전에 의원을 찾기 위해 땀을 뻘뻘 흘리며 걸어가던 추작도의 걸음이 멈췄다. 송림 사이로 절이 보였다. 전각이라고는 세 채밖에 되지 않는 것을 보면 암자이다.

아무리 생각해도 마령초의 약효가 끝날 때까지 자신의 현재 걸음걸이로 의원을 찾는다는 것은 무리다.

추작도는 망설이지 않고 암자로 들어갔다.

직진암(直進庵).

일주문이라고도 할 수 없는 솟을대문을 닮은 천장에 붙은 낡은 현판의 글씨.

승려들은 예로부터 민간요법에 능하다.

산속에서 생활하다 보니 아프더라도 민가까지 내려오지 못한다. 그래서 어지간한 병과 상처를 치료하는 능력을 갖추고 배우게 된다.

"아미타불!"

때마침 샘가에서 그릇을 씻고 있던 동자승 한 명이 추작도를 발견하고 합장을 했다.

추작도는 마주 합장을 하며 말했다.

"몸이 좀 좋지 않아서 그러는데 잠시 쉴 수 있겠소?"

동자승의 맑은 눈이 위아래를 훑다 표정이 굳어진다. 칼을 지녔고 부상이 심각한 것에 경계심을 드러냈다. 강호 일에 잘못 끼어들었다가는 큰 화를 당할 수 있었다.

그렇다고 아파서 찾아든 중생을 외면하는 것은 부처의 제자로서 더욱 할 일은 아니다.

"잠시만."

동자승은 안쪽을 향해 뛰어갔다.

잠시 후 방문이 열리고 육십가량의 노승이 나타났다.

추작도를 보더니 놀라는 표정을 짓는다.

"아미타불! 어서 들어오시오."

노승은 추작도를 방으로 데려가더니 옷부터 벗겼다.

노승은 온몸에 난 상처를 보며 연신 아미타불을 중얼거리더니 동자승에게 이것저것 가져오라며 다급히 말했다. 노승은 상처에 여러 가지 가루약을 뿌리고 진득진득한 물을 바르기도 했다.

신속하게 침까지 꽂았으나 추작도의 거친 숨결은 진정될 기미를 보이지 않았다.

점점 악화되고 있다는 징후.

"그걸 가져오너라."

멈칫!

동자승의 눈이 커졌다.

"그, 그것이라면……?"

"뭐하느냐? 어서!"

"크, 큰스님!"

동자승은 굳은 얼굴로 노승을 보더니 아무런 반응이 없자 하는 수 없다는 듯 문을 열고 사라졌다.

그사이 노승은 추작도의 몸을 주무르기 시작했다. 곳곳의 막힌 경락을 추궁과혈로 풀어주려는 것이다.

하지만 추작도의 안색은 조금씩 파래졌다.

"여기!"

동자승이 헐떡거리며 뛰어들어 와 옥함을 내밀었다.

노승은 거침없이 옥함을 열더니 그 안에서 황금빛 단약 한 개를 꺼냈다.

"아, 아미타불!"

동자승의 목소리가 떨린다.

무척 아까워하는 얼굴이다.

"드시오."

평소였다면 선뜻 받아들이지 않았겠지만 추작도는 망설이지 않고 삼켰다. 누군가를 의심하기에는 자신의 상세가 너무나 위험했기 때문이다.

몸 상태가 이 정도 되면 경계심을 키우기보다는 모든 걸 하늘에 맡기는 수밖에 없다.

한데 황금빛 환약을 복용하자 곧바로 잠시 쏟아졌다. 처음에는 거부하려다 이내 눈을 감았다.

─모든 건 운명이다.

자신의 힘으로 거역할 수 없을 때는 따르는 것만이 최선이라는 것이 오십 인생이 가져다준 경험.

죽은 듯 늘어진 추작도를 바라보는 동자승의 얼굴은 한참 동안 펴질 줄 몰랐다.

두 눈은 노란 약을 삼킨 추작도의 입에 머물렀는데 아쉬움이 큰 얼굴이다.

"누, 누굴까요?"

약간은 화가 난 음성이다.

노승은 침묵했다.

동자승이 싸늘한 얼굴로 물었다.

"강호인 같은데 괜찮을까요? 비봉암 사건이 일어난 지 오 년이 되지 않았는데."

비봉암은 복우산에 있는 암자로 주지는 노승의 절친한 벗이었던 태공 스님이었다.

그런데 오 년 전 부상을 입고 찾아든 강호인 한 명을 도와주었다가 태공을 비롯해 제자 다섯 명이 떼죽음을 당했다. 동자승의 말뜻은 우리도 그 꼴 나는 것 아니냐는 염려였다.

출가는 했지만 아직 세상적인 생각에 민감할 동자승을 바라보는 노승의 입에서 가벼운 탄식이 흘러나왔다.

"인연은 맘대로 끊고 잘라지는 것이 아니니라. 한낱 금수도 상처를 입고 찾아들면 보살피거늘 사람이 찾아들었는데 어찌 외면할 수 있겠느냐?"

동자승은 크게 한숨을 내쉬었다.

"그나저나 그 귀한 것을."

노승은 아무런 대답을 않고 죽은 듯 잠에 떨어진 추작도를 바라보았다.

한참을 보던 노승이 나직이 입을 열었다.

"놀랍구나."

"뭐가요?"

노승의 시선이 추작도의 잠든 얼굴에 멎었다.

한참을 살피듯 보더니 다시 고개를 갸웃거린다.

"적지 않은 나이인 듯한데 군상(君相)이라니……."

"네에? 구, 군상이라면?"

노승의 눈빛이 흔들리고 있었다.

아무리 생각해도 복잡했다. 대저 군상이란 태어나면서부터 나타나고 아무리 늦어도 약관 이전에 모습을 드러낸다. 그런데 주름살이 보이는 얼굴인 것이 못해도 지천명에 들어섰다. 그런데 군상이 강하게 나타나고 있었다.

상(相)을 보는 방법은 여러 방식이 있으나 사람은 대자연의 영기(靈氣)를 받고 태어난다. 그런 이유로 얼굴과 자연은 떼려야 뗄 수 없는 관계다. 다시 말해, 그 사람의 미래가 얼굴에 담겨 있는데 태양이 있고 달이 있고 별이 있기에 얼굴을 소우주라고 함이 그 이유다.

동자승은 눈을 크게 뜨고 보고 또 보았다.

그러나 그저 평범히 늙어가는 사람일 뿐이다. 하지만 자신이 아는 큰스님은 범상한 분이 아니었다. 미래를 예측하며 천기를 읽고 지기를 뚫어보는 신선 같은 분이다.

"아미타불! 아미타불!"

노승은 연신 불호를 외웠다.

*　　　*　　　*

추산은 집을 나섰다. 평소와 달리 추산의 얼굴은 굳어 있었다. 항상 웃는 낯이던 그의 얼굴이 평소와는 달리 딱딱해져 있는 것을 발견한 약장수 피광은 눈살을 찌푸렸다.

피광은 저잣거리에서 금선련(金線蓮)을 팔고 있었다. 물론 가짜다. 진짜 금선련은 은자 석 냥을 호가하는 영초이다. 무인에게는 오 년 가까운 내공 증진을 가져다주고 일반인에게는 불로장생의 대표적인 약초.

그렇다고 가짜 금선련이라고 해서 싸지도 않다. 싸면 가짜라는 것을 외치는 꼴이기 때문에 피광이 파는 가짜 또한 은자 석 냥이었다.

—내가 이 세상에서 가장 존경하는 사람은 추산이다.

피광은 공공연히 외치고 말했다.

일 년 반쯤 전 피광은 작은 손수레에 가짜 금선련을 실고 나타났다. 하지만 자리를 잡고 반 각도 지나기 전에 손수레는 박살이 났고 피광은 코피가 터지도록 두들겨 맞았다.

당시 피광을 두들겨 패던 패거리는 맹패광의 부하들이었다.

지나다 그 광경을 목격한 추산은 패거리 중 우두머리에게 다가갔다. 추산을 알아본 우두머리는 인상을 쓰면서 대뜸 뭐냐고 위협하듯 물었다.

나이 차이로 보나 저잣거리에서의 지위로 보나 하늘과 땅 차이다.

추산은 단도직입적으로 말했다.

그럴 것 있느냐. 어차피 자릿세 명목으로 얼마씩 떼어갈 텐데 그냥 봐주면 안 되느냐고.

상대는 다른 상인들이 항의를 해와 안 된다고 했다.

추산은 물러나지 않았다. 없는 처지에 서로 나눠 먹고 돕고 살아야지 그러지 말고 봐달라면서 물러서지 않았다. 추산이 비록 어리긴 하지만 또래 중에서는 상당히 신망이 있고, 따르는 이가 많다는 것을 알고 있던 맹패광의 부하는 추산이 쉽게 물러날 기미를 보이지 않자 기다려 보라고 하면서 물러섰고, 보고를 받은 맹패광은 미소를 지었다.

오래전부터 추산에 대해 지켜보고 있던 맹패광으로서는 추산의 그런 배짱과 인정이 은연중 마음에 들었기 때문이다.

피광은 홀어머니를 모시고 산다.

밑으로 네 명의 동생이 있는데 온 식구가 자신만 바라보고 있었다. 그런데 추산이 자리를 잡게 해주었으므로 그날로 동갑내기이지만 깍듯했다.

같이 친구하자고 추산이 말했지만 소용없었다. 사람이 많을 때는 형님이라고 불렀고 단둘이 있을 때만 친구처럼 지냈다.

"어디 아파?"

"잘돼?"

"보다시피."

피광은 파리만 날리고 있다는 동작을 취했다.

"어딜 가냐고?"

지나가는 추산을 향해 피광이 물었지만 추산은 신경 쓸 것 없다는 듯 한 손만 들어 보이고 인파 속으로 사라졌다.

추산의 발걸음이 멈춘 곳은 마차들이 몰려 있는 차부였다. 추산이 들어서자 놀고 있던 마부들이 돌아보았다. 한눈에 어린 소년인 탓에 손님일까 아닐까 저울질하는 눈빛들이었다.

추산은 한 노인에게 다가가 말을 건넸다.

"여수까지 가는 데 얼맙니까?"

"왜, 여수 가려고? 무슨 일로?"

"얼마냐니까요?"

돈은 있느냐는 반문이었기에 추산이 짜증스럽게 말을 뱉었다.

"은자 한 냥."

"태워다 줘요.."

추산은 은자 한 냥을 노인에게 건넸다.

돈을 받은 노인의 표정은 순식간에 달라졌고, 재빨리 뒷문을 열어젖혔다.

"타게나."

말투까지 바뀐다.

쾅!

마차 문이 닫히고 마부석으로 올라선 노인은 말을 몰기 시작했다. 마차는 사람들이 북적이는 저잣거리를 조심스럽게 빠져나가더니 본격적으로 속도를 내기 시작했다.

마차를 이용하지 않으면 하룻밤 새워야 할 거리다.

스윽!

추산은 품에 손을 넣어 쪽지를 꺼냈다.

부친 추작도가 떠나면서 건네준 것이다

여수로 가라. 그곳에서 비단 장사를 하는 상관옥이란 사람이 죽었는지 살았는지 알아보고 죽었다면 낙양 북쪽에 있는 곽씨세가를 찾아가거라. 그곳에 가서 돈을 받으러 왔다고 하면서 아버지 이름을 대면 줄 것이다. 액수는 금자 닷 냥이니라.

추산은 한참 동안 쪽지를 바라보더니 접어 품속에 넣었다.
추산은 마차 벽에 등을 기댄 채 조용히 눈을 감았다.

낙양을 떠난 지 두 시진 만에 마차는 여수에 도착했다. 물의 도시답게 눅눅한 비린내가 코끝을 파고든다.
두두두!
자신을 내려주고 돌아가는 마차를 한참 바라보았다.
태어나 낙양을 떠나본 것이 처음이다. 저잣거리에 파는 물건의 대부분이 생선들이다. 아직 살아 팔딱거리는 것도 있고 죽은 것도 있었다. 추산은 잠시 저잣거리에 널린 생선들을 구경했다.
생긴 모양도 가지각색이고 크기도 제각각 달랐다. 추산이 자신의 키만큼 큰 물고기를 보며 물었다.
"무슨 고깁니까?"
생선을 파는 사내는 살 것 같지도 않는 추산이 묻자 인상을 썼다.
"시끄러, 인마."
피식!

추산은 그냥 웃고 지나갔다.

잠시 저잣거리를 구경하던 추산은 은자 한 냥을 주고 고급 황어 한 마리를 사며 넌지시 물었다.

“상관 대인의 집이 어디에 있습니까?”

생선을 팔던 노파는 앞주머니에 돈을 넣으며 말했다.

“부둣가에서 북쪽을 따라 십 리쯤 가면 장원이 나오지. 그곳이야.”

“고맙습니다.”

새끼줄로 묶어준 생선을 들고 추산은 노파가 가르쳐 준 대로 걸었다. 부두에 도착해 북쪽으로 방향을 틀었다. 강을 타고 한참 걸어가자 멀리 커다란 산을 등진 한 채의 장원이 보였다. 한눈에 노파가 가르쳐 준 상관장원이라는 것을 알아차리고 다가갔다.

멈칫!

가까이 다가간 추산의 눈이 빛났다.

입구 문루에 검은 깃발 한 개가 걸려 있었다. 입구에 검은 깃발이 걸렸다는 것은 높은 사람이 죽었음을 알리는 조기다. 갑자기 온몸이 조여오며 호흡이 거칠어졌다.

잠시 펄럭이는 조기를 바라보다 장원을 지키고 있는 위사를 향해 다가갔다.

“뭐냐?”

위사는 대뜸 검을 휘두를 듯 손잡이를 거머쥐며 물어왔다.

추산은 가벼운 미소를 지으며 물었다.

"누가 죽었습니까?"

"넌 누군데? 인마, 그냥 가."

"아니, 갈 건데요, 조기가 걸려서 높은 분이라도 상을 당하셨나 해서요. 그나저나 이것 받으세요."

추산은 생선을 내밀었다.

사내가 멈칫했다.

"이건 황어 아니냐?"

상관옥이 황어 좋아하는 건 식솔이라면 모르는 사람이 없다.

추산은 사내의 손에 강제로 쥐어주고 고개를 갸웃했다.

"상관 대인께서 돌아가셨을 리는 없고."

그러면서 고의로 느릿하게 걸었다. 십여 걸음 걸었을까, 사내는 추산의 유인에 걸려들었다.

"대인 어른께서 타계하셨다. 제길."

"정말입니까?"

돌아서서 눈을 크게 떴다.

"우리 대인님을 잘 아느냐?"

"그럼요. 지잣거리에서 생선을 파는데 대인께서 시내에 나오시면 꼭 저의 가게에서 황어를 사시거든요. 그렇잖아도 어젯밤 꿈에 대인께서 나타나 많은 생선을 사지 뭡니까? 꿈속이었지만 너무 고마워 오늘 황어 한 마리 드리려고 가져왔는데 이런 애통할 일이."

위사는 가래침을 뱉었다.

카악!

"건강하신 분이 어쩌다……."

"자객에게 당했다."

"네에?"

추산은 놀란 척했다.

사내는 온갖 욕지거리를 내뱉으며 반드시 잡고 말 것이라고 큰소리쳤다.

추산은 고인의 명복을 빈다면서 적당히 얼버무리고 돌아섰다. 걸어나오는 추산의 표정은 돌덩이가 되어 있었다.

추산은 곧바로 낙양으로 돌아왔다.

낙양에 도착했을 때는 해가 저물고 있었다.

'곽씨세가!'

낙양에서 곽 씨로 가장 유명한 사람은 숭산이 있는 등봉현 쪽으로 가다 보면 금산이라고 있는데, 그곳에 터를 잡고 있는 장원에 살고 있다. 낙양에서 가장 돈이 많다고 알고 있을 뿐 자세한 건 잘 모른다.

"추산 형님."

주위 사람들을 의식해 피광이 큰 소리로 불렀다.

추산이 다가오고 있었기 때문이다.

"도대체 오늘 표정이 왜 그러십니까?"

추산은 가벼운 미소를 지으며 가짜 금선련 한 뿌리를 통째로 씹었다. 가짜라고 해서 나쁜 건 아니다. 영지초를 금선련으로 색칠해 팔기 때문에 해롭지는 않았다.

"곽씨세가에 대해 알아?"

"곽 씨라면… 금산?"

추산은 고개를 끄덕였다.

"자세히는 몰라. 듣자 하니 낙양에서 제일 부자라고 들었어. 뭐라더라? 응, 그래. 여수의 상관 머시기라는 인간과 하남의 비단시장을 양분하고 있다던데, 돈이 창고로 가득하대."

추산의 눈이 가늘어졌다.

아버지는 자신이 무엇을 하는 사람인지 절대 가르쳐 주지 않았다. 하지만 추산은 이미 오래전부터 아버지가 무엇을 하는지 알고 있었다. 아버지께서 하는 일이라는 것이 대부분 힘으로 해결하는 일이었다. 그렇다고 강호 사람들처럼 당당한 승부가 아니라 변칙과 기교, 속임수와 뒤통수를 치며 밥벌이를 한다.

그렇지만 한 번도 아버지가 나쁘다거나 비겁하다는 생각은 하지 않았다. 자신의 눈에 비친 아버지는 그저 최선을 다하는 사장의 모습일 뿐이었다.

하지만 이번 일만큼은 뭔가 잘못되고 있다는 예감이 전신을 옥죈다.

한눈에 사건이 어떻게 흘러가고 있는지 그려졌다. 비단시장을 놓고 상관옥과 곽 대인의 갈등 속으로 아버지가 들어간 것이다.

그런 거상들 싸움에 아버지 같은 잡객이 끼어 득 될 것은 하나도 없다. 자칫 소모품으로 전락할 우려가 있기 때문이다. 청부한 쪽에서 아버지에 대한 정보를 흘려 잡혀 죽게 하든지, 아니면 자기들의 의심을 벗어나기 위해 아버지를 잡아 죽여 시신으로 넘길 수가 있었다. 산 채로 넘기면 고문 끝에 자백할 위험이 있으니까 일부러 죽여 넘기는 방법을 택할 수도 있고.

산 채로 잡으려 했지만 놈이 하도 저항을 거칠게 하여 어쩔 수 없었다는 식으로 말이다.

후자의 가능성이 농후한데, 때는 필시 잔금을 받으러 아버지가 나타날 때이다.

가장 시급한 것은 아버지로 하여금 잔금을 받으러 가지 못하도록 막는 것이었다. 그렇다고 돈을 받지 않겠다는 것이 아니라 지금은 함정에 빠질 위험이 크다.

다행히 아직까지 잡히지 않는 것을 보면 어딘가 깊이 은신해 있는 것이 분명했다. 숨어 있다는 것은 부상을 입었다고 봐야 한다. 부상을 입지 않았다면 아버지는 이미 잔금을 받기 위해 곽씨세가를 찾아가 잡히든지 죽든지 했을 것이다.

벌컥벌컥!

추산은 시원한 찬물을 바가지째 퍼 마셨다.

목이 마르고 속이 터질 듯 무겁지만 마땅한 대책이 없다. 우선 아버지를 만나는 것이 제일 급선무다.

만약을 몰라 집 주위를 살폈다.

아버지는 절대 집 대문을 통해 들어서지 않는다. 또한 사람들 눈에 띄게 집을 들락거리지 않는다. 일을 하는데 자신의 거처가 노출된다는 것은 아주 위험할 뿐 아니라 자식인 나에게 끼칠 화를 염려한 치밀한 행동이었다.

예상대로 감시를 당하고 있다는 생각은 들지 않았다.

*　　　*　　　*

사내는 홍의를 걸쳤다. 뚱뚱한데다 때마침 기울어가는 석양과 어울려 타오르는 거대한 불덩어리로 보였다. 등 뒤에서 비치는 석양 때문에 얼굴은 제대로 구분되지 않았다.

"아직도 소식이 없나?"

태사의에 앉은 홍의사내 곽무랑이 입을 열어 물었다.

한 명의 백의사내가 입구에 서 있었다.

그는 놀랍게도 상관옥의 호위대장으로 추작도를 공격했던 위풍찬이었다.

"염려 마십시오. 일백여 명을 동원해 놈이 떨어진 단애 아래를 수중 수색하고 있으니 곧 발견될 것입니다."

"찾아야 해."

곽무랑이 자리에서 일어났다.

천천히 계단을 내려와 위풍찬에게로 다가왔다. 곽무랑의 검은 눈동자가 걸치고 있는 홍의만큼이나 붉게 빛났다.

"반드시."

위풍찬이 물었다.

“꼭 찾을 필요까지 있습니까. 알다시피 회하의 물길이 워낙 거세 예상 밖으로 멀리 흘러가 버릴 수도 있고.”

곽무랑이 입꼬리를 말아 올리더니 위풍찬의 어깨에 손을 올렸다.

움찔!

자신도 모르게 위풍찬은 몸을 떨었다.

아직 누구에게 떨어보거나 놀라본 적이 없는 위풍찬이지만 이상하게 곽무랑 앞에만 서면 작아진다.

“그런 말 들어는 보았나? 심증은 가는데 물증이 없다는?”

금시초문이라는 듯 위풍찬은 눈을 깜빡거렸다.

“자네가 상관옥의 유족이라고 하면 흉수를 누가 보냈다고 생각하겠는가?”

멈칫!

위풍찬의 눈이 가늘어졌다.

“말해보게. 왜 대답을 않나?”

“그야 당연히 우리 쪽에서?”

“바로 그걸세. 그런 걸 두고 심증은 가는데 물증이 없다는 거지. 우린 그 오해를 벗어나기 위해 흉수를 넘겨줘야 하네. 그렇지 않으면 그들은 절대 날 용서하려 들지 않을 걸세. 특히.”

곽무랑은 어깨에서 손을 내리고 천장을 올려다보았다.

“무림 밥과 상인 밥은 다르네. 무림 밥과 달리 상인 밥은 아주 질기다네. 의리가 있어. 강호는 무조건 강자를 따르지만 상인들은 그렇지 않다는 거야."

"어차피 상관옥은 죽었습니다. 그건 곧 상관세가가 무너지는 것은 이제 시간문제라는 얘기 아닙니까?"

"아직도 내 말을 못 알아듣는군. 절대 안 무너지네. 더 단단히 뭉칠 거야. 특히 상관세가를 무너뜨리려면 그와 거래를 하는 중상들을 내 밑으로 모두 데리고 들어와야 하는데 그들은 내가 흉수가 아니라는 확실한 증거를 내놓지 않는 한 절대 내게 빌붙지 않아. 의리라는 거지. 이제 왜 내가 그자의 시신을 반드시 확보해야 한다는 건지 알겠나? 상인들에 비하면 무인들 의리는 의리도 아냐."

"죽음 앞에서도 의리를 지킬까요?"

"무슨 말인가?"

"중상 몇 놈을 본보기 차원에서 베어버리면 그때는 거래처를 대인 쪽으로 바꾸지 않겠느냐는 얘깁니다."

곽무랑은 가벼운 미소를 지었다.

"자꾸 상인은 무인들과 다르다는 얘길 반복해야 하는가?"

"빌어먹을."

"맞이. 빌어먹을이지. 그러니 빨리 가서 찾게. 꼭 시신을 찾아와야 이번 일은 성공한 것이네."

못마땅한 얼굴로 서 있던 위풍찬은 하는 수 없다는 듯 실내를 빠져나갔다.

"배속."

"부르셨나이까?"

한 사내가 나타났다.

해골을 방불케 할 만큼 비쩍 마른 사내로, 서른 중반쯤 되어 보였다. 옆구리에는 손가락 굵기의 얇은 세검이 있었다.

한눈에 쾌검의 소유자임을 알 수 있었다.

덜컹!

서랍을 열어 문방사우를 꺼낸 곽무랑은 종이를 펼치고 붓을 놀렸다.

스스스!

곽무랑은 빠르게 글을 써갔다.

두 통의 서찰.

먹물이 마르자 종이를 접어 봉서에 담아 배속이란 사내에게 내밀었다.

"더 이상 안 되겠구나. 하는 수 없이 네가 솜씨를 발휘해 주어야겠다."

배속은 검 말고 또 하나 놀라운 능력을 지니고 있다.

귀신보다 빠른 손을 갖고 있는 것이다. 마음만 먹으면 언제든지 상대 물건을 자기 것으로 만드는 신출귀몰한 재주를 지녔다.

"지금 당장 다녀와!"

"충!"

배속은 힘차게 외치며 사라졌다.

수많은 사람들이 물속을 뒤졌다. 회하의 물살은 워낙 거칠고 종잡을 수 없었다. 수색 도중 적지 않은 실종자가 생겼지만 추작도를 찾는 일은 멈추지 않았다.

시간이 흐를수록 위풍찬의 얼굴에는 짜증이 짙게 배었다.

지나치게 꼼꼼하며 치밀한 곽무랑은 호방한 자신의 기질과 맞지 않았다.

이번 사건도 그렇다. 마음에 안 들면 일단 베고 보고, 앞길을 막으면 치워 버리고, 달려들면 박아버리는 자신의 틀에 비해 너무 치밀하고 섬세하리만치 답답하다.

그래서 서너 달 전부터 적당한 기회가 닿으면 떠나야겠다는 마음을 먹고 있었다.

"어떠시오, 배 대장이 보시기에?"

어제부터 배속까지 파견되어 함께 일을 돕고 있었다.

물론 곽무랑이 자청해 보낸 것이다. 자신과 상관옥의 죽음이 전혀 관련없다는 것을 증명하기 위해 오십여 명의 수색원을 파견했다.

곁에 선 배속이 대답했다.

"글쎄. 피곤하구려."

"피곤하지."

"그렇다고 여기서 멈출 수도 없지 않소이까?"

"어떻게 됐느냐? 뭣 좀 보이느냐? 하다못해 놈이 지닌 칼이라도 발견되었느냐?"

위풍찬이 물 밖으로 나온 두 무사를 향해 물었다.

추위에 새파래진 얼굴로 무사들은 고개를 좌우로 저었다.

“우라질! 쳐 죽일 놈! 어디 처박혀 뒈진 거야!”

위풍찬이 신경질적으로 투덜거리고 있을 때 한 명의 무사가 다가왔다.

“위 대장님께 아뢰오. 총관님께서 급히 찾으십니다.”

“총관 어른께서 날 왜?”

“모르겠사옵니다. 어서 모시고 오라는 분부시옵니다.”

“잠시 다녀올 테니 여긴 배 대장께서 좀 맡아주시오.”

배속은 미소를 지었다.

“염려 말고 다녀오시오.”

“배 대장만 믿고 가오. 무슨 일 있으면 전서구를 보내주시오.”

위풍찬이 사내와 사라지는 모습을 바라보는 배속의 입가에 미소가 감돌며 속으로 조용히 중얼거렸다.

‘그동안 즐거웠다, 놈.’

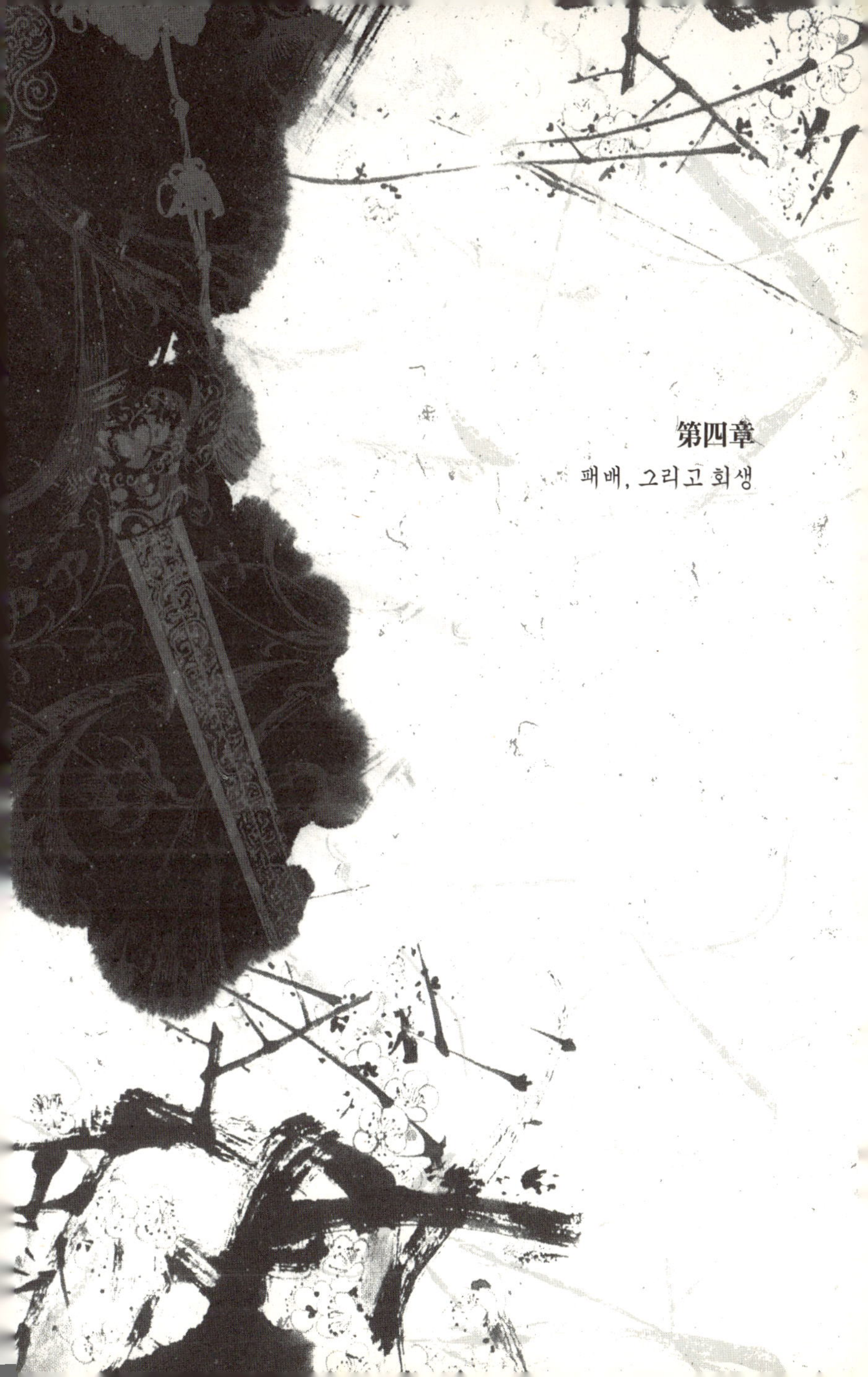

第四章

패배, 그리고 회생

검명도살

　　장원으로 들어선 위풍찬의 눈살이 찌푸려졌다. 상관옥이 죽어 분위기가 무거운 것은 어쩔 수 없지만 왠지 서늘한 기분이 들었다. 며칠 잠도 못 자고 수중 수색을 지휘하느라 지친 탓이라고 생각하며 사내를 따라 총관이 거처하는 태전당으로 들어섰다.

　　흠칫!

　　태전당으로 들어선 위풍찬은 자신도 모르게 걸음을 멈추었다.

　　대전에는 상관세가의 최정예 스무 명, 며칠 전 데리고 사냥을 떠났던 무사들이 도열해 있었다.

　　딸칵!

안방 문이 열리고 총관 고차룡과 상관옥의 부인 황씨가 나타났다.

직감적으로 뭔가 잘못되었다는 것을 느끼며 물으려는데 고차룡이 말했다.

"일단 앉게."

위풍찬은 잠시 고차룡을 바라보다 자리에 앉았다.

황씨와 고차룡은 나란히 앉았는데 자신을 바라보는 시선이 살기로 뭉쳐 있었다.

"배은망덕한 놈."

황씨의 입에서 차가운 음성이 흘러나왔다.

"마, 마님!"

"닥쳐라."

"갑자기 왜?"

"저런 가증스러운 놈을 보았나? 아직도 네 죄를 모른단 말이냐?"

"소인이 무슨 죄를?"

"지난 사흘 동안 어딜 갔느냐? 내가 알기로 넌 금토향을 잡기 위해 무사들을 이끌고 사냥을 다녀온 것으로 기억한다."

위풍찬의 표정이 굳어졌다.

사냥을 다녀온다고 상관옥에게 허락을 받고 장원을 비운 것은 맞다. 그런데 그건 사냥을 위해서가 아니라 사전에 곽무랑과 약속된 일이었다.

사실 위풍찬이 상관세가에 들어온 것은 곽무랑의 지시를 받고서였다. 상관세가에 들어오기 이전부터 곽무랑과 주종 관계였다.

추작도에게 살인 청부를 의뢰하고 경계를 소홀히 해줄 목적으로 금토향을 잡아오겠다며 장원을 비운 것이다.

상관옥은 추황염이라는 병을 앓고 있었는데 백약이 무효였다. 그나마 황어가 약간의 도움이 된다고 하여 자주 먹었지만 금토향과는 비교가 안 된다. 금토향은 전신의 털이 황금빛인 토끼로 추황염에 매우 좋다.

워낙 빠르고 귀해 대호를 잡는 것보다 어렵다. 그래서 정예들을 이끌고 떠난 것이다.

빠르고 날랜 금토향을 잡기 위해서 정예들을 동원해야 한다는 완벽한 명분은 누구도 그가 사냥을 가는 것이 자객의 암살을 돕기 위한 행동이라는 것을 알 수 없게 했다.

사냥을 떠나자 추작도는 기다렸다는 듯 거사를 감행했다. 물론 추작도에게 사냥을 떠난다는 정보를 흘린 것도 위풍찬이었다. 그리고 예상보다 빨리 돌아온 것은 추작도를 잡기 위한 것이고.

여기까지는 사전 계획대로 완벽했다.

남은 것은 추작도를 잡아야 했다. 곽무랑의 짓이 아니라는 것을 상관옥의 유족 및 거래하는 중상들에게 보여주기 위해서는 추작도를 포획하여 곽무랑에게 넘겨주면 그가 시신을 갖고 상관세가를 찾는다는 이야기.

그런데 지나치게 여유를 부리다 추작도로 하여금 회하로 뛰어들 시간을 주어버렸다.

어쨌든 여기까지는 곽무랑과 자신 말고는 아무도 모른다.

"내 참."

어이가 없다는 듯 미소를 지었다.

"뭔가 큰 오해를 한 듯한데 증거라도 있으신지요."

"증거는 네놈 품속에 있을 것이니라."

위풍찬은 품을 뒤졌다.

척!

손끝에 뭔가 걸렸다. 꺼내보자 한 통의 봉서다.

신속히 서찰을 읽던 위풍찬의 안색은 납덩이가 되고 말았
다.

'당했다!'

순간적으로 머리를 스치는 생각.

상관 대인을 죽이려 한다는 정보를 입수했소. 일이 잘못되면
무조건 나의 소행으로 오해받을 것이오. 엄호를 철저히 하시오.

곽무랑.

스으으으!

순간 스무 명의 사내가 포위망을 좁혀왔다.

위풍찬은 서찰에서 눈을 떼지 않았다.

"할 말 있으면 하거라."

황씨가 말했다.

"네놈이 사냥 간다는 것도 모두 대인 어른을 암살하기 쉽도록 해주기 위한 짓이었더구나. 하나 더욱 용서 못할 일은 이런 내용을 알고 있으면서도 우리에게 알려주지 않았다는 것이다. 그건 곧 흉수가 너라는 것 아니냐. 대인을 죽이면 본가의 모든 것을 거머쥘 수 있다고 생각했겠지."

위풍찬은 고개를 들었다.

"누가 이런 서찰을 내게 보냈다고 하더이까?"

"저놈이 아직도 오리발을 내밀려고! 뭣들 하느냐! 곽 대인을 모셔라!"

곽 대인이란 말에 위풍찬의 눈이 커졌다.

안쪽 방문이 열리며 곽무랑이 미소를 지으며 나왔다.

"대, 대인."

곽무랑은 말했다.

"난 분명히 자네에게 서찰을 전했네, 상관 대인에 대한 암살 정보가 있다고. 혹시나 해서 한 통을 더 써서 마님께 보내기도 했지."

그때 황씨가 품에서 같은 서찰 한 통을 꺼내 펼쳤다.

자신의 품에서 나온 것과 같은 필체요, 내용이었다.

벌떡!

위풍찬은 자리를 박차고 일어나려다 주춤했다.

이십여 명의 무사들이 일제히 검의 손잡이를 쥐었기 때문이다. 그들은 예전부터 상관옥이 데리고 있던 충신들로 상당한 능력자들이다. 물론 일대일로 싸우면 누구도 자신의 상대가 되지 않지만 합격이라면 달라진다.

"대인, 이럴 수 있습니까?"

"뭘 말인가?"

곽무랑은 담담한 미소를 지었다.

"왜 말을 하지 않는가? 할 말 있으면 하게. 난 분명히 자네에게 귀띔을 해주었네. 그런데 자네는 숨겼어. 더구나 암살자를 돕기 위해 무사들을 이끌고 사냥까지 나가 버렸네. 은혜를 갚아도 유분수지, 똑똑한 무사 한 명 데려왔다고 좋아하던 대인의 모습이 눈에 선한데 자네가 이럴 수가 있는가?"

꿈에도 예상하지 못한 치명타다.

왜 상인들과는 상종을 하지 말라는 강호 속담이 있는지 알 것 같았다. 무인들은 단순하다. 기면 기고 아니면 아니다. 이기면 승자고 지면 패배를 인정한다.

그러나 상인들은 계산이 복잡하고 지능적이고 철두철미하다.

지난 삼 년 동안 실컷 충성을 바친 결과가 빠져나갈 구멍 없는 함정으로 돌아왔다.

오해와 위기를 벗어날 길이 없자 곽무랑은 자신을 희생물로 내놓고 빠져나간 것이다.

"헛헛!"

위풍찬은 웃었다.

이 상황에서 어떤 말을 해도 자신을 믿어줄 사람은 없었다.

오히려 자신만 초라해질 뿐이다.

너무 분노하면 화가 나는 것이 아니라 웃음이 난다더니 계속 실소가 흘러나왔다.

"으하하하!"

낭인(浪人).

천성이 한곳에 붙어 있지 못했다.

천하를 떠돌며 배가 고프면 잠시 근처 부잣집에 신세를 졌고, 발걸음 닿는 대로 걸으며 고수들을 찾아 자신의 검을 시험했다.

승부(勝負).

그렇게 천하를 떠돌며 강자들과 생사를 결(決)하는 것은 행복하고 짜릿했다. 무사는 싸우며 살고 싸우다 죽을 때 행복하다는 것이 위풍찬의 생각이었다.

그러다 우연히 곽무랑을 만났고, 워낙 거액을 제시하기에 자신도 모르게 정착했다. 강자와의 대결도 좋고 패배에서 오는 자신에 대한 성찰도 즐거웠지만 배고픔만큼은 돈 없이는 도무지 해결할 방법이 없었다.

그러던 차에 곽무랑을 만났는데, 어느 때부터 자신이 무서운 음모의 늪 속으로 빠져들고 있다는 것을 알았지만 발을 빼기에는 이미 늦었다.

"무엇하느냐? 놈을 잡아랏!"

황씨의 명령이 떨어졌다.

스무 명의 무사가 포위망을 좁혀왔고, 황씨와 총관 고차룡은 뒤로 빠졌다.

위풍찬의 얼굴에는 여전히 미소가 떠나지 않았다. 그러면서 황씨에게 연신 늦은 감사의 인사를 받고 사라지는 곽무랑의 등을 바라보았다.

피식!

자꾸 웃음이 나온다.

"가랏!"

두 명의 무사가 찔러 들어왔다.

이제 모든 것을 잊어야 한다. 특히 흥분은 금물이다. 지금 가장 중요한 것은 냉정을 되찾아야 하고 사지(死地)인 이곳을 벗어나는 것이다.

부웅!

위풍찬은 허공으로 떠올랐다.

같은 순간 앉아 있던 의자가 두 사내의 검에 의해 산산조각이 났다. 허리를 펴는 두 사내를 향해 위풍찬의 검이 회전을 일으켰다.

휘이!

공원적검(空圓敵劍)의 식.

위풍찬의 검식은 표풍쾌검식.

사부 표풍자로부터 전수받았다. 표풍자는 전대의 기인으로 강호에서 제법 명성을 얻은 인물이었다. 자질이 부족하여 사부가 지닌 능력의 절반밖에 깨우치지 못하고 있지만 아무나 받아내는 검이 아니었다.

이십 명과는 오랫동안 생활해 왔기 때문에 그들의 장단점을 조금은 알고 있는 것이 그나마 다행이었다.

데구루루!

두 사내가 바닥을 뒹굴며 검을 피했다.

그러나 공원적검의 식은 그들을 노린 것이 아니었다. 그들을 노린 척하면서 출입문 쪽에 있는 두 사내를 향해 검을 틀었다.

성동격서에 가까운 전략.

갑자기 검이 자신들에게 향하자 두 무사는 화들짝 놀랐다.

카아앙!

예상 못한 공격에 급히 응수하느라 제대로 힘을 싣지 못한 두 무사는 휘청거렸다.

위풍찬은 재차 검을 휘둘렀다.

혼신을 다한 공격에 두 무사는 본능적으로 다시 검을 들었다.

꽈가가강!

“컥!”

“음!”

급기야 두 무사는 신음을 흘리며 비틀거렸고 세 번째로 떨어지는 위풍찬의 검을 보면서는 얼굴이 우그러졌다. 그것은 사신의 검이자 악마의 벼락이었다.

등 뒤에서 동료들의 공격이 사자의 이빨처럼 오는데도 위풍찬은 오로지 자신들 두 사람에게만 공격을 퍼부었다.

아무리 인생이 줄이라지만 줄을 잘못 섰음을 깨달았을 땐 위풍찬의 검이 두 사람의 검을 쳐내며 엄청난 힘이 몸속을 뒤집어 버렸다.

퍼덕!

컥!

둘은 좌우로 나자빠졌다.

뻐어억!

닫힌 문이 위풍찬의 검에 박살이 났다.

위풍찬의 몸은 망설이지 않고 문을 향해 날아갔지만 떨어질 듯 휘청거렸다.

불벼락이 등을 적신 듯 뜨거웠고, 어찌나 충격이 센지 전신이 토막 나는 느낌이었다.

"쿠우우!"

숨을 쉴 수조차 없는 고통이지만 위풍찬은 죽을힘을 다해 도주했다.

"잡아야 한다."

무사들이 줄지어 쫓아왔다.

위풍찬은 지붕을 타고 넘었다.

슈욱!

지붕 너머에서 강한 장력이 날아왔다.

대전뿐만이 아니라 전각 근처에도 상당한 무사들이 만약을 대비해 매복해 있었다.

콰아아!

상대의 공격이 태산일지라도 피해서는 안 된다. 오로지 부딪치고 베며 앞만 보고 나가는 것 말고는 어떤 계책도 지금은 소용없었다.

"커억!"

"욱!"

앞선 비명은 장력을 쏟은 자가 터뜨렸고 뒤의 것은 위풍찬의 것이었다.

슈와아!

쐐애애!

사방에서 쏟아지는 공격으로 정신을 차릴 수가 없었다.

피유융!

심지어 화살까지 날아온다.

"끄억!"

옆구리와 어깨에 화살이 박혔지만 위풍찬의 신법은 멈추지 않았다.

*　　　*　　　*

추산은 발걸음을 돌렸다. 금산의 조그만 봉우리에서 하루 종일 곽씨장원을 지켜보았다. 운이 좋아 아버지가 나타나면 가로막을 생각이었고, 혹시라도 장원의 움직임을 통해 아버지에 대한 어떤 낌새를 알아차릴 수 있을까 관찰의 하루를 보낸 것이다.

"어딜 다녀오는 거야?"

피광이 아는 체를 했다.

위아래를 훑어보는 것이 요즘 추산의 행동이 예전과 조금 다르다는 것을 느낀 눈치다.

친구들 누구도 아버지가 잡객인지 모른다. 돈만 준다면 양심 따위에 얽매이지 않고 이것저것 일을 하기 때문에 적을 만들 수밖에 없고 정체가 발각되면 쥐도 새도 모르게 죽는다.

왕왕 길가에 시신으로 발견된 안면 있는 사람들의 과거도 알고 보면 하나같이 잡객으로 활동했다.

우걱!

추산은 가짜 금선련 한 뿌리를 씹으며 돌아섰다.

"저녁, 집에서 먹어."

피광이 누런 이를 드러내며 웃었다.

"오늘 엄마 생신이거든. 신경 좀 썼으니까 미시쯤 와. 같이 먹게."

추산은 가벼운 웃음으로 대답했다.

피광과 헤어져 골목길로 접어들었다.

채화로(採花路).

낙양제일의 유곽들이 밀집해 있는 곳이다.

어둠이 깔리기 시작하자 채화로는 바빠졌다. 몸을 팔기 위해 거리로 나온 여인들과 여인을 사려는 사내들이 얽히면서 시끄럽다. 여기저기서 가격을 흥정했고, 서로가 맞지 않는 듯

언성까지 높인다.

"차라리 죽여라, 개자식아!"

바로 그때였다. 모든 시끄러움을 일거에 제압할 만큼 쩌렁한 악다구니에 추산은 고개를 돌렸다.

한 명의 기녀가 뚱뚱한 사내의 발목을 끌어안고 놓아주지 않고 있었다.

"야, 이 미친놈아! 천하를 뒤져 봐라, 외상 구멍이 있는지! 첫 방부터 재수없게. 돈 안 내면 죽어도 못 가!"

"나중에 준다니까."

"지금 내놔!"

"이런 쳐 죽일 계집이 감히 나 신숭을 뭐로 보고."

콰악!

뚱보사내가 사정없이 허리를 구부려 주먹으로 기녀의 머리통을 쥐어박았다.

"으악!"

얻어맞으면서도 기녀는 발목을 놓지 않았다.

"에이, 썅."

퍼퍼퍼퍽!

신숭이란 사내가 허리를 구부린 채 무차별 주먹질을 가했다.

주먹세례를 맞으면서도 여인은 발목을 풀지 않는다.

"언니, 그러다 죽겠어. 그냥 내버려 둬."

보다 못한 주위 기녀들이 말렸다.

“죽어도 못 놔! 이 개자식, 전번에도 공짜 하고 갔어.”

“형님, 무슨 일입니까?”

그때 세 명의 사내가 건들거리며 다가왔다.

“야, 뭣들 해! 이 계집 좀 떼어라!”

“알겠습니다.”

사내들이 달려들어 기녀를 마구 짓밟았고, 결국 발목을 감싸 쥔 손을 풀었다.

기다렸다는 듯 신숭은 여인을 무참히 짓밟았다.

기녀는 피투성이가 되었다.

“그만해, 오라버니.”

“돈이 없는 것도 아니면서 해도 너무한다는 생각 안 들어?”

“네년도 뒈지고 싶어?”

신숭이 동료 기녀를 노려보았다.

“네년들도 똑바로 해. 어이, 재수없어.”

빠아악!

다시 한 번 기녀를 걷어찬 신숭이 세 사내를 데리고 내려가며 킥킥거렸다.

“형님, 꼭 그렇게 공짜를 해야겠습니까. 다른 것도 아니고 몇 푼이나 된다… 크악!”

사내는 말을 하다 말고 비명을 질렀다.

신숭의 주먹이 어느새 코뼈에 틀어 박혔고, 양 콧구멍에서 붉은 피가 흘렀다.

“뭐라고? 다시 말해봐.”

“죄송합니다. 죽을죄를 졌습니다.”

“이놈이.”

빠악!

뻑!

추산은 쓰러진 사내를 무참히 짓밟았다.

다른 사내들은 두려움에 말릴 엄두도 내지 못했다. 한참을 밟아대던 신숭이 헉헉거리며 멈췄다.

“가도야.”

“네… 네, 형님!”

사내는 비틀거리면서 일어났다.

신숭이 가도라는 사내를 보며 말했다.

“하긴 너 같은 놈이 뭘 알겠느냐? 공짜 그 짓이 얼마나 짜릿한지를.”

그러면서 머리를 쓰다듬었다.

“잘못했습니다. 한 번만 용서해… 악!”

신숭의 주먹이 다시 틀어 박혔고, 가도는 저만치 나가떨어졌다.

카악!

신숭은 가래침을 뱉었다.

아랫주머니에 손을 집어넣었는데 무척 불편한 얼굴이었다.

“하, 한데 형님은 젊은 애들 다 놔두고 자꾸 저년만 찾습니까?”

가라앉은 신숭의 비위를 맞추려는 듯 부하 한 명이 달라붙어 물었다.

신숭은 기다렸다는 듯 얼굴을 폈다.

카악!

침을 한 번 더 뱉더니 목을 한 바퀴 돌린다.

"너희는 몰라서 그래. 젊은 것들은 싱싱한 맛은 있지만 깊은 맛이 없어. 내 나이 되어보면 그땐 알 것이다."

"알겠습니다."

"좋은 말씀입니다."

사내들은 감탄의 표정으로 허리를 숙였다.

한편 기녀들은 쓰러진 기녀를 부축했다.

"이걸 어째. 코가 찢어졌다."

"맙소사, 이도 나간 것 같아."

피투성이가 된 기녀를 보며 추산은 신음처럼 중얼거렸다.

'요… 용월.'

기녀들은 용월을 부축해 가며 말했다.

"언니, 말했잖아. 맹패광의 패거리들에게는 아예 돈 받을 생각 하지 말고 쥐버리라고. 저것들 건드려 좋을 것 없다고 했잖아."

"미쳤어? 내가 왜 공짜로 줘. 난 죽어도 못해. 저 개자식, 언젠가 내 손으로 죽여 버릴 거야. 으아아앙!"

서러움이 치민 듯 용월은 엉엉 울음을 터뜨렸다.

"억울해! 억울해! 벼락은 저 개자식들 안 때리고 뭐하는 거야. 억울해.”

　용월은 부축을 받으며 기루 안으로 사라졌다.

　올해 서른셋.

　이 년 전 집을 나서는데 한 여인이 추산의 집을 기웃거리고 있었다. 당시 추산은 저잣거리에서 연(鳶) 장사를 하고 있었다. 밤새 만든 연을 팔기 위해 대문을 나서다 여인과 마주쳤다.

　여인은 도둑질하다 들킨 사람처럼 당황하더니 서둘러 골목을 빠져나갔다.

　이후 두세 차례 더 골목을 서성거리던 여인을 만났고, 나중 이곳 화왕루의 기녀라는 사실을 알았다.

　무슨 이유로 기녀가 자신을 집을 기웃거리며 살폈을까. 그러다 문득 혹시 아버지를 짝사랑하고 있을지도 모른다고 생각했다. 그러나 이내 고개를 저었다.

　아버지를 아는 사람은 있어도 아버지의 거처를 아는 낙양 사람은 없었다.

　그리고,

　반년이 지난 어느 날,

　“네가 추산이니?”

　저잣거리에서 연을 팔고 있는데 화장을 짙게 한 여인이 대뜸 물어왔다.

　첫눈에 몸을 파는 기녀라는 것을 알아볼 수 있었다.

　“씨 도둑질은 못한다더니 어쩜 그렇게 똑같이 생겼니. 어휴,

이 눈매 좀 봐. 완전히 언니네.”

“낭자는 누구십니까?”

“어머머, 목소리가 생각보다 의젓하네. 너 몇 살이니?”

“열한 살요.”

“생각보다 키는 작구나. 하긴 엄마가 없으니 제대로 챙겨줄 사람이 없겠지. 음식 가리지 말고 아무것이나 먹어. 자, 이것 받아.”

여인은 은자 두 냥을 내밀었다.

“내가 왜 이 돈을 받아야 한단 말이오?”

“꼴에 사내라고. 이 누나가 주면 그냥 받아.”

여인은 강제로 추산의 손에 돈을 쥐어주며 한마디 더 했다.

“용월이 언니에게 잘해. 너와는 보통 사이가 아냐.”

알 듯 모를 듯 말을 남기고 기녀는 사라졌다.

그리고 기어이 조사한 끝에 아버지로부터 자백을 받고 말았다. 그러나 아버지는 한마디를 놓지 않았다.

“그년 말을 어떻게 믿느냐, 이놈저놈 마구 배 위에 올린 년의 말을.”

아버지 말도 틀린 부분은 없었다.

추산 또한 어머니라고 한 번도 생각해 본 적이 없었다. 어려서부터 어머니라는 존재에 대해 모르고 자란 탓인지 그다지 보고 싶다거나 애달픈 정 같은 건 없었다. 아니, 애초부터 존재

하지도 않았다.

추산은 추산대로 먹고살기 바빴고 아버지는 밖으로 나돌아 다녔다.

혈육이나 가족 따위의 감정을 느끼며 살기에는 팍팍한 삶이었다.

한 인영이 조용히 문을 열고 들어섰다. 방 안에서는 남자의 코 고는 소리와 여인의 조용한 숨결이 정확히 구분되어 흘러나왔다. 두 남녀는 이불을 걷어차고 잠에 떨어져 중요 부위를 적나라하게 드러내 놓고 있었다.

'웃기는 놈이군. 초저녁에는 기녀와 놀고 잠은 이것과 잔단 말이지.'

복면을 한 사내는 새끼손가락을 까닥이며 조용히 다가갔다.

여인에게 다가가 젖꼭지를 툭 튕겼다. 여인의 젖꼭지는 가장 예민하여 아무리 깊은 잠에 빠져도 금방 깨어난다.

예상대로 여인은 눈을 떴다. 그러다 복면인의 눈과 마주치자 소릴 지르려 했다.

읍!

복면인은 여인의 입을 막았다.

그러면서 손짓을 했다.

조용히만 하면 절대 해치지 않겠다는 수신호였다. 여인은 눈치 빠르게 알았다는 듯 고개를 끄덕였다.

복면인은 맞은편으로 돌아가 코를 고는 사내를 가만히 내려다보았다. 누웠는데도 배가 태산만큼 솟구쳐 올랐다.

푸우욱!

베개를 이용해 사내의 입을 틀어막는 것과 동시에 칼로 사내의 아랫도리를 박았다.

"꾸욱!"

고통에 사내가 눈을 떴다.

하지만 복면인은 힘껏 베개를 눌러 꼼짝 못하게 했다.

푹!

푸욱!

연거푸 아랫도리에 박히는 칼.

사내의 두 눈이 고통으로 우그러졌다.

공포에 넋이 나간 여인은 아예 이불을 뒤집어써 버렸다.

복면인은 피 묻은 칼을 사내의 눈앞에 들이댔다. 사내의 눈이 찢어질 듯 커졌다.

스윽!

도신에 묻은 피를 사내의 뺨에 닦았다

그리고 귓가에 대고 속삭였다.

"착하게 살아."

푸우욱!

"큭!"

강력하게 다시 한 번 칼을 쑤셔 넣고 복면인은 조용히 방을 빠져나왔다.

아랫도리가 난자된 사내는 몸을 움직이지도 못한 채 짐승

같은 신음만을 흘리고 있었다.

느긋하게 복도를 통해 밖으로 나온 추산은 복면을 벗었다. 흘긋 창문을 올려다보았다. 신음 소리가 밖에까지 들렸고, 빨리 의원으로 데려다 달라는 신숭의 절규가 생생하다.

우당탕거리는 것이 기녀가 옷을 입고 의원을 부르러 가는 모양이었다.

추산은 복면을 한쪽에 집어 던지고 양손을 아랫주머니에 넣고 어둔 밤길을 걸어갔다.

눈앞으로 용월이 떠올랐다.

아무도 없으니 한 번쯤 어머니라고 불러볼 만도 한데 전혀 그러고 싶은 마음은 없었다.

그런데 그녀가 당한 것에 대해 이렇게 앙갚음을 해주는 자신의 행동은 뭘까.

스스로도 그 이유는 모른다.

그냥 신숭이라는 자를 가만둬서는 안 되겠다는 생각뿐이었다.

사악!

집이 있는 골목으로 들어서던 추산은 번개처럼 담벼락에 붙어섰다. 보이진 않지만 전방으로부터 인기척이 들렸다.

신숭이 벌써 복수에 나섰을 리 없다. 아니, 신숭은 자신의 짓이라는 것을 죽었다 깨어나도 모른다. 복면을 했을 뿐 아니라 목소리까지 잠시 변조시키는 변성 약을 복용했다.

‘혹시!’

아버지와 관계된 인물일지도 모른다고 생각했지만 이내 고개를 저었다.

자신이 아는 아버지는 용의주도한 분이다. 절대 허점을 남기거나 꼬투리가 될 만한 일을 흘리고 다니지 않으신다. 심지어 집 앞에 당도하여서도 들어서지 않고 사흘을 배회하며 주위를 살피는 끈질김을 갖고 있다. 하긴 그만큼 완벽을 기했기 때문에 오늘날까지 목숨을 유지하고 있을 것이다.

스윽!

슬며시 한 걸음 더 나아가 고개를 슬쩍 빼고 보았다.

어둠 속에서 누군가 꿈틀거리는데 쓰러져 있었다. 움직임이 한눈에 심한 부상을 입었다는 것을 알 수 있었다. 그러나 만약을 대비해 소매 속에 감춘 칼을 빼 들고 조심스럽게 다가갔다.

‘피!’

피 냄새가 역겨울 만큼 풍겼다.

‘으으!’

사내는 일어나기 위해 안간힘을 다했다. 그러나 옆구리를 움켜쥔 채 허리조차도 펴지 못했다.

‘이런!’

사내는 흘러나오는 내장을 억지로 배 안으로 집어넣고 있었다.

“이보시오.”

사내는 의식을 차리지 못했다.

더 이상 놔뒀다가는 죽을 것이 분명했다.

'우라질!'

이것도 운명이다 싶어 들쳐 업고 뛰었다.

의원을 향해 인적이 드문 밤길을 달렸다. 잠자리에서 눈을 뜬 의원이 인상을 쓰자 추산은 미소를 지었다.

"미안해요. 저예요, 추산."

"추, 추산이라고? 네가 이 밤중에 웬일이냐?"

평소 알고 지내는 북리 의원이었다.

"급해요. 사람 좀 살려주세요."

어린 나이에 비해 소름이 끼치도록 냉철한 추산이다.

북리 의원은 자리를 털고 진료실 문을 열어젖혔다.

"어헉!"

내장이 반쯤 흘러나왔고 온 침상을 붉게 물들인 시신에 가까운 흑의사내.

북리 의원은 신속하게 상처에 물을 뿌렸다.

일령초로 불리는 소독제이다. 뒤이어 흘러나온 내장을 배 안으로 밀어 넣더니 망설임없이 꿰매기 시작했다. 다행히 환자가 의식을 잃어 고통을 느끼지 못한 듯했다.

북리 의원은 어른 팔뚝만 한 침통에서 길이가 한 자 가까운 금침을 꺼내 보이지 않을 만큼 사내의 몸속 깊숙하게 꽂아 넣었다. 십여 개의 금침이 삽시간에 몸속으로 사라졌다.

이마에 흐르는 땀을 손등으로 훔쳐 내며 침을 모두 꽂은 북리 의원은 피 묻은 손을 씻고 안방으로 들어갔다.

흑의사내는 죽은 듯 꼼짝도 하지 않는다.

의원 복장으로 갈아입고 나온 북리 의원은 흑의사내를 내려다보았는데 표정이 어두웠다.

"누구냐?"

추산의 친구들은 거의 알고 있는 북리 의원이었다.

추산은 사건 경위를 간단히 말해주었다.

북리 의원의 눈이 커졌다. 생판 모르는 사람을 데리고 오면 어떡하느냐는 질문이다.

살을 꿰매고 금침 시술의 진료비가 가장 비싸다. 다시 말해, 추산에게 진료비를 받을 수는 없으므로 짜증을 내고 있는 것이다.

"제가 드릴게요."

"네놈이 무슨 돈이 있다고?"

그만두라는 표현이다.

그러면서 한마디 잔소리를 늘어놓았다.

"어려움에 처한 사람에게 온정을 베푸는 건 분명히 좋은 일이다. 하지만 네 형편도 생각해야지."

"명심하겠습니다."

"차 한잔하겠느냐?"

"주무셔야죠."

북리 의원이 눈을 흘겼다.

잠 다 깨워놓고 무슨 헛소리냐는 뜻이었다. 차를 끓이는 동안 추산은 흑의사내를 보았지만 낯선 인물이다.

쓰윽!

흑의사내의 손에 쥔 검을 빼앗아 치워놓으려고 손을 벌렸지만 꼼짝도 하지 않는다.

그것은 의지이다. 죽어도 검을 놓지 않겠다는 투쟁이며 승부욕의 발로이다. 가까스로 손에서 검을 빼앗아 한쪽 벽에 세워놓았다. 검신에는 말라붙은 피가 덕지덕지 붙어 있었다.

한눈에 치열한 싸움을 벌였음을 알 수 있었다.

"자, 앉거라."

두 사람은 차를 놓고 마주 앉았다.

뜨거운 김이 코끝을 부드럽게 적신다.

"무슨 찹니까?"

한 모금 마신 추산이 물었다.

"왜, 맛이 이상하느냐?"

"천만에요. 뒷맛이 깊고 약간 새콤달콤한 것이 좋은데요."

"죽일 놈, 좋은 것은 알아가지고. 선인장이니라."

선인장은 사람 손바닥 모양처럼 생긴 차를 말한다.

한때 아버지가 주고 간 생활비가 떨어지면 약초를 캐다 팔기도 했는데, 그때 맺은 인연이 오늘까지 이어져 오고 있었다.

"차오를 잡았다고?"

추산은 빙긋 웃으며 찻잔을 들어 올렸다.

그런 추산을 바라보는 북리 의원의 입가에 묘한 미소가 만들어졌다.

"그래, 세상은 그렇게 살아야 하느니라. 약하다고 누가 봐주는 게 아냐. 거칠고 강하게, 특히 잘못이 없을 때는 악착같이 싸우며 살아야 한다. 한번 밀리면 계속 밀리거든. 모가지를 걸고 살거라. 그럼 죽지 않는다."

  ―한번 밀리면 계속 밀린다.

  아버지에게 귀가 아프게 들었던 말을 북리 의원에게도 듣는다.
  "으음!"
  신음 소리에 둘 모두 고개를 돌렸다.
  흑의사내가 의식을 차린 듯 신음을 흘리고 있었다. 두 사람은 찻잔을 놓고 다가갔다.
  흑의사내는 의미심장한 시선으로 내려다보는 둘을 주시했다.
  초점이 맞춰지지 않는 듯 쉴 틈 없이 눈을 깜빡거리더니 얼굴에 긴장을 풀었다.
  얼굴을 확인하자 자신을 쫓는 자들이 아님에 안도하는 표정이다. 하나 그의 안색은 하얗다 못해 푸르게 변하고 있었다.
  북리 의원이 입술을 깨물었다.
  죽어가고 있다는 신호였다.
  "나, 나는 위풍찬이오. 누구요, 날… 의원으로 데려온 사람이?"
  "납니다."

위풍찬은 추산을 향해 고개를 돌렸다.

"소, 소형제로군."

손을 잡고 싶은 듯했지만 들어 올리지 못했다.

추산이 대신 손을 쥐었다.

"따, 따뜻하군. 손이 따뜻한 사람은 마음이 따뜻하지. 소형제, 그렇지… 않… 은가?"

"맞습니다."

추산은 빙긋 웃음을 주었다.

죽음이 목전에 이르렀다고 울상을 지을 필요는 없고, 더구나 남이기에 그런 감정은 더욱 없다.

"사, 살아생전… 착한 일이라고는… 해본 적이 없는… 데……."

위풍찬은 메마른 미소를 짓더니 입술을 달싹거렸다.

"아! 내, 내 품을……."

뭔가 생각난 듯 추산을 향해 말했다.

"품속의 뭔가 꺼내달라는 말 같구나."

추산은 잠시 눈치를 살피다 품을 뒤졌다. 피가 말라붙은 위풍찬의 흑의는 갑옷처럼 빳빳했다.

스으으!

추산은 가슴속을 뒤졌다.

뭔가 손끝에 잡혔다. 추산은 가만히 꺼내보았는데 금방이라도 부스러질 것 같은 양피지로 된 두루마리였다.

"펴… 펼쳐……."

추산은 두루마리를 펼쳤다.

누렇다 못해 검게 색이 변해 버린 양피지에는 한 줄 글씨가 쓰여 있었다.

북두칠(北斗七).

그리고 한 중앙에 떠억 그려진 한 사람.

일단 크다.

아니, 산이었다.

그런데 생김새가 괴이했다. 대머리에 머리가 몸의 삼분지 이라 할 만큼 크다. 배는 임산부처럼 튀어나왔고 양 다리는 통나무처럼 굵었는데 천주부동이다.

그야말로 전형적인 대두비복주각형(大頭肥腹柱脚形)이다.

그림이지만 대략 팔 척은 되어 보이는 어마어마한 덩치에 입을 떠억 벌리고 말았다. 추산은 이마를 찡그렸다. 글씨는 겨우 읽었지만 무슨 뜻인지는 도저히 알 길이 없었다. 단지 그림 속의 사내가 너무 크면서 재밌게 생겨 싱긋 웃음을 지었을 뿐이다.

"무지하게 크구나. 괴물이지 그게 인간이겠느냐. 생긴 것도 참."

어깨너머로 바라보던 북리 의원 또한 그림 속의 거한을 보며 혀를 찼다.

"이게 뭡니까?"

추산의 물음에 위풍찬은 헐떡거리며 대답했다.

"나, 나도 몰라. 칠 년 전… 으왁!"

말을 하다 말고 피를 토했다.

'사혈(死血)!'

북리 의원의 눈이 내리깔렸다.

죽음을 앞에 두고 마지막 피를 토했다.

이제 위풍찬이 숨 쉴 수 있는 시간은 길어야 반 각이다.

위풍찬 또한 자신의 죽음을 알고 있는 듯 불안해하거나 두려움 따위는 찾아볼 수 없었다.

오히려 죽기 직전에 마음에 드는 사람을 만나 반갑다는 표정이다.

"처, 천산을 넘어오다 이름 모를 동굴에서… 주웠지. 글공부 좀 했… 다는 사람들을 찾아다니며 물었지만 아무도 뜻을… 모르겠다더… 군. 다만……."

숨이 더욱 거칠어졌다.

가래 끓는 소리가 방 안을 가득 메웠다.

"사 년 전 유일한 벗 개방의 아망개에게 보여줬는데… 그가 말하길… 자세히는 몰라도 상승의 무서 냄새가 난다고… 하더군."

아망개(我亡丐), 불과 서른다섯의 나이로 칠결에 오른 천재 무인.

칠결이면 개방의 장로다.

평생 동안 무예에 정진해도 거머쥐기 힘들다는 장로의 자리에 서른다섯의 나이에 올라 천하를 경동케 했고, 오늘날 개방이 상승일로에 있는 것 또한 아망개의 절대적인 존재 때문이라고 천하는 입을 모은다.

'그럼 뭐하자는 거야.'

추산의 머리를 스치는 은근한 짜증 하나.

아망개같이 뛰어난 고수가 제대로 해석해 내지 못했다면 자신은 더욱 모를 수밖에 없다.

한마디로 자신에게는 휴지조각이나 다를 바 없는 물건이다.

"설마 이걸 나에게 주시겠다는……?"

"그…그렇다네. 고마움에 대한 성의이니 거절치 말아주게. 물론 자네에게 쓸모없는 것이 될지 모르지만 어쩌나, 뭔가 주고는 싶고 가진 것이라고는 그것뿐…이… 니."

슥!

북리 의원이 추산의 손을 쥔다.

받으라는 재촉이다. 설혹 버릴 때 버리더라도 은혜를 갚기 위해 건넨 것이니 기뻐하며 받으라는 것이다.

추산은 잠시 짜증을 냈던 자신을 꾸중했다.

상대는 지금 미안하고 고마워 최선을 다하고 있다. 그런 그에게 어떤 큰 것을 바라서는 안 된다.

북리 의원의 말처럼 숨을 거두자마자 버릴지언정 받아주는 것이 위풍찬에 대한 예의이자 도리 아닌가.

"뭘… 이런 걸."

"혹시 아는가. 인연이 닿아 소… 소형제에게 어떤 기연이…

일어날지… 헉헉헉!"

위풍찬이 갑자기 숨을 헐떡거리며 눈을 뒤집고 거품을 문다.

"으헉! 으헉! 으어어어!"

괴성을 지르고 가슴이 퉁겨 오르더니 이내 잠잠해졌다.

숨을 거둔 것이다.

두 사람은 말없이 죽은 위풍찬을 내려다보았다.

삶에 아쉬움이 많은 듯 눈을 뜨고 있었다. 북리 의원이 한숨을 쉬며 조용히 눈을 감겨주었다.

"항상 그래."

북리 의원이 흰 천으로 덮으며 말했다.

"죽은 사람을 볼 때마다 인생처럼 덧없는 건 없다는 것을 느끼지. 살아 있을 때 선을 행하고 이웃과 각별하게 지내며 가난한 사람에게 따뜻한 미소 한 번 더 지어주자고 마음을 먹지만 그때뿐이야."

인생에 대해서 아는 것 없는 추산의 눈은 그저 멀뚱거릴 뿐이었다.

세상사 옷깃만 스쳐도 인연이라고 했는데 어찌 그냥 지나칠 수 있으랴. 피광을 비롯해 친구들을 불러 위풍찬의 시신을 금산 남쪽 기슭에 매장했다.

봉우리도 없는 평평한 매장.

모두가 묘한 느낌이 드는 듯 붉은 묘지를 보며 침묵했다.

"피 한 방울 섞이지 않았는데 이런 착한 일을 하다니 나도 이제 복을 좀 받겠군."

피광이 히죽 웃는다.

그만 가자는 듯 모두가 추산을 바라보았다.

"먼저들 내려가."

의외의 대답에 모두가 놀란 표정을 지었다.

"걱정 말고, 난 볼일이 좀 있어."

"너, 너무 슬퍼하는 것 아냐? 남이야. 피붙이 아니라고."

"저 자식 웃겨."

하나같이 놀란 표정을 지었다.

"녀석, 정에 약한 건 여전하구만. 있어봤자 더 마음만 괴로워. 그만 같이 가자."

피광이 손을 잡아당겼지만 추산은 빼며 말했다.

"다른 볼일이 있다니까. 금방 뒤따라 갈 테니까 앞서들 가라고."

추산의 진지한 표정에 친구들은 고개를 갸웃거리며 내려갔다.

친구들이 사라지자 추산은 걸음을 옮겼다. 조그만 등성이에 올라 오른쪽 아래를 내려다보았다.

곽씨세가의 정경이 눈에 쏙 들어왔다.

비단을 실은 것 같은 마차들이 들락거리고, 봇짐을 진 소상인들 모습도 보인다.

추산은 봉우리를 내려와 곽씨세가를 향해 다가갔다.

주위를 살피며 잔뜩 경계하는 눈빛이었다.

장끼 한 마리가 인기척에 놀라 소릴 지르며 날아갔고, 노루 두 마리가 양지 녘에 늘어져 있다가 줄행랑을 친다.

자세를 낮추고 담벼락 십여 장 가까이 다가간 추산은 주위를 살피더니 주먹만 한 돌멩이 한 개를 주어 들었다. 이윽고 품속에서 서찰 한 개를 꺼내 돌멩이에 둘둘 감고 갈경(葛莖)을 두 자 정도로 잘라 돌멩이에 서찰을 꽁꽁 묶었다.

중간에 떨어지지 않도록 다시 한 번 묶은 서찰을 확인한 추산은 있는 힘껏 돌을 곽씨세가 안으로 집어 던졌다.

쿵쾅!

일부러 지나가는 사람들에게 들리도록 하기 위해 지붕을 향해 던졌는데 처마를 향해 구르는 소리가 요란했다.

우당탕탕탕!

저 정도면 지나가는 호위무사나 관계자가 충분히 발견할 것이라고 생각하고 추산은 빠르게 담장 근처를 벗어났다.

이틀 후 추산은 집을 나섰다.

평소와 달리 허리 안쪽으로 작은 중검 한 자루를 넣고 소매 속에는 비수 한 자루를 숨겼다.

"카악!"

피광이 가래침을 뱉었는데 상당히 긴장한 표정이었다.

탁!

추산은 피광의 어깨를 치며 말했다.

“긴장할 것 없어. 별일없을 테니까.”

피광이 눈을 부라렸다.

“별일있으면 어쩔 건데, 지들이. 개자식들.”

피광은 눈을 부라리며 누군가를 향해 욕을 퍼부었다.

골목을 벗어난 추산과 피광은 저잣거리로 들어서지 않고 저잣거리 위쪽을 향해 걸음을 옮겼다. 외부에서 낙양으로 들어오는 초입에 커다란 삼층 목조건물 한 채가 고풍스럽게 세워져 있었다.

―사해전장(四海錢場).

돈을 맡기거나 집이나 땅을 잡히고 빌리기도 하는 중원삼대전장 중 한곳이다.

전장 앞마당에는 이용하는 손님들이 타고 온 것으로 보이는 마차와 말이 즐비했다. 마차와 말을 타고 전장을 출입할 정도면 상당한 부호들이라고 할 수 있었다.

개중에는 마차를 지키는 마부도 더러 보였다.

“수고해.”

추산은 피광의 등을 토닥였다.

사해전장을 바라보는 피광의 눈이 활활 타올랐다.

불끈!

비장한 각오를 다지는 듯 주먹을 쥐더니 씩씩하게 들어섰다.

사해전장 가운데 문을 열고 들어서자 쇠창살로 막힌 창문이 나란히 있고 그 안에 사람이 앉아 있었다.

돈을 거래하는 기관이기 때문에 만약을 대비한 쇠창살로, 만년한철로 되어 있다. 안에서 열어주지 않으면 어지간한 고수도 침입이 불가능하다.

쇠창살로 된 문 앞에는 돈을 맡기려는 사람들과 찾으려는 사람들이 줄을 지어 서 있었다.

피광은 가장 짧은 맨 끝줄에 섰다.

찾는 사람이나 맡기는 사람이나 주위를 살피며 경계의 끈을 늦추지 않는다.

'자식들, 순 도둑놈 소굴에서만 살았나.'

피광은 그들이 자신을 자꾸 흘긋거리자 은근히 기분 나빴다.

그러고 보니 자신의 옷차림이 가장 남루했다.

피식 쓴웃음을 짓고 말았다.

화악!

바로 앞에 선 노인이 전표로 금자 오백 냥을 찾아갔기 때문이다. 노인 옆에는 칼을 찬 무사기 호위하고 있었다.

꿀꺽!

자신도 모르게 침이 넘어간다.

부럽다. 자신은 언제 저런 돈을 만져 보나 하며 넋을 놓고 있을 때 쇠창살 안으로부터 독촉하는 목소리가 들려왔다.

"손님!"

피광은 그제야 정신을 차리고 쪽지를 내밀었다.

송(送), 곽씨산장, 입(入) 무영노사, 금자 닷 냥.

쇠창살 안쪽에 있는 사내가 다시 한 번 얼굴을 확인하더니 오른손으로 귀를 만졌다.

피광은 전혀 눈치를 채지 못했다.

사내는 돈을 꺼내주려는 듯 서랍을 열고 닫고 부산히 움직였다. 피광은 사내의 움직임에 시선을 고정하고 있었지만 심장은 거세게 두근거렸다.

창살 안쪽에 있던 사내가 다시 한 번 귀를 만졌다.

멈칫!

피광은 갑자기 뻣뻣해졌다.

"따라와!"

두 사내가 어느새 좌우로 붙었고, 옆구리에는 예리한 검이 바짝 대어져 있었다.

"왜… 왜 이러십니… 까?"

"닥치고."

피광은 두 사람에 의해 전장 밖으로 끌려 나갔다. 전장 뒤로 돌아가자 배속이 소나무 아래 우뚝 서 있었다.

두 사내는 피광을 배속 앞으로 데려갔다.

"후읍!"

피광은 놀라며 숨을 삼켰다.

쇠창살 안에 있던 사해전장 사내에게 건넨 쪽지가 어느새 배속의 손에 쥐어져 있었기 때문이다.

"무영노사가 이렇게 어릴 리는 없고."

아무리 어리게 변장을 한다고 해도 한계가 있었다. 특히 신장의 차이는 쉽지 않다. 축골공이라는 것이 있지만 무영노사의 능력으로는 그런 절정의 기예를 알고 있을 리 만무했다.

"무영노사, 어딨느냐?"

배속의 목소리는 감정이 없었다.

피광은 서늘한 기운을 느꼈다.

자신이 이 세상에서 가장 무서워하는 사람은 맹패광이었다. 그러나 목소리만 들었는데도 눈앞의 배속은 더 무섭다. 저승에서 온 사자라고 해도 좋을 만큼 감정이라고는 묻어 있지 않은 목소리.

"저… 저는 그저……."

피광은 추산이 가르쳐 준 대로 말했다.

"자, 장사를 하고 있는데 웬 죽립을 쓴 중년인이 쪽지를 주면서 돈을 찾아오면 은자 한 냥을 주겠다고."

"장사?"

"네, 저잣거리에서 금선련 장사를 하고 있습니다."

슥!

왼쪽 사내에게 턱짓을 했다.

당장 가서 알아보라는 신호다. 왼쪽 사내가 바람처럼 사라지고 오른쪽 사내더러 피광의 몸을 수색하라는 명령을 내렸다. 사내는 꼼꼼하게 피광의 몸을 뒤졌다.

가운데 물건까지 인정사정없이 주무른다.

"없습니다."

배속은 물었다.

"생김새를 자세히 말해봐."

"죽립을 눌러쓰고 있어 얼굴은 자세히 모릅니다. 턱수염이 조금 있고 목소리가 뭐랄까요, 조금 묵직하면서도 바람처럼 시원한……."

"그게 무슨 말이야, 개자식아!"

옆에 있던 사내가 버럭 소릴 질렀다.

피광은 움찔하며 말했다.

"아무튼 그것 말고는 정확히 알고 있는 것은 없습니다."

"이름이 뭐냐?"

"피광이라고 합니다."

배속은 한참 동안 쪽지와 피광을 번갈아 보았다.

"꿇어, 자식아!"

곁에 선 사내가 버럭 소릴 질렀다.

피광은 무릎을 꿇었다.

"거짓말하면 죽을 줄 알어?"

"거짓말 아닙니다."

"닥쳐, 새까! 어디서 말대꾸야! 그냥 콱!"

사내가 검을 들어 내려치는 시늉을 하자 피광은 자라목을 했다.

휙!

옷자락 펄럭이는 소리가 들리더니 조금 전 사라졌던 사내가 나타났다.

"맞습니다. 가짜 금선련을 팔고 있더군요. 이름 피광, 나이 열세 살, 혼자 벌어 홀어머니와 동생들을 먹여 살리는 놈입니다. 근처 장사꾼들 모두 모르는 자가 없더군요."

배속의 얼굴에 실망의 기색이 떠올랐다.

잠시 쪽지를 보던 배속의 시선이 피광에게 향했다.

배속의 눈과 마주친 피광은 가슴이 철렁했다. 그의 눈에서 살기를 느꼈기 때문이다.

갈등을 하는 듯했다.

그때 저잣거리를 다녀왔던 사내가 말했다.

"너!"

"예, 말씀하십시오."

"그자가 또 나타나면 알아볼 수 있겠어? 아니, 그러지 말고 우리에게 연락을 해."

그러면서 배속을 보았다.

나머지 말은 배속더러 하라는 뜻이다.

순간 배속이 살기를 거두더니 품에서 은자 한 냥을 꺼내 휙 던졌다.

피광은 얼떨결에 받았다.

"그자가 또 나타나면 조용히 거처를 물어봐. 눈치채지 않게. 장사를 오래 했으니 내 말이 무슨 뜻인지 알겠지?"

"알고말고요. 염려 마십시오. 이름까지 알아놓겠습니다."

"쓸데없는 짓은 하지 마라."

워낙 영리한 무영노사이다.

이름 따위까지 묻다 의심을 받을 위험이 있다는 경고다.

피광은 알았다는 듯 고개를 끄덕였다.

"능구렁이 새끼."

사내들은 이를 갈며 사라졌다.

사내들이 사라지자 피광은 안도의 한숨을 내쉬며 한편으로는 놀라는 표정을 감추지 못했다.

지금까지 일어난 일련의 사태가 추산이 말해준 그대로였기 때문이다.

추산은 처음 부탁을 하면서 말했다. 위험하긴 하지만 절대 죽이지는 않을 것이라고 했다. 그들의 목적은 무영노사를 잡는 데 있기 때문이라고. 그러면서 널 끌어들이기 위해 오히려 포섭할 것이라고 했는데 정말로 은자 한 냥이란 거액을 벌었다.

열흘 정도 뼈 빠지게 장사를 해야 겨우 벌 수 있는 은자 한 냥을 잠깐 사이에 벌었다는 기쁨에 피광은 서둘러 사해전장을 빠져나갔다. 그러나 사해전장 모퉁이에 서 있는 추산에게 가지 않고 곧바로 자신의 일터로 돌아갔다.

이 또한 추산의 명령이었다.

필시 상대가 널 미행할 것이라고 했는데, 정말로 누군가 자신을 따라오고 있었다.

第五章
죽음의 도박

검명도살

감시는 무려 보름간이나 계속되었다. 혹시 무영노사가 다시 피광을 찾아올지 모른다는 것이 배속의 생각이었고, 그 바람에 피광에게서 물건을 사간 사람은 보이지 않는 곳으로 끌려가 호된 곤욕을 치르고 돌아가야 했다.

이 또한 추산은 예측했다. 최소한 보름 동안 널 감시할 것이며 너에게 물건을 사간 손님들 대부분이 모처로 끌려가 신분 확인을 거칠 것이라고 했다.

'놈은 신이다!'

도대체 단 한 마디도 빗나가지 않는 추산의 예측에 피광은 아연했다.

피광이 추산의 완벽한 예측에 놀라고 있을 때 추산은 걱정
과 불안의 나날을 보내야 했다.
아버지였다.
죽었는지 살았는지.
살았다면 어떤 식으로든 자신에게 연락이 왔을 텐데 깜깜무
소식인 것을 보면 가슴 한구석이 자꾸 떨려왔다.
'남들은 부모가 자식 걱정 한다는데……'
추산은 밥을 먹으며 투덜거렸다.

*　　　*　　　*

동자승은 오늘도 미음을 끓여 쟁반에 담아 들고 추작도가
누워 있는 방으로 향했다. 헛기침으로 자신의 방문을 알린 동
자승이 문을 열어젖히고 방으로 들어가더니 우뚝 서버렸다.
방에 항상 누워 있던 추작도가 보이지 않는다.
"어딜 갔지?"
처음에는 거동도 하지 못하여 배설물을 자신이 직접 받아냈
다. 그러나 근래에는 병세가 호전되어 스스로 걷기도 하고 뒷
간도 다녀와 한결 병간이 편해졌다.
뒷간을 갔는지도 모른다는 생각에 동자승은 미음을 놓고 방
을 나갔다.
반 시진 정도 지나 미음 그릇을 치우기 위해 다시 방을 찾았
지만 추작도의 모습은 보이지 않았다.

멈칫!

그러다 이부자리에 시선이 멈췄다.

평소와 다르게 깨끗하게 개어져 있는 이부자리와 방 안의 정리된 모습에서 뭔가를 느낀 동자승은 밖으로 뛰어나갔다.

"큰스님, 큰스님, 어서 나와보셔요!"

동자승은 노승의 거처로 뛰어들었다.

노승은 꼿꼿하게 앉아 책을 보고 있었다.

"빨리 와보세요."

"왜 이리 소란이더냐?"

"그 사람이 없어졌어요. 간 것 같아요."

노승의 이마가 찌푸려졌다.

"아침 미음을 갖다 놓고 조금 전 그릇을 치우러 갔는데 그대로 있지 뭐예요. 방도 깨끗하게 청소된 것이……."

노승은 보던 책을 덮고 자리에서 일어났다.

팟!

추작도의 방으로 들어선 노승의 눈이 빛났다. 한눈에 봐도 떠났음을 알 수 있었기 때문이다.

단정하게 개켜진 이불 사이로 뭔가 삐쭉하게 나와 있었다. 허리를 구부려 뽑자 접혀진 쪽지였다.

한낱 미물도 제 목숨 구해준 이에게 보은을 한다는데 생명의 은인에게 한마디 말도 없이 떠남을 용서하십시오. 지난 한 달은 아마 내 인생에서 지울 수 없는 한 자락일 것이오. 언젠가 기회가 닿으면 찾아뵙겠소이다.

　　"뭐라고 썼어요?"
　　동자승이 까치발을 하고 노승의 손에 들린 쪽지를 읽었다.
　　"어쩜 이럴 수가."
　　동자승이 쪽지를 쥐고 보며 투덜댔다.
　　"세상에, 그래도 가면 간다고 할 일이지, 시체를 살려놨더니. 이래서 사람새끼는 함부로 집 안으로 들이지 않아야 한다니까."
　　"시끄럽다."
　　노승이 인상을 썼다.
　　"왜, 제 말이 틀렸습니까? 우리 아니면 그분은 죽었어요. 그런데 이렇게 떠나는 법이 어딨나구요? 더구나 큰스님께서 십 년을 공들여 만든 금핵단까지 복용했는데."
　　동자승의 얼굴에 아깝다는 표정이 노골적으로 떠올랐다.
　　금핵단(金核丹). 삼백예순다섯 가지의 각종 영초를 토대로 제조된 알약으로 무려 십 년에 걸쳐 완성되었다. 좀체 허풍이나 근거없는 추측성 발언을 않는 노승이 금핵단은 대환단에 결코 뒤떨어지지 않을 것이라고 말했다.
　　동자승은 연신 쩝쩝거렸다.
　　눈앞으로 완성된 금핵단이 떠오른다. 먹음직스럽기도 했지만 그 향기가 오묘하여 어떻게 표현할 수가 없었다.
　　"억울해요, 진짜."

흥분한 동자승을 보며 노승은 말했다.

"모든 건 인연이니라."

동자승의 눈이 커졌다.

"아니, 도망친 것도 인연이라구요? 그런 인연이 어디 있어요?"

노승은 아무런 말도 하지 않았다.

단지 속으로 생각했다.

자신이 대환단에 버금가는 금핵단 제조에 성공한 것도 그렇거니와 때맞춰 군상(君相)을 지닌 추작도가 부상을 입고 찾아든 것 모두 하늘이 맺어준 인연이었다.

직진암에는 예로부터 한 가지 비법이 내려오고 있었다. 다름 아닌 금핵단 제조법이었다. 그러나 워낙 제조 과정이 까다롭고 삼백예순다섯 가지라는 희귀한 영초와 영약을 구하기란 불가능에 가까웠다. 그래서 아직까지 누구도 금핵단을 제조하지 못했는데 어느 날 꿈속에서 선대 조사를 만났고, 그가 일러준 곳으로 깨어나 찾아가니 수많은 암주들이 얻지 못했던 종령석과 화룡초가 있었다.

그 두 가지를 얻지 못해 누백 년 제조하지 못한 금핵단이 자신의 대에 완성된 것이다.

하늘의 인연은 사람의 힘으로 절대 떼어놓을 수 없었다.

금핵단은 추작도의 것이었다. 그를 위해 자신이 만든 것이라고 봐야 했다.

추작도는 자꾸 뒤를 돌아보았다. 미안한 마음 때문이었다. 지금이라도 돌아가 넙죽 절을 하고 고마움을 표시하고 싶었다. 한 달 동안 자신을 향한 두 사람의 정성은 감탄을 넘어 눈물겨웠다. 특히 금핵단이란 알약을 복용하면서 온몸에 힘이 충만해지더니 어느 날 갑자기 생사현관이 뚫려 버린 것이다.

생사현관.

고수가 되기 위해서는 반드시 넘어야 할 관문이 있는데 바로 생사현관이다.

생사현관이 뚫리지 않고서는 절대 고수가 될 수 없다.

생사현관은 생사의 관문을 말한다. 인체에는 두 가지 맥이 엇갈려 흐르고 있다.

임맥과 독맥.

단전에서는 하나가 되어 나오지만, 거궐을 지나면서 두 개로 나뉘어져 흐르다 어느 부분에서 다시 하나가 되어 흐르다 단전으로 되돌아오는 것이 정상 흐름이다.

그런데 두 개로 나눠졌다가 한 개로 만나야 하는 곳에 벽이 있다. 이 벽 때문에 두 개로 나눠진 내공은 합해지지 못하고 왔던 길을 되돌아 다시 단전으로 들어온다.

합해지지 못하고 다시 돌아오면 여러 가지 문제가 생기는데, 기혈이 정화되지 못하기 때문에 쉽게 지치고 상처 회복이 더디며 내공 증진에 한계가 온다.

생사현관은 두꺼운 벽인 임맥과 독맥이 뚫리는 것을 말한다.

절뚝!

옆구리 상처가 완전히 아물지 않아 지팡이에 의지한 채 추작도는 천천히 산길을 내려갔다.

원기는 충만하다.

최소한 예전에 비해 두 배, 약 일 갑자 정도의 내공은 되는 듯했다.

일 갑자.

일 갑자의 내공은 일류고수가 되는 분수령이다.

일 갑자의 내공을 기준으로 일류와 이류를 구분한다. 처음으로 가슴이 벅차고 삶에 자신감이 느껴졌다.

비록 야반도주하듯 나왔지만 절대 잊지 않을 것이라고 맹세했다.

뚝!

절뚝거리며 산길을 내려가던 추작도의 걸음이 멈췄다. 좌측 숲으로부터 들려오는 신음 소리.

처음에는 잘못 들었나 했지만 갈수록 또렷했다. 몸도 불편한데 그냥 갈까 했지만 직진암의 노승이 떠올랐다. 자신과 아무런 상관이 없는데도 살려주지 않았는가.

특히 똥오줌까지 받아내면서도 절대 귀찮아하는 기색이 없었다.

'안 되지!'

추작도는 잠시 흔들렸던 자신의 마음을 추스르고 천천히 숲 속으로 들어갔다.

피 냄새가 진동했다.

모두 여섯 구의 시신이 엎어져 있었다. 아니, 엄밀히 말한다면 다섯 구였다. 그중 하나는 살아 있었기 때문이다. 다섯 구는 흑의였고 살아 있는 한 사람은 백의를 걸쳤는데 기껏해야 이십대 초반 가까이 되어 보였다.

백의는 혈의로 변했는데 두 개의 검이 복부와 옆구리에 자루째 박혀 땅속으로 파고들었는지 꼼짝하지 못하고 신음만 연신 터뜨리고 있었다.

'산적들이로군!'

다섯 구의 시신은 한눈에 봐도 산적임을 알 수 있었다. 얼굴에 수놓듯 만들어진 흉터와 짐승의 가죽으로 만들어진 의복, 그리고 팔뚝에 차고 있는 온갖 팔찌와 금붙이가 지나가는 행인들에게서 빼앗았음을 알 수 있었다.

다섯 명의 산적과 싸움이 붙어 양패구상이 된 모양이었다.

"젊은이."

다가가 불렀다.

백의청년이 눈을 뜬다.

흐릿한 것이 곧 죽을 눈빛이었다.

"사, 산적 따위에게 내가 당하다니… 부드득!"

원통하다는 듯 백의청년은 이를 갈았다.

한눈에 자존심이 아주 강한 청년임을 알 수 있었다.

"나, 나 좀 살려주시오. 살려주면 은혜… 를 잊지… 않겠소… 이다."

생존의 절박함이 진득하게 묻어났다.

그러나 추작도 자신도 지금 저승 문턱까지 갔다가 돌아오는 길이다.

"사, 살려만 준다면, 제… 제발. 영감, 뭘 그렇게 보고만 있는… 것이오. 나… 노독수… 으으으."

말을 잇지 못할 만큼 기력이 급속히 떨어지고 있었다.

"씨이, 그만 봐. 빨리 날… 살려……."

이를 깨물며 악을 썼다.

"으… 으와아… 나 노독수가 산적새끼들에게… 이 세상을 하직… 하다니… 끄으으! 쳐 죽일… 찢어버릴… 으와, 부… 분해… 죽……."

말이 끊어졌다.

두 눈에 핏발을 세운 채 노독수라는 백의청년은 숨을 거두고 말았다.

금방이라도 달려들 듯 살기로 가득한 노독수의 눈빛을 보며 추작도는 길게 한 숨을 내쉬었다.

꾸구국!

이미 주위로 독수리 떼가 내려앉기 시작하고 있었다.

묻어주고 싶지만 자신의 몸은 아직 그럴 능력이 없었다. 잠시 눈을 부릅뜨고 있는 노독수를 바라보던 추작도는 길게 탄식하며 돌아섰다.

멈칫!

풀어 헤쳐진 보따리 한 개가 있었다.

노독수의 것인 듯 보였다.

죽은 사람의 것은 설혹 안에 금붙이가 있다고 해도 가로채서는 안 된다.

잠시 뒤져 보고 싶다는 욕망을 나무라면서 발걸음을 옮겼다.

데구루루!

두 발자국쯤 걸어갔을까, 바람에 뭔가 굴러와 발 앞에 멈췄다.

봉인된 한 통의 서찰이었다. 그런데 봉투 겉면에 쓰인 글씨가 추작도의 시선을 사로잡았다.

존현(尊賢) **도제**(刀帝) 서(書).

추작도의 눈이 빛났다.

존귀한 도제에게 올리는 글이라는 글씨.

강호에서 도제라고 부르는 인물은 딱 한 명 있었다.

황보황(皇甫皇).

영원한 도의 명문으로 군림하던 하북팽가와 어깨를 나란히 하고 있는 황보세가의 주인이기도 하다.

역사는 팽문이 단연 앞서지만 칼의 위력은 황보세가가 낫다는 것이 당금 천하의 평이고 보면 그의 칼이 얼마나 높은지 짐작 가능케 하는 대목이다.

추작도는 허리를 구부려 발 앞에 굴러와 있는 봉서를 주어

들었다.

추운도수(秋雲刀水) 배상(拜上).

추작도는 또다시 눈을 부릅떴다.

가을바람이 불면 더욱 차가워진다는 칼의 명사 중 한 사람
이 있었다.

추운냉도라고 부르기도 하고 줄여 추운도라고도 하는 인물.

천하에서 도객하면 누구나 한 번쯤 떠올릴 만큼 냉정하면서
도 부드러운 칼을 지닌 사내.

"꿀꺽!"

만약 자신이 생각하는 두 사람이 진짜 맞는다면 봉서 안의
내용이 무척 궁금했다.

콱!

추작도는 봉서를 찢으려다 멈칫했다.

잠시 뭔가 생각하는 듯하더니 봉서를 하늘의 태양에 비추었
다. 이음새와 붙임 선을 자세히 확인한 추작도는 봉서를 품에
넣고 산을 내려갔다.

작은 계곡에 이르러 깨끗한 물속에 붙인 부분을 담갔다.

반 각쯤 지났을까. 놀랍게도 붙인 부분이 저절로 떨어진다.
추작도는 떨어진 봉서를 그늘에 말렸다. 햇볕에 말리면 쭈그
러지면서 뒤틀린다. 그러나 그늘에 말리면 형태가 변형되지
않는다.

스윽!

그제야 봉서 안에 든 서찰을 꺼내 펼쳤다.

　그간 별고없으시옵니까. 소생 추운도수이옵니다. 워낙 공사가
다망할 테니 이렇게 서신을 올린 이유만 말씀 올리나이다. 소생
의 제자 중 한 아이의 재능이 특출하옵니다. 특히 칼에 상당한 뛰
어남을 지니고 있어 소생이 가르치기에는 너무 벅차옵니다. 부디
청을 거절치 마시고 받아주시어 금강석으로 거듭나게 해주소서.
일간 찾아뵙겠나이다.

　흔히 추천서라고 하고 우의서(友誼書)라고도 부른다.
　자질이 앞서는 제자를 자신의 능력으로 감당하기 어려울 때
뛰어난 고인에게 보내어 제자의 자질을 환히 밝히려는 사부들
의 배려이다. 어느 사부인들 제자가 자신의 벽을 넘어주길 마
다할까.
　청출어람(靑出於藍).
　제자가 사부보다 뛰어나다는 것은 가르치는 입장에서 매우
흡족하고 즐거운 일이다. 그러다 보니 자신의 욕심이 자칫 제
자의 큰 그릇을 망칠 것을 염려하여 넓은 안목으로 고인들에
게 보내는 경우가 있었다.
　추운도수는 절대 약자가 아니었다.
　이미 그의 칼은 거장의 반열로 들어서고 있었다. 그런 고수
가 보낼 정도면 죽은 노독수란 자의 자질은 도대체 어느 정도

란 말인가.

추작도는 잠시 생각에 잠겼다.

뙤약볕에 목덜미를 타고 흐르는 땀방울이 간지럽다.

서찰을 보고 시신을 보고 서찰을 보고 시신을 보길 어언 십여 회.

질근!

무슨 결심을 굳힌 듯 추작도는 다시 산을 올라 노독수를 찾아갔다. 지팡이를 놓고 허리를 구부려 노독수의 양발을 잡고 끌어 옮기기 시작했다. 당당한 체구의 노독수는 무척 무거웠다.

불과 이 장 밖에 있는 커다란 바위 그늘까지 움직이는 데 이 각 가까이 걸렸다.

추작도는 주위 나뭇가지를 꺾어 시신을 덮기 시작했다. 한 가지의 나뭇가지를 꺾어 덮으면 냄새가 가려지지 않는다. 그러나 여러 가지 나뭇가지를 꺾어 덮으면 시신의 냄새가 여러 나뭇가지에서 풍기는 냄새와 섞여 중화가 된다. 즉, 짐승들이 쉽게 찾아내지 못하는 것이다.

겉으로 봐서는 풀숲으로 보일 만큼 완벽하게 시신을 덮는 것으로도 부족해 묵직한 바위를 곳곳에 올려 짐승들이 덮은 나뭇가지들을 움직이지 못하도록 했다.

노독수의 시신을 완벽하게 감춘 추작도는 산을 내려오기 시작했다.

추작도가 나타난 곳은 낙양제일의 면신전(面身典)이었다. 면신전은 인체에 관한 모든 것을 제작하여 판매하는 곳이었다. 사지가 잘려 장애를 겪거나 얼굴이나 노출된 살갗에 있는 커다란 흉터로 인간관계의 고충을 지닌 사람들에게 의수(義手)와 의피(義皮) 따위를 만들어주는 곳이었다.

이곳 면신전에서 가장 많이 거래되는 것은 단연 인피면구이다.

인피면구라고 하면 흔히 강호인들이 자신의 얼굴을 감추는 데 많이 사용하는 것으로 알고 있지만 절대 그렇지만은 않았다. 이곳에서 판매되는 인피면구의 칠 할은 여인들이 사간다.

─미녀(美女).

아름다움을 얻기 위해서이다. 아름다운 여인이 있다는 소문이 돌면 그 여인과 똑같은 인피면구를 만들어달라고 부탁한다.

인피면구의 재료가 되는 것은 많지만 대표적으로 사람의 피부와 가장 흡사하다는 성성이의 것을 주로 사용한다.

성성이의 손과 발은 물론 얼굴 피부까지 상하지 않도록 떼어내어 고객의 얼굴이나 손과 발에 맞춰 제작하는 것이다. 워낙 섬세하고 치밀하여 어지간한 안목으로는 구분해 내지 못한다.

"뭘 찾으시오?"

오십 후반가량의 주인이 어린아이 것으로 보이는 의족을 만들고 있다가 추작도가 들어서자 일을 멈추고 일어섰다.

추작도는 벽에 걸린 여러 신체와 인피면구들을 훑어보았다. 그런데 진열된 인조신체를 살피는 추작도의 눈은 덤덤했다. 그것은 형식적으로 살피고 있다는 뜻이다. 즉, 머릿속에는 딴 생각이 가득하다는 의미이다.

"주인장!"

추작도의 얼굴은 십 년은 더 늙어 보였다

지니고 있던 인피면구 중 한 장을 꺼내 쓴 것이다. 뛰어난 인피면구는 그 분야에 종사하고 있는 사람도 잘 모를 만큼 완벽하다. 하지만 주인의 입가에 가벼운 미소가 감돈다. 전문가답게 추작도가 인피면구를 쓰고 있다는 것을 알아본 눈치다. 하지만 굳이 캐묻거나 따지지는 않았다.

"말씀하시오."

"진짜 인피면구 한 장 만들어주시오."

멈칫!

주인의 눈이 커졌다.

진짜 인피면구란 사람의 얼굴 피부를 떠내는 것을 말한다. 물론 그런 인피면구도 암암리에 거래된다. 아름다운 여인이 죽으면 그 여인의 얼굴 피부를 면구로 만들어 쓰고 다니는 여자들은 흔하다.

이 년 전 낙양제일미녀로 불리던 화화작미 이선설이 병으로 숨을 거두자 다음날 곧바로 그녀의 무덤이 파헤쳐졌다. 그녀의 미모를 탐낸 누군가가 무덤을 파헤치고 얼굴 피부만 떼어 간 것이다.

"어딨소?"

주인이 물건의 위치를 물었다.

"얼마요?"

추작도는 가격부터 물었다.

주인은 망설이지 않고 대답했다.

"그건 물건을 봐야 하오."

여기서 가격을 결정할 수는 없다는 뜻이다.

따라오라는 듯 추작도는 앞섰다.

"망동아."

주인이 안쪽을 향해 부르자 십대 후반가량의 사내를 닮은 청년이 걸어왔다.

아들인 듯싶었다.

"잠시 다녀올 곳이 있으니 가게 좀 보거라."

사내는 가게를 맡겨놓고 조그만 가방을 들더니 추작도를 따라나섰다.

눌러놓았던 바위와 나뭇가지를 치우자 노독수의 시신이 나타났다. 이미 이런 일에 익숙한 듯 사내는 놀라는 빛도 없이 쭈그리고 앉더니 시신 가까이 코를 대고 냄새를 맡기 시작했다.

부우욱!

피부의 탄력까지 알아보려는 듯 잡아당겨 본다.

"상태는 좋군."

사내는 세밀하게 얼굴을 살폈다. 이마와 광대뼈 피부를 중점적으로 살피는 것이 인피면구를 만들 때 가장 중요한 부분인 듯했다.

"금자 두 냥 내시오."

추작도는 군소리 않고 품속을 뒤져 금자 두 냥을 건네주었다.

"잠시 저쪽으로 가서 쉬고 계시구려. 흉한 꼴밖에 볼 것이 없으니."

추작도는 시키는 대로 조금 떨어진 계곡으로 내려갔다.

사내는 얼굴 피부를 종잇장처럼 얇게 떼어낼 것이다. 그 과정을 보지는 않았지만 흉측할 건 뻔했다.

추작도는 개울가에 앉았다.

'노독수!'

추작도는 혼잣말을 중얼거리더니 두 눈이 형형해졌다.

이틀 후 노독수는 살아 있었다. 옆구리에 한 자루 칼을 차고 백의를 깨끗하게 차려입은 모습으로 낙양을 떠나고 있었다.

팟!

사람들이 뜸해지자 신법을 펼쳤다.

서둘러야 했다. 너무 늦게 도착해도 의심을 받는다. 인연이란 때로는 과감하게 외면하고 차갑게 등을 돌려야 한다. 마음

같아서는 추산을 만나보고 싶었지만 일이 잘못될 위험이 컸기 때문에 그냥 발길을 돌렸다.

어쩌면 두 번 다시 자신의 인생에서 만날 수 없는 기회이자 행운일지 몰랐기에 더욱 힘차게 몸을 날렸다. 한시라도 빨리 낙양에서 멀어질수록 마음이 편할 것 같았기 때문이다.

＊　　　＊　　　＊

뺏고 살지는 못해도 빼앗기며 살아서야 되겠느냐는 부친의 말이 연일 추산의 귓가에 맴돌았다. 하루 종일 방 안에 틀어박혀 생각을 거듭해도 곽무랑으로부터 금자 닷 냥을 받아낼 수 있는 뾰족한 방법이 떠오르지 않았다. 그렇다고 포기란 더더욱 안 되는 일.

―기어코 받아낸다.

아버지가 목숨을 걸고 번 돈이다.

결코 포기한다거나 대충 넘어가고 싶은 맘은 추호도 없었다.

멈칫!

짜증스런 표정으로 콧구멍을 후비다 방바닥 구석에 시선이 멎었다. 위풍찬이 죽어가면서 주었던 낡은 양피지였다. 받은 이후 단 한 번도 펼쳐 보지 않고 방구석에 처박아놓았다.

추산은 양피지를 풀었다.

시선을 끄는 것은 양피지 한가운데 그려진 엄청난 거구의 사내.

신체가 크기도 했지만 생김새가 너무나 볼품없다.

그리고 글씨 한 줄.

북두칠!

도대체 무슨 뜻일까?

못생긴 그림 속의 거한 이름일까? 그럴지도 모른다는 생각이 얼핏 들었다. 명문대가들을 보면 가문을 빛낸 선조들 초상화를 그리고 옆이나 위쪽으로 선조의 아호나 이름 따위를 써 놓는다.

혹시 이 사람도 어느 명문의 선조이고 후손들이 거한의 업적을 기리기 위해 제작했을지도 모른다는 생각을 했다.

멈칫!

추산의 눈이 커졌다.

당시에는 밤이고 경황이 없어 발견하지 못했는데 아래쪽 오른편으로 작은 글씨가 있었다.

오래되어 희미했지만 딱 두 글자.

무아(無我).

눈살을 찌푸렸다.

―내가 없다.

마치 아이들이 숨바꼭질하며 '나 없다!' 하고 소리치는 것 같아 피식 웃음을 터뜨렸다. 무아지경이라는 말은 들어보았지만 무아라는 단 두 글자는 처음이다.

아무리 보고 또 봐도 자신의 머리로서는 어디에 쓰는 어떤 물건인지 알 수가 없었다.

위풍찬은 칠 년 전 천산을 넘어오다 하룻밤 묵은 동굴에서 얻었고, 개방의 젊은 장로 아망개가 말하길, 상승의 무서 같다는 말을 했다고 했다.

팟!

궁금한 것은 못 참는다.

갑자기 뭔가 떠오른 듯 추산의 눈이 커지더니 양피지를 둘둘 말아 품속에 집어넣고 집을 나섰다.

금선련을 팔고 있는 피광을 그냥 스쳤다. 피광이 여전히 자신을 감시하고 있는 배속의 부하들이 있다는 손짓을 해왔기 때문이다.

돈에 짓눌려 죽을 만큼 부자인 곽무랑이 금자 다섯 냥을 주지 않기 위해 한 달 가까이 피광을 감시할 리는 없다. 그가 이토록 집요하게 달라붙는 것은 아버지를 죽여 없애려는 것이다.

상관옥의 죽음이 위풍찬의 단독 범행, 즉 상관옥을 죽이고 재산을 가로채려는 야망에서 비롯되었다는 사실이 밝혀지며 곽무랑에 대한 의심은 풀렸다.

하나 사건은 그것으로 일단락되지 않았다. 상관옥의 죽음이 밝혀지자 가세는 급격하게 흔들리기 시작했다. 부인 황씨와 총관 고차룡이 앞장서 장사를 이끌었지만 강력한 권위를 지닌 상관옥의 죽음은 상관세가의 균열을 불러왔고, 그 선두에 중상들이 있었다. 무사들의 의리 뺨치는 장사꾼들이지만 황씨의 능력과 상관옥은 비교가 될 수 없었고 특히 여자이다.

하나둘 거래처를 곽무랑에게로 틀기 시작하면서 상관세가는 몰락의 길로 걷잡을 수 없이 빠져들고 있었다.

―인생은 머리다.

아버지의 말씀이었다.

그런 면에서 곽무랑의 머리는 보통이 아니었다. 하긴 그런 두뇌를 지녔기에 고아로 태어나 오늘 날 낙양은 물론 하남제일의 비단 상인으로 자리를 굳혀가고 있는 것이 아닌가.

그러나 곽무랑의 입지가 단단해질수록 더욱 타오르는 불꽃.

그것은 승부수였다.

―받아낸다.

어떻게 하든 다섯 냥을 받아내고 말겠다고 다짐했다. 배운 건 부족하지만 자신의 머리가 나쁘다는 생각은 한 번도 해보지 않았다. 인생이 머리라면 상대가 누구든 붙어볼 만하다고 생각했다.

추산은 언젠가부터 틈만 나면 한 소녀로부터 빠지지 않고 선물을 받아왔다. 첫 선물을 받은 날이 아직도 눈에 선했다. 곱게 장식한 포장지를 뜯었는데 산달(山獺)의 겨드랑이 털로 만들어진 붓[筆]이 있었다.

글공부를 열심히 하라는 선물이었다.

그다지 반가운 선물은 아니었지만 태어나 처음으로 그것도 여자에게 선물을 받았다는 감격에 흥분은 꽤 오래 지속되었다. 이후 선물은 생일 때마다 빠지지 않고 이어졌다. 얼굴에 바르라면서 보천액도 가져왔고 고가의 신발과 심지어 속옷까지 선물로 받았었다.

그래서 자신도 그녀처럼 십팔 일, 삼십육 일, 구십구 일 하는 따위의 의미있는 날짜를 만들어놓고 선물을 했다. 그때 처음으로 여인들은 어떤 날짜에 의미를 두는 것을 좋아한다는 것을 알았다. 아무튼 그녀처럼 비싼 것과는 거리가 멀었지만 최선을 다했다.

그런데 문제가 생기고 말았다. 우연히 저잣거리 필방 앞을 지나다 소녀에게로부터 선물 받은 붓이 걸려 있는 것이 보였다. 다른 붓과 달리 투명한 옥함 속에 들어 있어 신비롭기도 하여 물었다.

　주인은 추산의 차림새가 같잖다는 듯 대꾸도 없었다. 보나 마나 살 형편도 못 되는 추산이 묻자 귀찮은 얼굴이었다. 그러나 추산이 자꾸 캐묻자 금자 두 냥이라는 대답을 해주었다.

　추산은 숨을 삼켰다. 도저히 믿을 수가 없어 다시 물었지만 주인의 입에서는 같은 대답이 흘러나왔다. 마침 아버지께서 집을 떠난 지 석 달이 지나 생활이 궁핍해질 대로 궁핍해진 추산에게는 상상을 초월한 희소식이었다. 추산은 그 길로 집으로 달려가 소녀에게서 선물 받은 붓을 금자 두 냥에 팔아 생활비에 보탰다.

　문제는 그렇게 생겼다. 그놈의 돈 때문에, 글공부에 매진하라고 선물한 붓을 팔아버렸다는 사실을 알게 된 소녀는 그 뒤로 발길을 끊었다.

　일이 크게 잘못되었다는 것을 깨닫고 찾아가 싹싹 빌었지만 소녀는 만나주지도 않았다. 글공부하라고 사준 여자 친구의 선물을 팔아먹은 사내와는 더 이상 친해지고 싶지 않다는 짧은 한마디를 집사를 통해 건넨 후 등을 돌려 버린 것이다.

　"아니 너는 산이 아니냐?"

　옛날 생각에 한참 빠져 있을 때 백록서원의 집사인 함 노인이 나타났다. 깨끗이 단장한 행색이 어딘가로 원주의 심부름을 가는 듯했다.

　"안녕하셨어요."

　"이게 도대체 얼마 만이냐. 왔으면 들어오지 거기서 뭘 하고 있는 게야."

함 노인이 덥석 손을 감싸 쥐었다.

허름한 차림새이다.

그는 추산을 혼자 살고 있는, 즉 고아로 알고 있었다. 그러는데도 아직까지 한 번도 경멸의 표정이나 비하적인 말투는 없었다. 친손자를 맞이하듯 따뜻했고 찾아오면 항상 먹을 것까지 두둑이 챙겨주었다.

"그동안 잘 지내셨어요?"

"그럼, 이 늙은이야 가는 세월이 아깝지. 그렇잖아도 제때에 잘 왔구나."

"네?"

추산은 눈을 치켜떴다.

집사 함 노인의 안색이 어두워졌다.

"청아가 많이 아프단다."

하후청(夏侯靑). 이곳 백록서원의 원주 하후천의 외동딸로 자신과 동갑이다.

일 년 전부터 자신과 사귀기 시작했으며 이후 생일이면 잊지 않고 서로가 선물을 주며 밤을 새우기도 했을 만큼 가까웠다. 하나 석 달 전 자신의 불찰로 화가 잔뜩 난 하후청은 헤어지자는 한마디를 남기고 두 번 다시 찾아오지 않았다.

"어디가 아픈데요? 의원은 뭐라고 해요?"

"사실은……."

함 노인은 잠시 말을 멈추었다.

추산은 함 노인의 입만 뚫어져라 바라보았다. 석 달 동안 얼굴도 보지 못했지만 그녀를 미워한다거나 한 번도 잊어본 적도 없었다.

"으흠! 난다 긴다 하는 의원이 다녀갔지만 아무도 고치지 못했다."

추산의 안색이 더욱 굳어졌다.

순간적으로 불길한 생각이 머리를 채웠다.

"그것이 사, 상사병이라는구나."

"네엣!"

추산의 눈이 커졌다.

그러더니 이내 질투로 이글거리기 시작했다.

자신은 한 번도 헤어졌다고 생각하지 않았다. 단지 화가 나서 잠시 멀어져 있을 뿐이라고 믿고 있는데 상사병이라니.

"어… 떤… 누구……?"

도대체 어떤 자식이기에 상사병까지 걸렸느냐고 물으려다 가까스로 말을 짓눌렀다.

"누군 누구겠느냐, 인석아? 너지."

"나요?"

"울며불며… 어휴, 말도 말거라. 사내자식이 그렇게 속이 좁을 줄 몰랐다면서 우는데, 네가 한 번이라도 찾아올 줄 안 모양이더라. 찾아와 사과할 줄 알았는데 그 뒤로 나타나지 않자 처음에는 울분을 삭이더니 그게 병으로 와전되어 버린 것이니라. 자존심상 몇 번 거절한 건데 그렇다고 발을 끊을 수가 있냐면서.”

추산은 길게 숨을 쉬었다.

일단 다른 사내가 아닌 자신으로 인해 병이 생겼다니 조금
은 안심이 되었다.

그리고 한편으로는 은근히 기분이 좋았다.

상사병이 날 정도면 자신보다 더 좋아하고 있다는 셈이 아
닌가.

“정말 잘 왔구나. 사실 지금 널 데리러 가는 길이었단다. 따
라오너라. 네가 나타나면 얼마나 좋아할까.”

외출 차림이 자신을 데리러 가기 위한 것이었다는 말에 미
안한 생각이 들었다.

특히 하후천을 무슨 낯으로 보나 하는 염려가 앞선다. 자신
같이 보잘것없는 사내와 사귀는데도 하후천은 절대 반대하거
나 싫어하지 않았다.

오히려 하후청과 즐겁게 어울리는 자신을 보며 기뻐했고,
서로 도와가며 친하게 지내라는 격려까지 아끼지 않았다.

그래서 속으로 역시 황실에서 학사까지 지낸 분은 뭐가 달
라도 다르구나 했다. 추산이 이 세상에서 유일하게 존경하는
하후천.

함 노인을 따라 하후청의 처소인 청연각(靑蓮閣)에 도착했
다.

“아아!”

추산은 자신도 모르게 입을 벌렸다.

하후천은 황실을 떠나면서 그간의 노고를 치하한다면서 황제로부터 그 귀하다는 청연(靑蓮) 백여 뿌리를 선물로 받았고, 청연각 앞에 있는 연못에 심었다. 이후 해마다 여름만 되면 연못은 향기 짙은 청연으로 장관을 이루었는데 지금 막 봉우리가 맺히고 있었다.

연못의 원래 이름은 상담(上潭)이었는데, 청연을 심은 이후로 연못 이름을 바꾸고 거처의 현판까지 바꾸었다.

추산은 향기에 취해 연신 코를 벌름거렸다.

그 모습을 보며 함 노인이 웃는다.

추산은 사내치고 꽃을 너무 사랑했다.

"아가씨."

함 노인이 나직한 목소리로 불렀다.

그러자 안으로부터 짜증 섞인 소리가 흘러나왔다.

"아직 안 간 거야? 아이 씨, 빨리 갔다 오라니까. 내가 잘못했으니까 빨리 오라고 좀 해."

"아가씨, 문 좀 열어보십시오."

"왜 갑자기 문을 열라고 그래? 빨라 갔다 오라니까. 산이에게 내가 잘못했으니 용서해 달라고 하란 말이야. 씨이이."

벌컹!

그러면서 문이 열렸다.

소녀.

추산 또래의 비쩍 마른 백의소녀가 잔뜩 인상을 쓰며 밖을 내다보고 있었다.

수척한 얼굴에서 오랫동안 마음고생이 심했음을 알 수가 있었는데, 가히 한 나라를 흔들고도 남을 미색이라 할 만했다. 특히 귀에서 타고 내려오는 긴 목선은 걸쳐 입은 백의와 뇌쇄의 극치를 이루고 있다고 해도 지나친 표현이 아니었다.

멈칫!

백의소녀의 눈이 커졌다.

함 노인 곁에 서 있는 추산을 발견한 것이다.

백의소녀의 눈은 순식간에 좌우로 찢어졌다. 그러더니 문고리를 잡고 세차게 닫아버렸다.

"쟤 누구야? 누가 데려오라고 했어? 빨리 쫓아버려!"

문을 잠근 채 하후청은 고래고래 소릴 질렀다.

"저딴 녀석은 필요없어! 난 죽어도 저런 녀석과 얼굴 마주하기 싫어! 어서 가라고 해! 꼴도 보기 싫어!"

함 노인이 돌아보았다.

"뭐하느냐?"

어서 들어가 보라는 얘기다.

추산은 잠시 머뭇거리다 신을 벗고 마루로 올라섰다. 조심스럽게 다가가 문고리를 잡아당겼지만 안에서 잠갔는지 꼼짝도 하지 않았다.

"청아, 문 열어."

아무런 대꾸가 없다.

"이러지 마. 문 좀 열라니까. 내가 잘못했어."

"가. 누가 우리 집 오랬어. 너 같은 아이와는 더 이상 말하지 않을 거야."

"미안해. 정말 내가 잘못했어."

"뭐가 미안해? 너 잘못한 것 없거든."

추산의 이마가 찡그러졌다.

속에서 부아가 슬슬 치밀어 오르기 시작했다.

"세상에서 모두 이겨도 져도 될 대상이 하나 있는데 바로 여자니라."

아버지의 말씀이었다.

여자는 꽃처럼 곁에 두고서 향기를 맡고 만지기도 하는 것이지 절대 싸워 이기는 상대가 아니라고 했다.

"이렇게 빌게. 내가 죽일 놈이야."

쿵 소리가 나도록 무릎을 꿇고 빌었다.

물론 마음에는 전혀 없는 행동이었다.

지켜보던 함 노인이 딱하다는 듯 소리쳤다.

"아가씨, 산이가 무릎까지 꿇었습니다. 산이가 누굽니까. 절대 아무에게나 무릎 꿇는 산이 아니라는 것 알지 않습니까. 제발 그만 화 푸시고."

"청아, 사과하러 와, 왔어. 내, 내가 죽일 놈이야. 처, 천벌을 받아……."

울음 섞인 목소리였다.

벌컹!

문이 열리고 하후청이 뛰어나와 무릎을 꿇고 있는 추산에게
안겼다.

"네가 왜 천벌을 받아. 아냐, 바보야. 내가 벌 받아야 해. 그
까짓 붓 한 자루가 뭐가 중요하다고. 흐흐흑!"

하후청은 추산의 품에 안겨 흐느꼈다.

추산은 여전히 떨리는 목소리로 말했다.

"나 한심하지. 한 번만 용서해 준다면 두 번 다시 널 아프게
하지 않을게."

"아냐, 아니라구. 내가 나쁜 계집인걸. 으아앙!"

서럽게 통곡을 하자 함 노인이 빙긋 웃고 사라졌다.

전각을 지날 때 저만치에서 육십 가까운 백의중년인이 바쁜
걸음으로 오고 있었다.

"이게 무슨 소린가? 아니, 청아의 울음소리 아닌가? 청아가
왜 운단 말인가?"

"가지 마십시오."

함 노인은 백의중년인, 백록서원의 원주 하후천의 앞을 막
아서서 막후 사정 얘기를 해주었다.

"산이가 왔다고? 자네가 데리러 가지도 않았는데 말인가?"

"예!"

"이런 기쁜 일이……. 그래서 저렇게 녀석이 우는구만. 헛
헛헛!"

하후천이 시원한 웃음을 터뜨렸다.

얼마 만에 보는 웃음인가.

하후청이 방에 들어앉고 난 이후 하후천의 얼굴은 하루도 펴진 날이 없었다.

나이 들어 낳은 여식, 더구나 백 일이 채 되지 않아 부인이 갑작스럽게 세상을 떠났다.

남들은 유모를 들이라고 했지만 자신이 직접 안고 젖동냥을 했고 손수 기저귀를 갈고 씻기며 키웠다.

자식에 대한 부모의 애정이 다 같다고 하지만 천만의 말씀이다. 어떤 환경에서 키웠느냐에 따라 분명히 다르다. 어미 없는 자식, 호래자식이란 말 듣지 않기 위해 눈물을 머금고 매질을 했고, 통곡하며 매정하게 대했다.

그러던 일 년 전 귀향길에 태봉령에서 만난 추산.

하후천은 사흘 후 추산을 찾아갔고, 데려와 차 한 잔 마시는 것까지는 좋았는데 하후청이 첫눈에 빠져 버렸다는 것이다. 난다 긴다 하는 고관들의 자식들은 쳐다보지도 않던 하후청이 근본도 불분명하고 사는 건 더욱 내놓을 것 없는 추산에게 빠질 줄이야.

하지만 하후천은 막지 않았다.

비록 배운 것 없고 초라했지만 한눈에 범상한 소년이 아님을 알아보았다.

둘은 급속히 가까워졌다.

하루가 멀다 하고 서로 왕래했다.

"왜 갑자기 조용해졌지?"

하후천이 염려스런 표정으로 물었다.

함 노인이 웃는다.

"회포를 풀어야죠."

"회, 회포라니?"

하후천의 눈이 커졌다.

함 노인의 얼굴에 어이없다는 표정이 떠오른다.

"어린아이들 회포라는 것이 달리 있습니까요. 그냥 방 안에 앉아 서로 손잡고 못다 한 얘길 나누는 것이겠죠."

"그럼 그렇지. 난 또……."

하후천은 고개를 끄덕였다.

"날씨 좋군."

하후천이 뙤약볕을 보며 웃는다.

두 사람은 한동안 말이 없었다. 하후청의 눈가에는 여전히 눈물이 걸려 있었다. 추산이 소매를 끌어당겨 눈물을 닦아주었다.

와락!

하후청은 다시 품에 안겼다.

둘 사람은 서로를 끌어안고 한참 동안 그렇게 있었다.

뜨거운 침묵이 잠시 이어졌는데, 추산이 슬며시 하후청을 밀어냈다. 하후청이 더 오래 안겨 있고 싶은데 왜 밀어내느냐는 눈빛으로 본다. 추산은 얼굴을 상기시켰다.

남자와 여자가 다르다는 것은 이미 오래전에 알고 있었다. 남자는 참을성이 많지 않고 한번 욕망이 일어나면 자제하지 못한다. 반면 여자는 남자와 다르다.

분위기를 좋아하고 아슬아슬 줄 타는 묘기 같은 뜨거움을 즐긴다고 아버지는 말했다.

"얼굴이 완전히 갔구나."

추산이 농담을 했다.

"정말?"

"할머니처럼 그게 뭐야. 광대뼈까지 나와 갖고."

"아냐."

잽싸게 동경을 가져다 보며 하후청이 소리쳤다.

"어디 광대뼈가 나왔다고 그래? 진짜 이게!"

버럭 인상을 쓰는 하후청을 보며 추산은 미소를 지었다.

추산이 자리에서 일어났다.

"벌써 가려고?"

"원주님께 인사드려야 할 것 아냐."

"오오! 그동안 많이 컸네. 그런 생각도 하고 말이야. 잠깐 기다려. 같이 가자고."

그녀는 추산이 보는 앞인데도 치마를 홀라당 벗었다.

잠옷이 벗겨지자 젖 가리개와 아랫도리를 가리는 손바닥만 한 삼각 천만 남았다.

추산은 못 이긴 체 고개를 돌렸다.

옷을 갈아입은 그녀는 추산의 손을 잡더니 싱긋 웃었다.

"도대체 손을 잡아본 지가 얼마 만이야."

두 사람은 문을 나섰다.

방 안에서 추산의 큰절을 받는 하후천의 입이 귀밑까지 찢어졌다. 마치 사위로부터 절을 받는 모습이었다.

절을 하고 무릎을 꿇고 앉은 추산에게 말했다.

"편히 앉거라. 남도 아니고."

"아닙니다."

"괜찮대도. 편히 앉아."

"아버지 시키는 대로 해. 너 무릎 꿇는 것 싫어하잖아."

하후청이 거든다.

하후천이 눈을 흘겼다.

"녀석, 밉다고 앓아누울 때는 언제고 이젠 편을 드는 게냐?"

하후청이 당황한 표정을 지었다.

"펴, 편드는 것이 아니구요, 산이 무릎 꿇는 것 아주 싫어해요. 사내는 함부로 무릎을 꿇는 것이 아니라면서."

"원주님, 차 가져왔습니다."

문이 열리고 함 노인이 찻상을 들고 들어와 각자 앞에 잔을 놓고 찻물을 따르기 시작했다.

"자네도 앉아."

차를 따르고 나가려는 함 노인을 하후천이 붙잡아 앉혔다.

"정말 기분 좋은 날이군. 자, 들자꾸나."

모두가 찻잔을 들어 올렸다.

홀긋!

하후청이 찻잔을 들어 올리며 추산을 곁눈질하고는 웃었다.

추산 또한 마주 웃음을 지었다.

오랜만에 만나서일까, 얘기는 끝이 없었다. 주로 하후천이 말했는데, 얘기의 대부분이 하후청에 대한 것이었다. 그것도 상사병에 걸려 추산을 데려오라고 소리치고 떼를 썼다는 폭로에 하후청은 아니라면서 소릴 지르고 삐칠 태세를 갖췄다.

하지만 또다시 삐쳤다가는 영원히 추산을 못 볼 것이라는 것을 알기에 그녀는 하후천을 노려보기만 했다.

"해도 너, 너무해요. 아버지 그렇게 안 봤는데."

"인석아, 아비가 거짓말했느냐?"

"거짓말이죠?"

"이 녀석 봐라? 함 집사, 내 말이 거짓인가?"

함 노인이 멈칫했다.

하후청이 무서운 시선으로 노려보았기 때문이다.

"소, 소인은 잘 모릅니다. 별로 기억이……."

"핫핫! 역시 늙은 고추가 맵고, 시세를 아는 자가 준걸이라 했지."

하후천이 큰 소리로 웃음을 터뜨렸디.

잠시 얘기가 끊어지고 모두가 차를 마실 때 추산이 입을 열어 말했다.

"원주님께 부탁드릴 것이 있습니다."

부탁이라는 말에 하후청이 가장 먼저 눈을 빛냈고, 그다음이 함 노인이었다.

하후천은 찻잔을 내리며 미소 띤 얼굴로 말했다.

"설마 벌써 우리 청아를 데리고 가겠다는 말은 아닐 테고, 말해보아라."

"아버지는."

하후청이 눈을 흘겼다.

스윽!

추산은 품에 손을 집어넣어 위풍찬으로부터 받았던 양피지를 꺼내 들었다.

한편 그 시각, 상관세가를 찾아가는 한 명의 젊은 거지가 있었다. 걸친 의복은 남루했지만 숯덩이를 박아놓은 것 같은 두툼한 눈썹과 심연을 방불케 하는 깊은 눈빛, 오악(五岳)을 호령하는 태산의 기개를 닮은 코는 제왕지상이라 하기에 부족하지 않았다. 특히 적당히 물린 입술은 단단한 바위이니 이 또한 부귀와 영화를 누릴 방구(方口) 아닌가.

아망개가 방문했다는 소식은 급전으로 알려졌고, 총관 고차룡이 허겁지겁 마중을 나왔다.

"아이고, 설마했는데 아망개 장로 아니시옵니까?"

고차룡의 허리가 넙죽 휘어졌다.

"아망개 장로께서 본 장을 찾아주시다니 광영이옵니다. 지금쯤 마님에게 기별이 들어갔으니 기다리고 계실 것이옵니다. 자, 안으로 드십시오."

아망개는 가벼운 미소를 지으며 고차룡의 안내를 받았다.

아망개를 맞는 황씨의 표정은 환했다. 상관옥이 죽은 이후 황씨가 웃는 모습은 오늘이 처음이었다.

거부라고 하지만 낙양에서나 알아줄 뿐이다. 반면 아망개는 강호의 거목이니 황씨는 마음을 다해 미소 지었다.

"얼마나 애통하시옵니까? 워낙 공사가 황망하여 찾아뵙지 못한 이 거지의 결례를 이해해 주십시오."

"아니옵니다. 장로님께서 개방은 물론 중원 평화를 위해 얼마나 애쓰시는지 아는 사람은 다 알고 있습니다. 보잘것없는 범부의 죽음에 마음 쓰지 마세요."

서로 안부가 오가고, 차가 놓였다.

"호호호!"

급기야 황씨의 입에서 활달한 웃음까지 터져 나왔다.

남편의 죽음의 충격에서 벗어나기도 전에 믿었던 위풍찬의 배신으로 더욱 쓰라렸으며, 엎친 데 덮친 격으로 중상들까지 하나둘 곽씨산장으로 등을 돌렸다.

세상 인심 조석으로 변함을 알기에 누굴 탓하겠는가. 연이은 우환에 하루 종일 침거로 일관하던 그녀가 웃자 주위 시녀들까지 표정이 환해졌다.

아망개, 개방 사상 최초로 삼십대에 장로가 된 절륜무쌍의 기재가 자신의 집을 찾아주었다는 것은 홍복이며 자랑거리가 아닐 수 없었다.

　침체를 넘어 자칫 폐문의 위기까지 염려했던 황씨이기에 아망개의 방문은 천군만마를 얻는 것과 같았다.

　아마 지금쯤 아망개가 상관세가를 방문했다는 소문이 낙양 곳곳을 줄달음치고 있을 것이라고 생각하자 더욱 오랫동안 붙잡고 싶었으며, 방문 이유 또한 궁금해졌다.

　"위풍찬이란 자를 아십니까?"

　흠칫!

　찻잔을 반쯤 들어 올리던 황씨가 얼어붙었다.

　예상치 못한 질문이었다. 그러고 보니 언젠가 위풍찬이 자랑스럽게 개방의 아망개와 절친하다는 말을 한 기억을 떠올리자 온몸이 더욱 얼어붙었다.

　―설마!

　벗이라면 그를 죽음으로 몰아넣은 자신, 아니, 상관세가가 혈풍을 피한다는 건 불가능했다.

　당황한 사람은 황씨뿐이 아니었다.

　고차룡의 얼굴은 허옇게 떠버렸다.

　황씨와 서로 시선을 교차했지만 얼어붙은 눈빛을 수차례 주고받아 봤자 해결책은 떠오르지 않았다.

　―이 노릇을!

황씨가 쉿덩이가 된 얼굴로 굳어 있을 때 아망개가 큰 소리
로 웃음을 지었다.

"핫핫! 이곳에 있는 본 방의 분타주에게 들었는데 그자가 가
주님을 해쳤다더군요."

팟!

팟!

황씨와 고차룡의 눈이 다시 부딪치며 불꽃이 피어났다.

―그자!

진정으로 절친하다면 절대 그런 표현을 쓰지 않는다.

아망개가 다시 입을 열었다.

"정말입니까? 그놈이 가주님을 죽였다는 것 말입니다."

―그놈!

황씨는 휘청했다. 지옥에서 살아나온들 이보다 더할까.

"마님!"

고차룡이 가볍게 손을 뻗어 흔들리는 황씨의 상체를 붙들었
했다.

극도로 치솟은 긴장이 풀리면서 온몸에 힘이 빠져 버린 것
이다.

안심이었다.

　아망개의 말투에서 위풍찬과의 관계가 자신이 우려하던 우의와는 거리가 있음을 확신했다.

　이따금 우연히 스치듯 만난 강호의 고인을 마치 자신과 아주 가까운 양 떠들고 다니는 이가 적지 않은데 위풍찬 또한 그런 부류라고 생각했다.

　"어떡해요. 그가 죽었어요."

　황씨는 마지막까지 만약을 몰라 안타까움에 대한 미련을 약간 섞었다.

　황씨는 담담하게 그간의 경위를 말해주며 아망개의 표정을 놓치지 않았다.

　듣고 있던 아망개의 얼굴이 분노로 우그러졌다.

　"그런 쓰레기."

　"버, 벗이었다고 하던데?"

　"누가 말이오? 우핫핫핫!"

　어이없다는 듯 아망개는 큰 소리로 웃음을 터뜨렸다.

　황씨는 완전하게 마음을 놓았다. 그러면서 자신이 얼마나 잘해주었는지까지 설명하며 배신에 치를 떨었다.

第六章
악연의 시작

　아망개는 찻잔을 들어 올렸다. 차는 입으로 마신다. 즉, 황씨의 애기는 귀로 듣는다. 그러나 좀 더 생각이 깊은 사람은 알 수 있다, 황씨의 애길 더 이상 듣고 싶지 않아하고 있음을.
　그리고 찻잔에 가려진 입술이 웃고 있다.
　자신과 위풍찬은 친하다.
　그러나 강호의 인간관게는 조석으로 변한다. 자신의 뜻과 목적에 의해 수시로 바뀌고 이동한다.
　자신은 지금 이동하고 있었다.

　아망개가 위풍찬을 수소문하여 찾아온 것은 언젠가 그가 자신에게 보여준 한 장의 양피지 때문이었다. 당시 현 개방의 방

주인 나오선개를 무림맹 열다섯 장로 가운데 수석에 앉히기
위한 치열한 막후 활동 중이었기에 그다지 깊은 관심을 갖고
보지 못했다.

어쨌든 자신의 수고가 통한 듯 나오선개는 열다섯 장로 중
수석에 올랐다.

그런데 오래전 위풍찬이 보여주었던 양피지 생각이 떠올랐
다. 당시 첫눈에 범상한 물건이 아니라는 것을 알았지만 깊이
생각해 볼 시간적 여유가 없었는데, 석 달 전 뭔가 가슴에 떠오
르는 것이 있어 추적에 나섰고, 오늘 이렇게 찾아온 것이다.

낙양 개방분타에 은걸(銀乞) 비상령이 떨어졌다.

개방의 비상령은 모두 네 단계로 나뉜다.

금걸(金乞), 은걸(銀乞), 동걸(銅乞), 철걸(鐵乞).

가장 위급 상태인 금걸은 오직 방주만 내릴 수 있고 은걸은
장로만 내린다. 동걸과 철걸은 육결에서부터 분타주들까지 그
때 그때 필요하다고 하면 선 조치 후 보고 형식으로 내릴 수가
있다.

은걸이 내려졌다는 것은 매우 위중한 일이라는 뜻이었기에
낙양분타 일백여 명의 거지가 일제히 흩어졌다.

―위풍찬을 찾아라.

황씨는 놓쳤다고 했다. 그러나 강력한 부상을 입어 어디에

선가 시신이 되어 썩어가고 있을 것이라고 했다.

'기어이 놈을 찾아야 한다!'

낙양분타가 있는 태왕교 위에 우뚝 서 흘러가는 강물을 바라보는 아망개의 눈이 타올랐다.

양피지를 펼쳐 보던 하후천의 눈살이 찌푸려졌다. 함 노인은 물론 하후청까지 관심을 가졌다.

"호호호!"

갑자기 하후청이 까르르 웃었다.

추산이 왜 웃느냐는 듯 바라보았다.

"넌 안 웃기니? 저 아저씨 말이야. 너무 웃겨. 호호호!"

그림 속의 거한을 보며 하후청은 웃음을 참지 못했고, 함 노인까지도 입을 가리며 터져 나오려는 웃음을 자제하느라 곤욕을 치르고 있었다.

"꼭 튀겨놓은 것 같지 않아? 호호호!"

연거푸 소리 내어 웃는 하후청.

그러나 하후천은 이마를 찡그린 채 심각한 시선으로 양피지를 살피고 있었다.

한참을 살피던 하후천이 고개를 들어 물었다.

"어디서 났느냐?"

추산은 잠시 머뭇거렸다.

그러나 망설임도 잠시, 이내 말을 하기로 했다. 상대는 하후천이다, 자신이 세상에서 유일하게 존경하는.

추산의 말을 듣고 난 하후천은 고개를 끄덕이더니 다시 양피지를 바라보았다.

"그러고 보니 무슨 무공 자세 같기도 한데. 그치, 할아범?"

하후청이 묻는 말에 함 노인이 대답했다.

"이, 이 늙은이 눈에는 그저……."

"산만 한 돼지 한 마리가 있을 뿐이라는 거지? 크크큭!"

둘 모두 웃음을 터뜨렸다.

하후천이 추산을 보며 말했다.

"괜찮다면 놔두고 가거라. 내가 며칠 살피면서 알아보겠느니라."

추산은 알겠다면서 곧바로 자리에서 일어났다.

"벌써 가려고?"

하후청이 뒤를 따라 나오면서 아쉬운 표정을 지었다.

추산은 바쁘다는 핑계를 대고 백록서원을 나왔다.

"또 언제 올 거야?"

하후청이 묻는다.

추산은 잠시 머뭇거렸다.

그러자 하후청이 쐐기를 박듯 말했다.

"최소한 사흘에 한 번씩은 와. 알았지? 오지 않기만 해봐라."

그녀의 표정이 사나워졌다.

추산은 알았다며 고개를 끄덕였다.

대문을 열고 들어서던 추산은 깜짝 놀랐다. 마당에 십여 명의 사내가 모여 있었는데, 맹패광과 그의 부하들이었다.

"큰형님!"

추산은 깜짝 놀라며 뛰어가 허리를 구부렸다.

맹패광이 웃음을 지었다.

"불쑥 찾아와서 미안하구나."

"아닙니다. 큰형님께서 찾아주시다니, 집이 너무 누추해서."

대충 마루를 걸레로 훔치고 앉을 것을 권했다.

하지만 맹패광은 손을 내저었다.

"금방 갈 거야."

맹패광은 마당가에 있는 샘물을 바가지로 뜨더니 벌컥벌컥 소리 내어 마셨다.

"커어! 물맛 좋구나. 물맛이 좋아서인가? 아우의 그 기세가 출중한 것이 말이야."

추산은 그를 빤히 바라보았다.

무슨 일로 느닷없이 찾아왔는지 궁금했다. 대충 눈치를 봤지만 자신에게 어떤 해를 끼치기 위해 온 분위기는 아니다.

지금 상태에서 자신에게 해를 가한다면 죽었다 깨어나도 피하지 못한다.

고스란히 당해야 했다.

"들었는지 모르지만, 내가 정식으로 무림의 문파로 들어가게 되었다. 다시 말해, 이제 이별할 때가 되었다는 얘기지."

알고 있는 내용이었기에 가만히 듣고 있었다.

"어제 우린 밤새 회의를 가졌다. 그리고 한 가지 결론을 내렸지."

맹패광은 잠시 말을 끊었다.

무거운 얼굴로 서 있는 수하들을 훑어보더니 마지막으로 추산에게 멎었다.

"아무래도 추산이 네가 내 뒤를 이어야겠다. 우리가 내린 결론은 그것이다."

획!

추산은 깜짝 놀라는 표정을 지었다.

"물론 당황스러울 것이다. 일부 반대도 있었음을 인정한다. 그러나 상당수는 내 뒤를 이어 저잣거리의 질서를 제대로 잡을 수 있는 인물은 너뿐이라는 결론을 내렸다."

"크, 큰형님!"

"맡아다오."

예상 못한 일이었기에 추산은 어찌할 바를 몰랐다.

추산의 눈이 영민하게 움직였다.

"그럼 허락하는 것으로 알고 돌아가겠다."

"잠깐만요."

두 사람의 눈빛이 엉켰다.

추산은 눈을 치켜뜨며 다부지게 말했다.

"큰형님의 뜻을 따르겠습니다. 대신 큰형님께서도 저의 부탁을 한 가지 들어주십시오."

"그래, 말해보아라."

맹패광은 웃으며 말했다.

추산은 흘긋 아까부터 잔뜩 굳어 있는 육방을 바라보았다.

육방은 맹패광에 이어 서열 이위다.

나이는 자신과 동갑이지만 그다지 수하들로부터 충성을 이끌어내지 못하고 있었다.

"다시 말하지만 큰형님 뜻을 따르겠습니다. 그러나 지금은 아닙니다. 저는 나이도 어리고 아직 많이 부족합니다. 제가 어느 정도 성장할 때까지 기다려 달라는 것입니다."

"뭘 어떻게?"

"육방 형님을 큰형님으로 모시고 싶습니다. 육방 형님 밑에서 많은 것을 배운 뒤 그때 가서 형님의 뜻을 따를까 합니다."

자신을 저잣거리 주인으로 옹립하겠다는 추산의 느닷없는 대답에 육방의 눈이 커졌다.

특히 차기 주인은 육방이라 믿어 의심치 않고 있다가 추산으로 결정되자 몹시 못마땅해하고 있던 수하들까지 눈을 부릅떴다.

"전 아직도 기억합니다, 언젠가 큰형님께서 자신을 잘 아는 것이야말로 사내가 갖춰야 할 최고의 지혜 중 하나라고 말씀하셨죠. 그렇다고 제가 출중한 지혜를 지녔다는 것은 아닙니다. 단지……."

"육방을 날 대신해 받들겠단 말이냐?"

"예!"

“추, 추산아.”

육방의 목소리가 떨려 나왔다.

추산은 웃으며 말했다.

“제가 저잣거리를 움직인다는 것은 당치 않습니다. 나이도 어리고 경험도 일천한 어린 제가 뭘 알겠습니까. 훌륭한 큰형님 밑에서 배우고 경험한 육방 형님의 지도력이 지금 바로 필요할 때가 아닌가 싶습니다. 뭐든지 시켜만 주십시오. 열심히 하겠습니다, 육방 큰형님.”

“크, 큰형님!”

육방의 눈이 찢어질 듯 커졌다.

추산은 곧바로 육방 앞에 무릎을 꿇고 부하 된 도리의 예를 갖췄다.

“이, 이게 무슨 짓이야. 일어나, 추… 산.”

육방이 손을 잡아 일으켰다.

그 모습을 지켜본 맹패광의 눈이 빛났다.

추산과 육방은 서로를 힘껏 끌어안고 있었다.

‘크다, 예상보다 훨씬!’

추산에게 넘겨주기로 마음을 먹었지만 마음 한쪽은 불안했다. 피의 반란이 예상되었기 때문이다. 하지만 추산만 한 인물이 없었다. 그런데 추산이 한발 물러섬으로 인해 모든 것을 일거에 해소했고, 더구나 육방을 천거함으로써 자신의 위치와 권위를 더욱 공고히 하는 놀라운 효과를 거두고 있었다.

맹패광이 떠났다. 그의 뒤를 이어 육방이 저잣거리의 주인
이 되었고, 모두가 충성의 맹세를 약속했다. 특히 육방은 모든
수하들이 보는 앞에서 추산에게 말했다.

"추산은 나의 친동생이다. 누구든 추산을 업신여긴다거나
불쾌하게 한 놈은 내가 참지 않는다."

추산의 부하들까지 포함한 일백여 명이 모인 자리에서 육방
은 대못을 박듯 선포했다.

이윽고 만찬이 시작되었다.

육방의 취임식은 낙양제일의 객점 왕조관(王朝館)에서 벌어
졌다. 새로 주인이 된 육방에게 눈도장을 찍기 위해 낙양에서
제법 이름깨나 알려진 유지들이 대거 몰려들어 발 디딜 틈이
없었다.

모두가 육방 주위로 몰려들어 술을 따랐고, 봉서를 내밀었
다. 봉서 안에는 축하금이 들어 있을 것이다.

"산아!"

사람들을 비집고 피광이 나타났다.

추산은 주위를 경계하듯 살피며 산혈과라는 과일 한 조각을
소리 내어 씹고, 피광은 술잔을 들어 올렸다.

"알아냈어."

피광이 환히 웃었다.

곁에서 본다고 해도 비밀스런 얘기를 나눈다고 생각할 수
없을 만큼 둘의 표정은 자연스러웠다.

"네 추측이 맞았어. 곽무랑에게 숨겨진 첩이 있어. 홍파화

라는 계집인데 올해 스물하나야. 중상으로 곽씨세가와 비단을
거래하는 홍녹구라는 자의 딸인데 둘의 이해가 맞아떨어진 모
양이야. 홍녹구는 자신의 비단을 좋은 가격에 쳐주겠다는 제
의에 딸을 보낸 것 같아. 물론 곽무랑의 본처는 전혀 모르고
있더구만.”

곽무랑의 처 차씨는 사갈로 소문났다.

다른 건 다 참아도 남편 곽무랑이 다른 여자를 탐하는 건 죽
어도 못 본다. 어느 날 곽무랑은 취중에 기녀와 자고 말았다.
그 다음날 곽무랑과 잠자리를 했던 기녀의 시신이 용천의 강
가에서 발견되었다. 곽무랑의 처 차씨의 솜씨였다. 자객을 시
켜 남편과 살을 섞은 여자는 모조리 죽여 버릴 만큼 그녀는 질
투의 화신이었다.

쏟아지는 비는 무더위를 한풀 꺾어놨다. 곽무랑은 비가 오
면 이상하게 아랫도리가 부풀어 오르고 계집이 떠오른다. 당
대 제일의 색공(色公)으로 이름을 날렸던 탐화성객은 비는 남
자의 충동을 일으키는 마약이라고 했다.

비와 남자의 충동과 상관관계가 밝혀진 것은 없지만 곽무랑
은 탐화성객의 말이 어쩌면 그렇게 들어맞을까 생각하며 아랫
도리를 내려다보았다.

잔뜩 성이 난 채 금포를 금방이라도 뚫고 나올 듯했다.

충동이 일자 본능적으로 떠오르는 계집의 얼굴.

이제 스물하나. 쉰이 넘은 자신의 마누라에 비하면 달덩이

요 보배이고 영약이었다.

특히 일천의 여자 중 한 명 꼴이라는 명기(名器)였다. 한번 조이기 시작하면 미친다.

더 이상 견딜 수가 없었다.

'가만!'

그러고 보니 오늘 홍파화의 생일이 아닌가.

혼자 태어난 것도 아니고 세상 사람이면 모두 생일이 있는데 여자들은 유난히 자신의 생일을 챙긴다. 그리고 챙겨주는 남자를 무척 좋아한다.

곽무량은 곧바로 우산을 받쳐 들고 밖으로 나갔다. 기다렸다는 듯 마부 후춘모가 달려온다.

"잠시만 기다리소서."

마차를 끌러 가려는 후춘모를 불러 세웠다.

"아니다. 오늘은 쉬거라."

한마디를 남기고 우산을 받쳐 든 채 곽무량은 곧바로 빗속으로 사라졌다.

곽무량은 아주 중요한 거래가 있을 때는 일체 누구도 대동하지 않는다. 거래자와의 비밀을 지키기 위해서이기도 하지만 아랫사람 누구도 믿지 않는 곽무량 특유의 행동이었다.

사라지는 곽무량을 보며 후춘모는 오늘 또 누군가와 큰 거래가 있겠구나 하며 좋아했다.

주인이 자신을 놔두고 볼일 보러 나갔으니 일찍 자기 집으로 돌아갈 수 있게 된 것이다.

곽씨산장에서 낙양 시내까지는 십 리 길이다. 아는 얼굴이 많아 우산을 낮게 드리우며 겨우 홍파화가 살고 있는 집으로 들어섰을 때는 장원을 떠난 지 반 시진 정도 지나서였다.

홍파화의 집은 이층 목조건물로 철 대문이 있고 이 장 높이의 담벼락이 집을 빙 둘러싸고 있었다. 대문에 달린 줄을 잡아 당기면 마루에 있는 쇠 종이 울린다.

뎅뎅뎅!

세 번 울리면 자신이 찾아왔다는 신호다.

예상대로 한달음에 홍파화는 달려나왔다. 비가 오는데도 우산을 쓰지 않았고 속살이 훤히 비치는 홍삼을 걸쳤다.

와락!

문이 열리며 홍파화가 곽무랑을 향해 그대로 안긴다.

품에 안겨 볼에 입을 맞추는 홍파화를 보며 곽무랑은 놀라는 표정을 지었다.

"이, 이런, 누가 보면 어쩌려고?"

"보라지, 뭐."

쪽쪽쪽!

거침없이 볼에 입을 맞춘다.

이 맛이다. 목을 끌어안고 입을 맞추면 탄력 넘치는 가슴이 밀착되면서 몸은 순식간에 타오른다.

"자, 이거 받거라."

곽무랑이 품속에서 작은 옥함 한 개를 꺼내주었다.

오면서 준비한 생일 선물이었다.

달칵!

옥함을 열어보던 홍파화의 눈이 커졌다.

옥함 안에는 아름다운 푸른 나비로 된 귀고리 한 쌍이 있었기 때문이다.

'처, 청옥환접(靑玉環蝶).'

최소한 금자 석 냥 이상은 주어야 살 수 있는 고가의 귀고리에 홍파화는 또다시 곽무랑의 목을 끌어안고 얼굴에 입술을 비볐다.

"어맛!"

그러다 깜짝 놀라며 아래를 내려다보는 홍파화.

곽무랑의 아랫도리가 태산의 장인봉처럼 솟구쳐 있었다.

"홋홋홋! 어서 가요."

마당을 가로질러 문 앞에 이르렀을 때 홍파화가 걸음을 멈췄다.

"아 참!"

홍파화의 눈이 빛났다.

"친구 분이 와 계셔요."

친구 분이라는 말에 곽무랑의 눈이 커졌다.

친구라니?

자신이 홍파화와 딴살림을 차렸다는 사실을 아는 사람은 사돈이자 홍파화 부친 말고는 아무도 모른다. 홍파화에게도 단단히 일러 그녀의 친구들에게도 말하지 말라고 함구령을 내렸다.

"대인 어른 고향 친구 분이라면서 선물까지 사오셨어요. 봐요. 예쁘죠?"

왼손을 내밀었다.

왼손 약지에 낀 쌍가락지.

봉지쌍환(蜂指雙環)이었다.

여왕벌을 닮았다고 하여 여왕지환이라고도 부르는데, 요즘 젊은 여인들 사이에 아주 유행하는 물건이었다.

"하하하!"

"인석아, 간지럽구나."

문 안쪽으로부터 들려오는 노쇠한 목소리와 어린아이 음성에 눈을 부릅떴다.

"말도 마세요. 어찌나 충아와 잘 놀아주는지 둘이 죽이 척척 맞아요."

"추, 충아와?"

곽무랑은 홍파화 사이에 난 네 살짜리 아들이 하나 있었다.

밑으로 딸 둘만 있는 곽무랑에게 충아는 새로운 보배였다.

꽝!

곽무랑은 우산을 내던지고 곧바로 문을 밀치고 들어갔다.

뚝!

마루로 들어선 곽무랑은 그 자리에 얼어붙었다.

한 명의 노인이 아들 곽충을 등에 태우고 넓은 마루를 돌아다니고 있었다.

“더 빨리! 빨리 달리라니까!”

충아는 노인의 목에 고삐처럼 줄을 걸고 잡아당긴다.

“아, 알았다.”

따그닥! 따그닥!

노인은 말발굽 소리까지 내며 마루를 빙빙 돌았다.

“멈춰랏!”

등에 탄 충아가 목에 걸린 줄을 세차게 잡아당겼다.

그러자 노인은 진짜 말처럼 말 울음소리를 내며 손과 상체를 들었다.

“히히힝!”

“좋아! 다시 달려!”

충아가 힘껏 줄로 어깨를 치자 노인은 다시 방 안을 기어다니기 시작했다.

“더 빨리! 더 힘차게! 넌 천하에서 가장 빠른 천리마라고 했잖아.”

“다그닥! 다그닥!”

노인은 소리까지 내며 달렸다.

“지, 지금 뭐하는 게야! 당장 충이를 데리고 나가지 못하겠느냐!”

곽무랑이 버럭 소릴 지르자 홍파화가 놀란 표정을 지었다.

“대, 대인⋯⋯.”

“내 말이 안 들리느냐?”

홍파화는 당황했다.

이토록 화를 내는 곽무랑의 모습은 처음이었다.

"아, 알았사옵니다. 충아야, 뭐하니. 그만하고 어서 엄마랑 나가자꾸나."

노인의 등에 올라탄 충아는 내려오지 않으려고 버텼다.

"싫어. 나 계속 놀 거야."

"네 이놈!"

집 안이 쩌렁한 곽무랑의 외침에 충아의 눈이 커졌다.

"엄마랑 나가 있거라."

"으아앙!"

홍파화는 우는 충아를 재빨리 품에 안고 밖으로 나갔다.

쾅!

방문이 소릴 내며 닫혔다.

"헛헛! 그 녀석!"

엎드려 있던 노인이 일어났다. 얼마나 열심히 놀았는지 얼굴이 땀으로 범벅이 되었다.

소매로 땀을 닦는 노인 추작도는 굳은 표정으로 입구에 서 있는 곽무랑을 가벼운 미소로 바라보았다.

"역시 돈은 좋은 거요. 나 같은 빈털터리 거지는 늙은 과부도 쳐다보지 않는데."

"어떻게?"

추작도의 입가에 미소가 떠올랐다.

"기술 아니겠소. 당신이 먹고사는 당신만의 비결이 있듯 나 또한 나만이 살아갈 수 있는 비결 말이오."

곽무랑은 망설이지 않고 품에 손을 집어넣었다.

"여기 있소. 갖고 당장 사라지시오."

팔랑!

바닥에 떨어지는 전표 한 장.

추작도의 안색이 굳어졌다.

그러나 이내 미소를 지으며 허리를 구부려 떨어진 전표를 주웠다. 사해전장에서 발행한 전표다.

"아직도 날 바보로 아는군. 내가 문을 나서는 순간 이곳뿐만이 아니라 강호의 모든 사해전장에 전표를 금자로 바꾸지 못하도록 조치를 취해놓겠지."

곽무랑의 눈빛이 흔들렸다.

속셈이 들킨 것이다.

잡객, 삼류라고 보았는데 절대 아니다.

솜씨는 삼류일지 모르지만 머리 회전은 다르다.

추작도는 전표를 내밀었다.

전표를 돌려주는 추작도의 입가에 가벼운 미소가 물려 있었다.

잠시 추작도를 노려보던 곽무랑은 전표를 받아 들었다.

곽무랑이 고개를 들어 추작도를 다시 보았다.

평범한 얼굴이다. 그러나 이내 한곳에 멈춘 곽무랑의 시선이 흔들렸다.

그것은 눈이었다.

─좋은 눈이다!

장사꾼은 사람은 보지 않고 눈을 본다.
눈은 사람의 전부이다.
그 사람의 심성과 야망이 그대로 간직되어 있다.
곽무랑은 다시 손을 집어넣어 주머니 한 개를 꺼내 내밀었
다. 주머니를 받아 안을 살핀 추작도의 입가에 만족스런 미소
가 떠올랐다.
"언제든지 내가 필요하면 찾아주시오."
주머니를 품속에 넣은 추작도가 밖으로 나갔다.
"아저씨, 벌써 가는 거야?"
문밖으로부터 충아의 울음이 채 끝나지 않는 음성이 들렸
다.
추작도의 목소리가 들려왔다.
"그래, 미안하구나. 나중에 다시 올 때 그때는 오늘보다 훨
씬 오랫동안 놀아줄게."
"안녕."
"그래, 잘 있거라."
마루 가운데 우뚝 서 있는 곽무랑의 주먹이 불끈 쥐어졌다.
지금까지 이토록 완벽하게 누군가에게 당해보기는 처음이
다.
스윽!
자신도 모르게 뺨을 만졌다. 손바닥에 땀이 흥건히 묻어 나

왔다.

"대, 대인 어른, 도대체 누구기에?"

홍파화가 물었다.

그러나 곽무랑은 한동안 석상이 되어버렸다.

문밖으로 나온 추작도는 재빨리 인피면구를 벗었다. 인피면구 속에서 나타난 얼굴은 추산이었다. 추산은 주머니에서 푸른색 물병을 꺼내 목을 헹궜다.

"아아!"

가벼운 헛기침을 하자 탁한 노인의 목소리에서 어느새 자신의 음성으로 돌아왔다.

추산은 느긋한 신색으로 홍파화의 집 앞을 떠났다.

─남의 것을 빼앗고 살지는 못해도 빼앗기며 살아서야 되겠느냐?

빼앗지는 못해도 최소한 빼앗길 수는 없다.

받을 것은 기어이 받아야 한다. 굶어 죽지 않기 위해서라도.

비가 멈추면서 한적하던 저잣거리에 상인들이 하나둘 모습을 드러냈다. 피광 또한 어느새 손수레를 펼치고 금선련을 보기 좋게 진열하고 있었다.

와삭!

누군가 허락 없이 금선련을 씹는 소리에 번개처럼 돌아보던 피광은 추산을 발견하고 계면쩍은 표정을 지었다.

추산은 가짜 금선련 한 뿌리를 통째 씹어 삼키더니 곽무랑으로부터 받은 주머니에서 금자 한 냥을 꺼냈다.

피광이 깜짝 놀란 표정을 지었다.

"뭐해? 받아."

"왜 나에게……?"

"네 덕이 크잖아."

"바, 받은 거야?"

추산은 미소를 지으며 고개를 끄덕였다.

"야, 역시 우리 대장은 달라. 어떻게 받았어? 그놈이 순순히 내놓던?"

"안 내놓으면?"

휙!

추산은 금자를 던지고 돌아섰다.

"너무 많잖아."

추산은 아무런 대답도 하지 않고 걸어갔다.

추산은 곧바로 집으로 들어서지 않았다. 적을 만들지 않고 사는 것이 가장 좋지만 사람이 살다 보면 적은 어쩔 수 없이 만들어진다는 아버지의 말씀.

이해가 얽히든 사랑이 얽히든 적을 안 만들고는 살 수 없는 것이 인생이라고 했다. 자신 또한 열심히 살았을 뿐인데 이미 곳곳에 적을 만들었다. 떠나간 차오가 그랬고 아버지 돈을 주지 않은 곽무랑이 그러했다.

멈칫!

집으로 들어가지 않을 사람처럼 아랫주머니에 손을 넣고 덜렁거리며 골목을 걸어가던 추산의 이마가 찌푸려졌다.

자기보다 한두 살쯤 어려 보이는 소년 한 명이 자신의 집 대문 너머를 훔쳐보고 있었기 때문이다.

추산은 재빨리 귀퉁이에 몸을 숨기고 소년을 지켜보았다.

소년은 집 안을 한참 살피더니 대문을 두드렸다. 그러나 아무런 반응이 없자 담을 넘어가려는 듯 담장 쪽으로 걸음을 옮겼다.

적이라면 대문을 두드려 주인을 부르는 행동 따위는 하지 않는다.

"넌 뭐냐?"

소년은 깜짝 놀라며 돌아보았다.

추산은 인상을 썼다.

"왜 남의 집을 기웃거리느냐고."

"그게 아니고요."

소년은 당황한 표정을 지었다.

"너, 도둑놈이지?"

소년은 펄쩍 뛰었다.

"내가 어딜 봐서 도둑놈 같아요? 도둑놈이면 담 넘어 들어갔지. 난 이집 주인에게 볼일이 있거든요."

“주인?”

“혹시 추산이라고 알아요? 이 집 주인이라고 그 형님이 그랬는데.”

“형님?”

“혹시 형님께서 추산?”

“나다.”

소년은 미소를 짓더니 품에서 서찰 한 개를 꺼내주었다.

“이게 뭐냐?”

“어느 젊은 공자께서 이걸 형님께 전해달래요. 그럼 난 이만 가요.”

소년은 부리나케 사라졌다.

잠시 사라지는 소년을 바라보던 추산은 봉서를 찢어 서찰을 꺼내 펼쳤다.

흠칫!

서찰을 보던 추산은 놀란 표정을 지었다. 놀랍게도 서찰은 아버지 추작도가 보낸 것이었다.

일단 난 살아 있으니까 걱정 마라. 넌 아직도 아비를 우습게 보는 것 같은데 절대 죽지는 않는다. 돈은 받았느냐? 반드시 받아라. 항상 하는 얘기지만 빼앗기며 살아서는 안 된다. 갑자기 일이 생겨 떠나야겠다. 어쩌면 그 어느 때보다 오랫동안 떨어져 있을 지도 모르겠구나. 다시 말하지만 절대 죽어 시체로 돌아올 일은 없을 테니까 안심하고, 생활비는 넉넉하지 않지만 제때 보내도록 노력하마.

　추산은 한동안 서찰에서 눈을 떼지 않았다.
　그중 어쩌면 그 어느 때보다 오랫동안 떨어져 있을지 모르
겠구나 하는 대목에 고정되었다.
　지금까지 가장 오래 부친과 떨어져 있던 시간은 여덟 달이
었다. 그렇다면 최소한 일 년은 넘길 것이라는 얘기가 아닌가.
아무리 큰 일감을 얻었다고 해도 일 년은 너무 길다.
　특히 소년의 입에서는 젊은 공자라고 했다.
　아버지가 젊은 공자라니.
　물론 변장을 했을 수도 있다. 이번에는 젊은 공자가 되어 또
무슨 사건을 꿈꾸려는가.

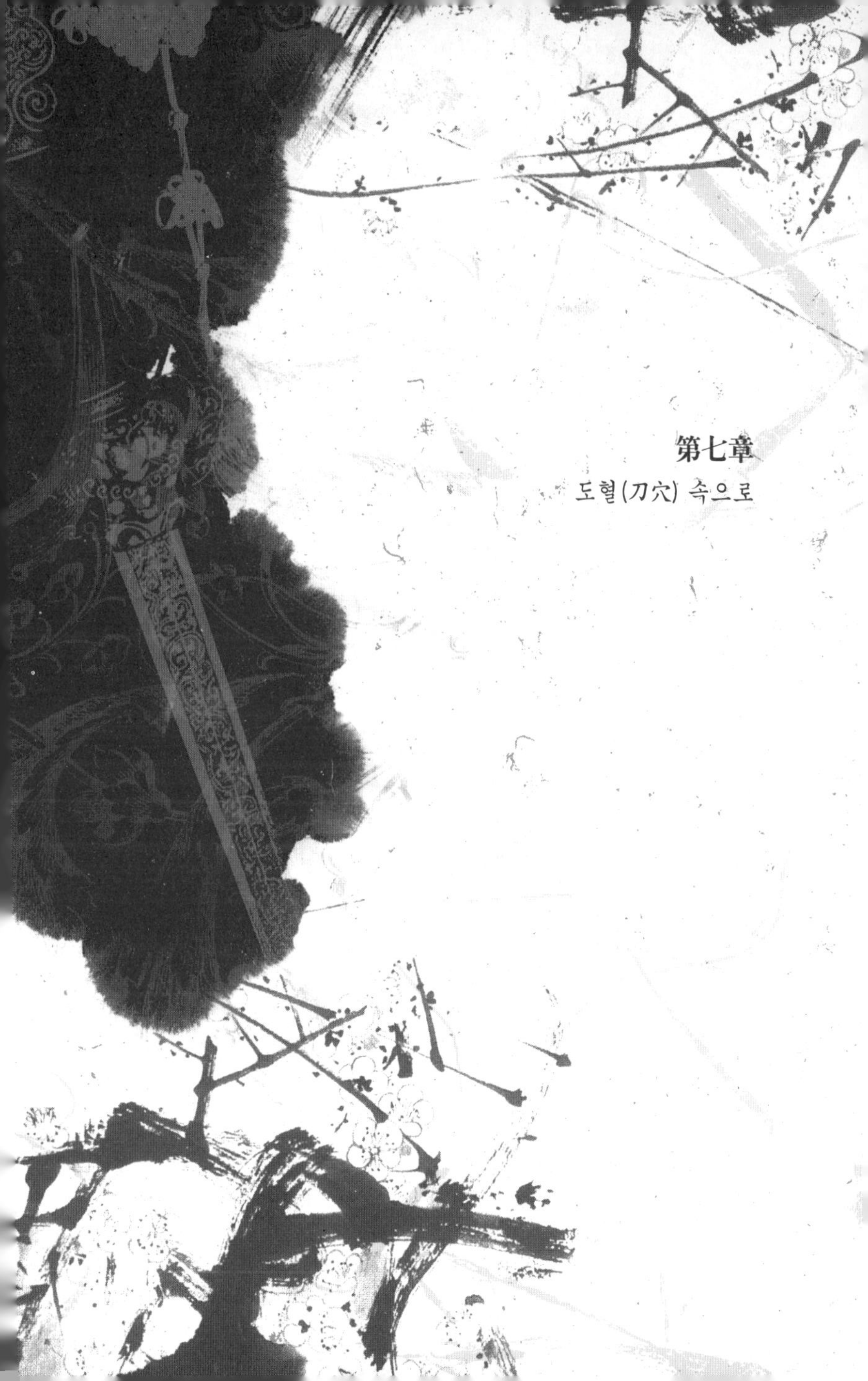

第七章

도혈(刀穴) 속으로

겸명도살

그들은 영원한 칼의 주인이었다. 워낙 뿌리가 깊고 단단했기에 피어나는 줄기와 가지 모두 웅장하고 힘찼다. 호부(虎父) 밑에 견자(犬子) 없다는 걸 보여주듯 후손들은 날이 갈수록 더욱 빼어나게 가지를 뻗고 융성을 거듭했다.

그리고 마침내 천하제일도문이라는 위치를 수백 년간 이어 왔던 하북팽가와 어깨를 나란히 할 만큼 칼의 명문으로 자리를 굳혀 버린 곳.

황보세가(皇甫勢家).

하북팽가의 칼이 도도한 무게에 줄기를 두고 있다면 황보세가의 칼은 빠름에 생명을 걸고 있었다.

무게[重]와 빠름[快]은 영원한 경쟁 관계이다.

물론 그 사이에 변(變)이라는 또 하나의 아류가 있긴 하지만 거의 명문들의 무예는 빠름 아니면 무게에 근간을 두고 있었다.

추작도는 상체를 곧게 세우고서 정면을 바라보고 있었다. 누가 보아도 이제 막 입문(入門)하여 잔뜩 긴장한 신입 무사의 모습이었다. 추작도가 앉아 있는 곳은 제사당(帝士堂)이었다.

제사당은 황보세가에 들어온 무사들을 훈련시키는 기관이었다. 열심히 배워 칼에 관한 한 으뜸이 되라는 뜻에서 지어진 제사당.

황보세가의 무사 선발은 두 가지로 이뤄진다. 황보세가가 요구하는 일정한 무관을 통과하는 것과 강호 명사들로부터 추천을 받는 방식이었다.

물론 거의가 황보세가가 요구하는 관문을 통과하여 무사가 되지만 가끔씩 좋은 자질이나 근골을 지닌 제자가 아까워 더 큰 물에서 놀기를 바라는 마음에 명사들이 보낸 이들도 있었다.

추운도수가 보낸 추천서와 그를 상징하는 명패를 보여주자 곧바로 이곳 제사당으로 자신을 데려왔다.

안쪽에서는 삼십 중반가량의 흑의인이 열심히 탁자에서 서류를 처리하고 있었다. 사내에게 봉서와 추도패를 제출하며 슬쩍 보았는데 입문한 무사들의 성적을 매기고 있었다. 어림잡건대 오늘 어느 기수가 퇴무식(退武式)을 하는 것 같았다.

어느덧 반 시진이 넘었는데도 사내는 말 한마디 붙이지 않았다.

오십 년 인생.

참고 또 참는 데 이골이 난 추작도지만 흑의사내의 태도에 조금씩 부아가 치밀어 올랐다. 그러면서 한 가지 떠오르는 건 추운도수가 강호에서는 알아줄지는 모르지만 황보세가에서는 그다지 무게있는 인물로 인정받지 못하다는 것이었다.

그렇지 않다면 자신을 이렇게 반 시진이 넘도록 방치하고 홀대할 이유가 없었다.

살살 허리가 아파온다.

마음 같아서는 축 처져 앉고 싶었지만 자신은 지금 강호 생활에 닳고 닳은 오십을 먹은 추작도가 아닌 스무 살 청년 노독수이다. 낯선 곳, 그 나이에 명가의 무사가 되기 위해 추천서 한 장 달랑 들고 찾아왔다면 긴장을 하는 것이 정석이라는 판단에서 꼿꼿하게 허리를 펴고 눈은 정면을 보았고, 양손은 무릎 위에 올렸다.

덜컹!

문이 열리며 오십가량의 중년인이 들어섰다. 약간 창백한 안색에 적당이 오른 볼 살, 특히 걸치고 있는 약간 빛바랜 백의는 중년인의 창백한 안색과 묘한 대비를 이루며 오히려 무게를 싣고 있었다.

"아직 멀었나?"

벌떡!

채점에 한창이던 흑의사내가 자리에서 일어나더니 말했다.
"어서 오십시오, 총관님!"
총관이란 말에 추작도는 한 사람을 떠올렸다.

—비전혈도(悲電血刀) 탁발환(卓發煥).

서글픈 뇌전이라고 부를 만큼 한번 뽑히면 상대가 누구든
반드시 목숨을 잃는다는 칼의 주인.
"서둘러."
흑의사내는 제사당의 당주 유성추혼(流星追魂) 운낭(雲狼)으
로, 올해 서른셋이었다.
다른 건 몰라도 그의 손에 의해 입문 무사들의 황보세가에
서의 성장 결과가 좌우될 만큼 막강한 힘을 지녔다.
"조금만 기다려 주십시오. 거의 끝나갑니다."
"그래, 이번 기수에서 일등은 누군가?"
점수를 매기던 운낭이 내려다보는 탁발환을 올려다보며 가
벼운 미소를 짓는다.
"아무래도 옥만군이 아닐까 생각됩니다."
"옥만군?"
"거 있잖습니까? 동사(東死)가 소개해서 온 아이 말입니다."
동사란 말에 추작도의 눈이 파르르 떨렸다.
무서운 인물이다.
칼에 관한 한 소름 끼치는 황혼의 인물.

정확한 나이는 모르지만 대략 팔십여 세로 알고 있는데 팽문의 정예 무전칠도객과 사흘을 싸워 양패구상의 결과를 이끌어냈다. 무전칠도객의 강함을 알기에 강호는 그의 승리라고 규정했다.

"아, 그 친구?"

이제 생각났다는 듯 탁발환이 고개를 끄덕였다.

"어느 정도야? 하긴 그 사부에 그 제자겠지만."

"기초는 말할 것 없고 가르친 무교들 모두 이구동성으로 확실히 다르다고 하고, 여기 보면 논도(論刀) 또한 거의 완벽합니다. 공격과 방어를 매우 논리적으로 썼습니다."

논도(論刀)는 입으로 겨루는 비무를 말한다.

상대가 어떤 초식을 써서 어떻게 공격하겠다고 하면 이쪽 또한 이러이러한 초식으로 막아내겠다면서 오랫동안 입으로 싸움을 벌인다. 실전과는 적지 않은 차이가 있지만 상당한 수련 없이는 이룰 수 없는 경지이다.

"이등은?"

"아직 구체적으로 뽑힌 아이는 없습니다. 그만그만한 아이 서넛이 있는데 좀 생각을 해봐야 할 것 같습니다."

"아무튼 빨리 정리하여 올리게. 가주님께 보고해야 하니까."

"넉넉잡고 한 시진 정도면 모든 것이 끝날 것입니다."

"수고하게."

돌아서던 탁발환이 추작도에게 멈췄다.

마치 석상을 보는 듯 꼿꼿하게 서 있는 추작도를 턱으로 가리켰다.

"이 친구는 또 뭔가?"

점수를 매기던 운낭이 고개를 들며 웃었다.

"보고 아직 못 받으셨습니까? 추운도수 소개로 온 친구입니다."

탁발환의 눈이 치켜졌다.

"추운도수?"

"있잖습니까? 가을바람이 불면 더 차가워진다는 낭만주의 사내."

"아, 그 양반. 그으래?"

탁발환은 관심을 보였다.

앞뒤로 이리저리 추작도를 살피더니 입을 열었다.

"일어나 보아라."

휙!

용수철이다.

"이름이 뭐더냐?"

"노독숩니다."

"몸이 좋구나."

"감사합니다."

탁발환이 손을 들었다.

"괜찮으니 살살 대답하거라. 나 귀먹지 않았느니라. 그래, 사부는 안녕하시느냐?"

"네, 잘 계십니다."

또다시 실내가 쩌렁하게 소리쳤다.

조용하게 대답하라고 그대로 했다가 당한 적이 어디 한두 번인가. 이럴 땐 그저 긴장하고 잔뜩 주눅 든 초보 무사다운 티를 인정사정없이 내야 한다는 것이 오십 인생의 경험이었다.

"많이 배웠느냐?"

추운도수의 칼을 좀 배웠느냐는 뜻이다.

"아닙니다. 사부님께서는 당신의 칼이 오히려 황보세가의 군도(君刀)를 배우는 데 장애물이 될 것이라면서 가르쳐 주지 않으셨습니다."

탁발환이 웃는다.

"군도라……."

군도, 그건 황보세가의 칼이야말로 그 어느 것과도 비교할 수 없다는 극찬이었다.

추천서를 갖고 찾아오는 이들은 대개가 전 사부의 무예를 배우지 않는다. 다만 무공을 익히는 데 도움이 될 수 있는 기초적인 수련 정도에서 멈춘다. 잘못 가르쳐 놓으면 혼란만 부채질하고 수련이 더뎌지기 때문이다.

"열심히 하거라."

어깨를 토닥이며 탁발환은 사라졌다.

탁발환이 사라지자 추작도는 다시 자리에 앉았다. 그러면서 속으로 안도의 한숨을 내쉬었다.

얼굴 변장에는 흔히 두 가지 방법을 쓴다. 인피면구에 의한 것과 변체환용에 의한 것.

가장 완벽한 것이 변체환용이지만 추작도에게는 꿈같은 얘기다.

다행히 인피면구를 제작했던 사내의 솜씨가 탁월하여 아직 누구도 알아보지 못하고 있지만 긴장까지 피할 수는 없었다.

들어오기 전 나름대로 조사를 했다.

총관 탁발환의 칼은 황보세가에서 서열 십위권이라고 했다. 서열 십위권의 안목을 비켜났다면 어느 정도 위험성은 제거되었다고 봐도 무방했다. 목소리 변성과 피부를 변질시키는 약도 충분히 가져왔다.

어쨌든 첫 고비는 무사히 넘긴 셈이다.

탁!

서류를 덮는 소리가 나더니 운낭이 자리에서 일어났다.

가까이 다가온 운낭이 맞은편에 걸터앉았다.

"노독수라고?"

추천서를 보며 묻는다.

"네, 그렇습니다."

"내 귀 안 먹었으니 살살 대답하라. 올해 스무 살이고, 부모는 모두 죽었고, 다른 건 몰라도 추운도수가 허풍 따위를 지껄일 사람은 아닌데……."

운낭의 눈이 추작도를 살폈다.

한참을 보던 운낭이 고개를 갸웃했다.

추작도는 까닭 없이 가슴이 철렁했다.

운낭이 말했다.

"거참."

뭔가 이상하다는 행동이다.

"피곤한 탓인가? 아주 노련한 느낌이 드는데?"

"무슨?"

시치미를 뗐다.

오십 인생에서 오는 노련미까지는 죽었다 깨도 감출 수 없었다. 그것은 본능이자 몸이 지닌 고유의 기세인데 운낭이 그것을 감지한 듯했다. 물론 쉰이란 나이를 먹었으리라고는 절대 생각하지는 못하겠지만.

"녀석!"

빙긋 웃더니 운낭이 자리에서 일어난다.

왕왕 지나친 긴장을 감추기 위해 억지로 노련미를 발산하는 아이들이 있다.

운 좋게도 운낭은 추작도를 그런 인물 중 하나로 본 것이다.

덜컹!

그때 문이 열리며 세 명의 흑의무사가 들어섰다.

떠억 벌어진 어깨와 검게 탄 얼굴, 번쩍이는 눈빛이 예사롭지 않았다. 좁지 않은 실내가 늑대의 기세로 덮일 만큼 세 사내의 몸에서 풍기는 기운은 거칠었다.

―무교(武敎)들이다.

무교란 입문한 무사들에게 본격적인 황보세가의 도법을 가르치는 인물들이다.

물론 어느 정도 기초가 닦이고 근간을 깨우치면 그때부터는 스스로 연마하고 터득하여 성장한다.

추작도의 짐작을 뒷받침이라도 하듯 운낭은 자신의 자리로 돌아가 앉더니 나란히 책상 앞에 선 세 사내를 향해 서류 몇 장을 내밀었다.

세 사내는 운낭이 내민 서류를 번갈아 살폈다.

세 사내가 서류를 완전히 읽을 때까지 기다린 운낭이 물었다.

"어떠냐?"

"이 셋 중에 이등이 있다는 말이군요?"

"너희 의견을 듣고 싶다."

그건 셋의 의견에 따라 이번에 수련을 마친 기수들 중 이등이 나온다는 얘기였다.

셋 모두 눈을 빛냈다.

세 사람이 가르치고 있는 무사는 모두 일백오십삼 명이었다. 일인당 오십일 명씩 지도했다.

꿀꺽!

침을 삼키며 옆 동료의 눈치를 살핀다.

이왕이면 자신이 가르치는 무사 중에서 이등짜리를 배출하

고 싶다. 아니, 배출해야 한다. 가르치는 조에서 성적 우수자
가 나온다는 것은 자신의 능력을 인정받는 확실한 길이고 그
건 진급의 지름길이다.

예상대로 셋은 서로 자기가 가르친 아이들을 천거하며 장점
을 역설했다.

"남광은 하나를 가르치면……."

"북리상은 범상한 아이가 아닙니다. 무쌍현조의 초식을 불
과 이틀 만에……."

"오구의 칼은 선천적입니다. 타고난 아입니다."

일진일퇴.

누구도 물러서지 않는다.

가만 내버려 뒀다가는 밤을 새워도 끝날 것 같지 않은 좁혀
지지 않는 의견 차.

운낭이 웃으며 자리에서 일어났다.

"당장 가주님께 올려야 한다."

셋에게 주었던 서류를 회수했다.

자신이 결정한다는 얘기다.

"이번 기수 이등은 오구로 하지."

"당주님!"

"그… 그건……."

"바쁠 텐데 그렇게들 알고 가봐."

운낭은 서류를 들고 밖으로 나가 버렸다.

잠시 멍하니 서 있던 오른쪽 무교가 피식 웃더니 털썩 침상

에 주저앉았다.

이미 등수는 정해져 있다. 자신들의 의견을 묻는 건 비록 형식적이지만 정식 절차를 밟았다는 것을 대내외에 확인시키려는 계산일 뿐이다. 사실 정해진 결과이기 때문에 자신들이 어떤 애기를 해도 바뀌지 않는다는 걸 알고서도 열변을 토하는 이유는 따로 있었다. 억울한 피해자, 즉 배경은 보잘것없지만 뛰어난 자질을 지닌 일부가 피해를 보는 것이 너무 안타깝기 때문이다.

침상에 앉아 있던 무교가 추작도를 향해 고개를 돌렸다.

"넌 뭐냐?"

"예, 저는 추운도수 사부님의 소개장을 갖고 온 노독수라는 사람입니다."

"너도 부공낙하란 말이냐?"

부공낙하(浮空落下), 말 그대로 허공에서 뚝 떨어진, 소위 배경으로 들어왔음을 의미하는 말이다.

무교들이 제일 싫어하는 부류가 부공낙하로 들어온 자들이다. 다른 무사들과 달리 그들은 다루기가 쉽지 않다. 그들 배후가 황보세가의 고위층과 밀접해 있기 때문이다.

물론 점수도 야박하게 주지 못한다. 그랬다가는 곧바로 유, 무형의 압력이 들어오고 상부로부터 문책이 따르는데, 정작 인색한 점수를 줄 수 없는 이유는 다른 데 있었다.

지금 무림맹은 흑도와 무려 삼십 년에 걸친 전쟁 중에 있었다.

천하 패권을 놓고 삼십 년을 싸우다 보니 정사 모두 무사가 턱없이 부족하고, 그래서 양쪽 모두 채 훈련이 덜 된 무사들을 전장에 파견할 수밖에 없었다. 그런데 부공낙하로 들어온 아이들은 좀 더 위험이 적은 곳으로 보내지거나 극소수지만 일부는 빼돌려지기도 한다. 보나마나 이번 수련을 마친 무사들 중 일등과 이등, 삼등은 전쟁에 나가지 않을 것이다.

밖으로 나갔던 운낭이 급히 들어서며 말했다.

"뭣들 해. 바로 출정식을 한다는데?"

출정식은 곧바로 전쟁터로 보내진다는 뜻이다.

"아니, 하루도 쉬어 보내지 않는단 말입니까?"

지금까지 기본 수련이 끝나면 하루 정도 실컷 먹고 마시게 한 뒤 전쟁터로 보냈다.

"무림맹에서 사자가 왔는데 전황이 갈수록 좋지 않다는군. 한 명이라도 서둘러 전선으로 보내라는 거야."

무교들은 급히 밖으로 나갔다.

"아 참, 너도 준비해."

추작도가 고개를 돌렸다.

운낭은 말했다.

"뭘 봐? 나가."

추작도의 눈이 커졌다.

오자마자 출전(出戰)이라니.

정과 사의 전쟁이 아주 오랫동안 지속되고 있다는 사실은 알고 있었다. 지난 삼십년 동안 중원의 패권을 놓고 그야말로 죽고 죽이는 끝없는 혈전.

누구도 우위를 점하지 못한 채 일진일퇴 공방전이 무려 삼십 년을 이끌어오면서 엄청난 젊은이들이 강호 평화를 지키려다 숨져 갔다.

생사를 넘나들었던 오십 인생이니 전쟁 따위가 두려운 건 아니다. 문제는 황보세가의 무공 일 초식도 배우지 못하고 출전해야 한다는 사실에 추작도는 어이가 없었다.

무모하리만치 위험하고도 과감한 도박을 결행한 것은 황보세가의 무공을 익히기 위해서였다.

그리고 반드시 추작도의 이름이 들어가는 문파 하나를 세우고야 말겠다는 꿈.

그런데 돌아가는 꼴이 이상하다.

―이런!

입안에서 욕이 절로 터져 나왔다.

안 되는 놈은 뒤로 넘어져도 코가 깨진다든지.

어떻게 들어왔는데, 오자마자 나갔다 하면 돌아오지 못한다는 전쟁터로 보내질 수가 있단 말인가.

"안 나와?"

운낭이 서류 뭉치를 들고 나가며 돌아본다.

"아, 예. 나갑니다."

얼떨결에 지고 왔던 봇짐을 왼손에 들고 운낭을 따라 나갔
다.

거대한 연무장에는 많은 사내들이 도열해 있었다. 검게 탄
얼굴, 작열하는 태양보다 이글거리는 눈빛, 입술을 깨물 듯 물
고서 우뚝 서 있는 그들에게서 혹독한 수련을 마친 무사의 한
기가 느껴졌다.
추작도는 연무장에 서 있는 사내들이 이번 수련을 끝낸 무
사들임을 알아차렸다.
한데 한 집단에 오십 명씩 줄을 지어 있었다.
분명 백오십삼 명이니 오십일 명씩이어야 한다.

─세 명이 없다.

그들은 출전에서 빠진 것이 분명했다.
"넌 저쪽으로 가."
운낭이 턱으로 가리켰다.
봇짐을 들고 추작도는 맨 오른쪽 집단 끝에 섰다.

─뭐야? 마흔아홉.

자신이 서자 쉰 명이 되었다. 자신을 대신해 어느 놈이 또
빠진 것이 분명했다.

점점 억울하고 화가 치밀기 시작했다.

잠시 후 총관 탁발환이 한 명의 백의중년인을 대동하고 모습을 드러냈다. 탁발환의 기세도 한 품위하지만 백의중년인과는 비교가 되지 않았다.

백의중년인에게서는 장중한 기도가 구름처럼 폭사되었다. 추작도는 한 사내를 떠올렸다.

—도제(刀帝).

오백 년 역사 하북팽가의 주인을 사람들은 도왕(刀王)이라고 부른다.

그러나 황보세가의 역사는 고작 이백 년밖에 되지 않는데 도제라고 부르는 것을 보면 황보황의 칼 솜씨가 어느 정도인지 짐작할 수 있었다.

황보황은 느릿하게 누대(樓臺)에 올라섰다.

백오십 명의 무사를 바라보는 황보황의 얼굴에는 아무런 표정도 떠오르지 않았다.

"알겠지만 우리 백도는 용서할 수 없는 흑도와 삼십 년째 전쟁을 벌이고 있노라. 수많은 선배들이 강호 평화를 위해 목숨을 잃었다. 흑도에게 강호를 내어줄 수는 없노라. 강호는 백도의 대지이고 평화를 사랑하는 백도의 것이니라."

황보황의 목소리가 우렁차게 울려 퍼졌다.

"그대들 또한 선배들의 뒤를 따라 최선을 다해 흑도의 무리를 무찔러 주기 바란다. 무사의 명예를 한껏 드높이고 특히 우리 황보세가의 영광을 위해 당당해 주기 바라노라. 그대들 앞길에 부처님의 가호가 함께하길 가슴으로 비노라. 이상.”

황보황은 강렬한 눈빛으로 연무장에 도열한 무사들을 둘러보았다.

멈칫!

연무장의 무사들을 둘러보던 황보황의 눈이 갑자기 빛났다.

탁발환의 시선이 재빨리 황보황의 시선을 따라 움직였다. 황보황의 시선이 멈춘 곳에는 추작도가 서 있었다.

“누군가, 저 친구?”

황보황이 물었다.

탁발환이 대답했다.

“추운도수가 보낸 아입니다. 본가에 누(累)가 될 자질은 아니라는 소개장을 갖고 왔더군요.”

피식!

황보황은 웃음을 흘렸다.

“그 친구 눈도 이제 갔군. 저런 아이를 쓸 만할 것이라면서 보내다니.”

황보황은 등을 돌려 누대를 걸어 내려갔다.

그 뒤를 탁발환이 따라 사라졌다.

두 사람이 사라지자 운낭이 누대 한쪽에 걸린 중원 지도를 늘어뜨렸다.

촤르르르!

지도에는 현재 벌어지고 있는 전황이 자세히 표시되어 있었다.

운낭은 세 명의 무교를 향해 말했다.

"갑조가 갈 곳은 이곳이다."

탁!

운낭의 손가락이 가리킨 곳은 금사강(金沙江)이라고 쓰인 곳이었다. 금사강은 장강의 상류를 가리킨다. 장강의 상류라고 하면 발원지인 청해성 파안합리(巴顔哈喇)부터 사천분지까지다.

흑백의 전쟁은 거의가 장강을 가운데 두고 수천 리 형성되어 있었다. 장강은 중원의 젖줄을 이루며 저 먼 북쪽 청해성에서 시작하여 남쪽으로 뻗어 바다에 이른다.

남칠성 북육성.

중원은 모두 열세 개의 성으로 되어 있다. 장강을 중심으로 남쪽으로 일곱 개의 성이 있고, 북으로 여섯 개의 성이 있는 것이다.

외형적으로는 백도에서 일곱 개의 성을 확보하고 흑도에서 여섯 개의 성을 장악한 채 밀고 밀리는 각축전이 진행되고 있었다.

스윽!

운낭이 조그만 두루마리 한 개를 건넸다.

"자세한 이동로는 그 안에 적여 있으니 참고하도록. 가봐."

전선으로 향하는 이동로는 그때그때 바뀐다.

이동로가 정해지면 적이 함정을 파거나 매복할 위험이 크기 때문이다.

덜커덩!

지축을 울리는 소리가 들리며 열다섯 대의 마차가 연무장으로 들어오고 있었다. 백오십 명을 전선으로 실어갈 수송 마차였다.

"추웅, 다녀오겠습니다."

갑조 무교인 왕자홍이 힘차게 포권을 하며 돌아섰다.

갑조 앞으로 이미 다섯 대의 마차가 도열해 있었다.

"열 명씩 오른다!"

맨 앞줄부터 열 명씩 마차에 올랐다.

열 명이 오르자 첫 마차가 연무장을 떠났다. 그 뒤를 이어 두 번째 마차가 따랐다. 네 번째 마차가 떠나고 남은 인물은 무교 왕자홍을 비롯해 열 명이었다.

"승차."

왕자홍의 명령에 모두 올랐다.

왕자홍이 맨 마지막에 올랐다.

그때 누군가 묻듯이 말했다.

"뭐야, 그 자식? 어디 갔어? 분명히 짐 보따리 메고 같이 나왔잖아."

"누구?"

"표사충?"

히죽!

듣고 있던 왕자흉이 피식 웃는다.

뭔가 알고 있다는 웃음이다.

"설마 저놈을 그 뺀질이 대신?"

사내들의 시선이 묵묵히 앉아 있는 추작도를 바라보았다.

추작도는 눈을 지그시 감아버렸다. 바늘 끝 같은 사내들 시선이 온몸으로 달라붙었다.

하나같이 불쌍하다는 뜻이다.

—뺀질이!

조용히 뇌까려 보았다.

표사충이란 자, 무척이나 동료들에게 밉보인 모양이다.

콰앙!

왕자흉이 마지막으로 오르며 마차 문이 닫혔다.

—출발!

마차 안은 상당이 넓었다. 서로 마주 볼 수 있도록 벽을 향해 긴 의자가 있었다. 창문까지 달려 답답하지 않았는데 연무장을 벗어나 본격적으로 달리기 시작하자 전쟁의 공포를 떠올리는 듯 하나둘 표정들이 굳어졌다.

"얼굴들 펴라. 모든 건 운명이다."

왕자흉은 사내들을 향해 힘찬 목소리로 말했다. 평화의 시대에 태어나는 것도 운명이고 전란에 태어난 것도 운명이라는 것을 연신 강조한다.

―생사를 누가 맘대로 조종하겠느냐?

추작도는 내심 고개를 끄덕였다.

누군들 전란의 시대에 태어나고 싶겠는가. 가뜩이나 짧은 무인의 수명인데 전란까지 휘몰아치면 그 삶이란 지극히 거칠고 협소하며 불행해질 수밖에 없다.

살고 죽는 건 내 손에 들어 있지 않았다.

"진정한 무사라면 생과 사에 초연해야 한다. 어쩌면 너흰 행운아들인지도 모른다."

행운아들인지도 모른다는 말에 처져 있던 사내들의 고개가 돌려졌다.

왕자흥은 말했다.

"실전보다 더 완벽하고 훌륭한 수련은 없느니라. 목숨을 걸고 적과 싸우면 아마 너희가 지금까지 배운 도법은 상상을 초월할 만큼 급진전을 이룰 것이니라."

아무리 실전에 가까운 수련을 한다고 해도 목숨이 왔다 갔다 하는 전쟁에 비교할 수는 없다. 그야말로 아차 하는 순간 목숨이 사라지기 때문에 온몸의 감각과 신경과 집중력이 칼에 뭉쳐 휘둘러진다. 생각해 보라. 그런 악조건인데 어찌 도법이 우후죽순마냥 성장하지 않겠느냐고. 왕자흥은 거듭 사내들의 가라앉은 기분을 띄우기 위해 강조했다.

완전히 틀린 말은 아니지만 조금은 억지다

"정말로 불행한 사람은 너희가 아니라……."

잠시 말을 끊은 왕자흥의 고개가 추작도에게 멎었다.

"저 친구다."

꿈틀!

그렇잖아도 도법 일 초식도 배우지 못하고 끌려가는 추작도였는데 자신을 불쌍하다고 말하자 눈살을 찌푸렸다.

몇몇 사내들이 고개를 끄덕인다.

"하긴!"

"그래, 세상은 아래를 보고 살아야지 위를 보고 살면 열불 터져 못 살지. 저 친구에 비하면 난 괜찮네그려."

사내들은 추작도를 보며 애써 자위했다.

"이름이?"

왕자흥이 물었다.

추작도는 짧게 대답했다.

"노독수입니다."

"아, 그래. 노독수라고 했지. 추운도수라고 들어봤느냐?"

"추, 추운도수라면 가을 도객?"

그제야 사내들이 놀란 표정을 지었다.

"그를 사부로 두었는데 재능이 아깝다고 본가로 보내졌다. 하나 단 일 초식의 황보세가의 도법을 배우지도 못한 채 지금 전쟁터로 끌려간다. 아직도 자신이 불행하다고 생각하는 사람

있나?”

　―패 죽일 놈.

　사내들의 사기를 끌어올리기 위해 왕자흥은 자신을 난도질하고 있었다.
　추작도는 끝내 실소를 짓고 말았다.
　그때 왕자흥은 품속을 뒤지더니 손때 가득 묻은 조그만 서책 한 권을 꺼냈다.
　“받거라.”
　추작도는 왕자흥이 건네주는 책을 받아 표지를 보았다.

　십자파어도법(十字波御刀法).

　추작도의 눈이 커졌다.
　흔히 십자파도(十字波刀)로도 불리는 황보세가의 가전도법.
　손때가 가득한 것이 사본임이 분명했다.
　기쁨을 주체할 수가 없었다.
　추작도는 두 손으로 받았다.
　아무리 떨지 않으려고 해도 손끝이 조절되지 않는다.
　십자파어도법이라고 쓰인 글귀.
　“꿀꺽!”
　끓어오르는 감정이 좀체 가라앉지를 않는다. 사실 사내들과 달리 추작도의 관심은 죽는 것도 죽는 것이지만 황보세가의 도법을 일 초도 배워보지 못하고 죽으면 어떡하나 하는 것이었다.

가뜩이나 행복과는 거리가 있었던 오십 인생인데 그야말로 가슴 칠 일이 아닌가.

"전선에 도착할 때까지 외워라."

전선까지 가는 데 며칠이 걸릴지 모른다. 마차로 달리고 있으니 오래 걸리지는 않을 것이다. 더구나 황보세가의 위치는 호북이므로 장강 최상류, 즉 청해성까지 간다고 해도 보름이 안 걸릴 것이다.

책의 두께는 두 치 정도.

아무리 명석한 두뇌를 지닌 자도 보름 사이에 두 치 두께의 책 내용을 외운다는 것은 불가능한데 오십의 머리. 추작도의 눈은 이글거리기 시작했다.

지금이야말로 자신에게는 선택이 필요했다. 주어진 시간 안에 가장 확실한 효과를 얻기 위해서는 어떤 선택을 해야 할까.

탁발환의 안내를 받은 황보황이 방으로 들어서자 네 명의 사내가 자리에서 일어났다.

"추웅!"

쩌렁한 목소리로 예를 취한다.

황보황은 자신의 자리에 앉았다.

사내들 또한 조심스럽게 앉는다. 네 명의 사내를 바라보는 황보황의 얼굴에 미소가 맺혔다.

이번 기수에서 성적이 가장 뛰어난 네 사내다.

옥만군!

오구!

양귀웅!

표사충!

아니, 성적보다 뒤가 좋다.

뒤는 가문을 말한다.

네 사내를 바라보며 황보황은 연신 고개를 끄덕였다.

전쟁은 곧 끝날 것이다.

오랫동안 전쟁을 치르느라 구파일방은 물론 오대세가 모두 피폐해졌다. 누가 먼저 일어서느냐가 향후 강호의 주도권을 쥔다. 눈앞의 네 사내야말로 종전 후 황보세가가 강호의 주도권을 쥐는 데 필요한 인물들이었다.

*　　*　　*

수를 셀 수 없을 만큼 많은 거지들이 들이닥쳤다. 거지들로 인해 집 안은 시궁창 냄새로 뒤덮였고 거지들은 온 집 안을 이 잡듯 무차별 뒤졌다.

개중에는 안면이 있는 자도 있었다. 그러나 눈빛이 마주치자 고개를 돌려 버리며 모른 체했다.

무슨 일이냐고 아는 거지에게 물어도 일언반구 없었다.

추산이 한 명의 중년 거지를 발견하고 다가갔다.

낙양분타주인 구타개(狗打丐)였다.

"타주님."

평소 길을 가다 만나면 타주님으로도 불렀다가 이따금 아저씨로 부르기도 한다.

"왜 이러십니까? 무슨 일이기에?"

구타개가 무거운 얼굴로 입을 열었다.

"잠깐 가자."

"어딜요?"

"가보면 알아. 뭣들 하느냐? 데리고 가라!"

콱!

콱!

명령이 떨어지자 두 거지가 추산의 양쪽 팔을 단단히 끼어잡았다.

"이것 놓으십시오! 남의 집에 쳐들어와 벌집을 만들어놓고 어딜 끌고 가는 것입니까?"

구타개는 아무런 대답을 않고 앞서 문밖으로 나갔다.

"잠깐만. 갈 테니까 잠깐."

추산은 몸을 좌우로 돌리며 소리쳤다.

나갔던 구타개가 들어오더니 고개를 끄덕인다. 잠시 풀어주라는 뜻이다.

추산의 두 눈이 빠르게 움직였다. 길(吉)보다 해(害)가 많을
길이 될 것이라는 것쯤은 어린아이도 짐작할 수 있는 작금의
사태.

문제는 무슨 연유로 끌려가느냐를 알아야 한다는 것이다.

저잣거리 일은 아니다. 그쪽은 완벽하게 정리되었고 새로
두목이 된 육방은 사흘 걸러 한 번씩 안부를 전해온다. 그는
더 이상 적의를 갖지 않고 있었다.

팟!

바로 그때였다. 순간적으로 떠오르는 사건 하나가 있었다.

—어쩌면!

확실치는 않지만 추산은 일단 붓을 들었다.

추산이 갑자기 마루로 올라가 붓을 들자 거지들이 몰려든
다. 추산은 거지들이 보는 가운데 글을 쓰기 시작했다.

정재(淨齋)에 있는 어궐(魚鱖)이 상할 우려가 있으니 끓여 녹천
(綠天)에게 가져다 주거라.

거지들이 눈을 깜빡거린다.

글을 아는 거지도 있고 모르는 거지도 있다. 개중 느닷없이
짧은 서신을 남기자 조금 이상한 표정을 짓는 자들도 있었지
만 이내 귀찮다는 듯 넘어간다.

부엌에 어궐(魚鱖:쏘가리) 한 마리가 있는데 상할지 모르니 끓여서 녹천에게 가져다주라는 뜻.

녹천(綠天)은 보나마나 추산의 친구거나 이웃이라고 생각하는 표정들이었다.
추산은 걸어나갔다.
온 집 안을 가득 메웠던 시궁창 냄새가 거지들이 사라지자 없어졌다.

그냥 바라만 보는데도 가슴이 섬칫했다. 사람에게도 느낌이라는 것이 있다. 짐승들이 지닌다는 본능과도 같은 것인데, 처음 보았는데도 추산은 침을 삼켰다. 겉으로는 아주 잘생겼고 호기로워 보이지만, 자세히 하나씩 뜯어놓고 살피면 사악함과 잔인함이 넘실거리는 얼굴이다.
특히 좌우 광대뼈.
아버지의 가르침에 의하면 좌우 광대뼈를 관상에서는 동악태산, 서악화산이라고 했다. 좌우 광대뼈가 평평하게 솟거나 볼록하게 솟아야 하는데 눈앞의 인물은 기울어지듯 날카롭고 말라 칼이 양 볼에 꽂힌 듯했다.
심악극살(心惡極殺), 마음씨가 잔인하고 손속에 사정이 없다는 뜻이다. 최소한 관상에서는.
"대단하더군. 저잣거리에서 인심도 후하고 마음씀씀이가

어린데도 불구하고 어느 쪽으로도 치우치지 않아 상당히 신뢰할 만한 인물이라는 평이더군."

아망개의 부드러운 말씨가 더욱 등골을 서늘하게 만들었다.

"열넷이 코앞이더만?"

"예!"

"왠지 우린 말이 통할 것 같다. 그렇지 않은가?"

추산은 고개를 들었다.

무슨 말이 통할 것 같다는 것인지 분간이 안 된다. 끌려오면서 무슨 일이냐고 아무리 물었지만 누구 한 명 시원하게 대답해 주지 않았고, 던지듯 석실에 집어넣더니 모두 사라져 버렸다.

"늙은이를 데려왔습니다."

석실 밖으로부터 음성이 들려왔다.

"데리고 들어오너라."

문이 열리고 거지 두 명이 피투성이 노인 한 명을 데려왔다.

추산은 기겁했다.

"부, 북리 어르신."

끌려온 노인은 북리 의원이었다.

그 순간 추산은 침을 삼켰다. 집에서 떠올린 자신의 우려가 정확히 맞아떨어졌다.

"사 년 전 평소 알고 지내던 개방의 아망개가 말하길… 자세히는 몰라도 상승의 무공 냄새가 난다고… 하더군."

그것이었다. 위풍찬이 자신에게 건네주었던 정체불명의 양피지. 아망개는 지금 그것을 빼앗기 위해 자신과 북리 의원을 잡아들인 것이 분명했다.

"미, 미안하구나. 너무 고통스럽고 무… 서워 위풍찬에게 받은 양피지 얘기를…해버렸느니라."

북리 의원은 연신 미안하다고 했다.

추산의 아랫배에서 뜨거운 분노가 치밀었다.

그 양피지가 뭔지 모르지만 아무런 잘못도 없는 노인을 저토록 무자비하게 때려놓다니.

"됐다."

"풀어줄까요, 아니면?"

"풀어줘라. 이놈을 잡았는데 더 이상 붙들고 있을 필요가 있겠느냐?"

거지 둘이 북리 의원을 끌고 나갔다.

"사, 산아, 미안하구나. 정말 면목… 없다."

"아닙니다. 잘하셨어요."

쾅!

석실 문이 닫히고 아망개가 웃는다.

"그래, 잘한 거야. 너도 잘하길 기대한다."

어디 있느냐는 질문이다.

추산은 생각하기 시작했다.

아망개 정도 되면 강호에서의 명성이 적지 않다. 그런 그가 무명의 양피지를 얻기 위해 무공도 모르는 자신과 노인을 끌어다 초주검이 되도록 두들겨 패고 고문을 가했다는 소문이 나가면 애써 쌓아 올린 명성은 하루아침에 무너지고, 개방 또한 누천년 명예에 씻을 수 없는 오점을 남긴다. 그런데도 이런 식으로 나온다는 것은 기어이 얻겠다는 의지.

불끈!

긴장으로 주먹이 쥐어졌다.

유일한 대책은 피광이 자신이 써놓은 글을 읽어야 한다는 것이다.

오늘 저녁 피광과 어퀄을 끓여 같이 밥을 먹기로 했다.

녹천은 백록서원의 하후천을 가리켰다. 달려가서 자신이 개방 제자들에게 끌려갔다는 얘길 전하라는 뜻이었다. 위풍찬에게서 양피지를 얻었고 위풍찬이 양피지의 정체에 대해 아망개에게 물었다는 말까지 했으므로 영리한 하후천이 자신이 끌려간 이유를 알아차리지 못할 리 없다.

─그렇다면!

너무 쉽게 내놔도 온전하지 못하고 어렵게 내놔도 온전하지 못할 것이다.

결국 시간을 벌어야 한다.

빠악!

아망개가 의자에 앉은 추산의 가슴을 걸어찼다.

추산은 비명을 지르며 뒤로 나자빠졌다.

빠악!

빡빡빡빡!

일단 기선을 제압하고 겁을 주려는 듯 무자비하게 밟아댄다.

추산이 초주검이 되자 그제야 멈췄다.

"흐흐흐!"

피로 범벅이 되어 꿈틀거리는 추산을 보며 아망개가 웃었다.

스윽!

앞에 쭈그리고 앉는다.

"어디 있느냐? 위풍찬에게 넘겨받은 양피지."

"사, 살려주십시오."

"물론이지. 내가 왜 널 죽이겠느냐? 말만 하면 곧장 나갈 수 있느니라. 너, 그게 뭔지 알아?"

"위풍찬 대협께서 무공기서 같다고 잘 보관하라고……."

"화… 중… 지… 병, 너에겐 그림의 떡일 뿐이지."

아망개가 씨익 웃는다.

"시… 시간을?"

"호오! 생각할 시간을 달라는 얘기 아니냐. 당연히 줘야지. 어느 정도면 되겠느냐?"

"으으으!"

고통의 신음을 흘리며 생각했다.

피광이 아무리 빨리 집에 도착한다고 해도 장사를 끝내고 올 테니 묘시쯤일 것이다. 서찰을 읽고 곧장 백록서원까지 달려가는 데 최고로 빠른 마차를 이용한다고 해도 이각은 걸린다.

서찰을 본 하후천이 자신이 남긴 글 속에 감춰진 뜻을 해석하는 데 과연 얼마나 걸릴까.

그리고 다시 집으로 돌아오는 시간을 계산했다.

"내, 내일 아침까지만."

하룻밤이면 충분하지 않을까 나름대로 생각하여 내린 대답이었다.

"하룻밤 정도 뭐 어렵겠느냐?"

탁탁!

뺨을 두어 번 토닥인 후 아망개가 일어섰다.

"내일 아침 보자꾸나."

아망개는 석실을 나갔다.

아망개가 나가자 추산은 큰대자로 누웠다. 보통 사람이 때리는 것과 강도가 다르다. 무림의 고수답게 급소와 아픈 곳만을 골라 밟아대니 온몸이 산산이 끊어지는 듯했다.

—아망개라고!

피로 범벅이 된 입술이 열리고 중얼거렸다.

―내가 널 가만두면 추산이 아니라 개산이다.

추산은 아픔을 참고 누었다.
바닥으로부터 한기가 밀려오는 것이 그나마 고통을 조금 가
시게 했다.
그렇게 고통 속에 잠이 들었다.

옆구리에 전해진 강한 충격에 눈을 떴다.
히죽!
어느새 나타났는지 아망개가 환한 미소를 지으며 내려다보
고 있었다.
"잠자리가 아주 편했나 보군. 훤히 해가 떴는데도 일어날 생
각을 않다니."
추산은 고통을 참으며 몸을 일으켜 세웠다.
아망개가 쭈그리고 앉았다.
아망개는 손위 형처럼 추산의 뺨을 손바닥으로 어루만졌다.
"그래, 생각해 봤느냐? 어디다 숨겼을까?"
추산은 아망개를 물끄러미 보며 말했다.
"가, 갑시다."
"뭣들 하느냐! 이자를 마차에 태워라!"
석실 문이 열리고 두 명의 거지가 추산을 좌우에서 부축하
여 마차에 태웠다.
맞은편에는 아망개가 탔는데 연신 입가에 미소가 그치지 않

는다.

추산은 조용히 눈을 감았다.

과연 가져다 놨을까.

만약 하후천이 자신이 남긴 서찰을 이해하지 못했다면 하는
수 없다.

위풍천으로부터 넘겨받은 양피지는 자신과 인연이 되지 않
는다.

―억지 인연은 피를 만든다.

내주기로 결심을 굳혔다.

빼앗지는 못해도 빼앗기고 살아서는 안 된다고 했지만 지금
으로서는 어쩔 수 없지 않은가.

―그러나 기어이 찾는다.

다부지게 이를 물며 눈을 감을 때였다. 마차 밖으로부터 욕
설이 튀어나왔다.

"이런 후레아들 자식아, 아침부터 재수없게 물건을 외상하
자는 것이 말이나 되느냐, 괭이로 대가리를 쪼갤 놈아!"

번쩍!

감긴 추산의 눈이 뜨였다.

욕설의 주인은 피광이었다.

“천벌을 받아 뒈지고 열두 번 더 뒈질 놈아! 괭이로 대가리
를 부숴도 분이 풀리지 않을 놈 같으니!”
파팟!
추산의 눈 깊은 곳에서 피어나는 기광.
욕설의 상대는 아망개지만 피광은 지금 자신에게 어떤 내용
을 보내려는 것이다.
피광은 연신 괭이를 강조하며 욕을 퍼부었다.
괭이는 땅을 파는 데 사용한다. 자신의 집에도 괭이가 있다.
“헛간에 있는 괭이로 머리통을 동서남북으로 쪼개 말려 죽
일 놈! 에이, 재수없어!”

─헛간!

괭이는 헛간에 둔다.
백록서원으로부터 양피지를 가져와 헛간에 던져 놨다는 뜻
일까?
뭘까.
급한 탓인지 정리가 서둘러 되지 않는다.
“꿀꺽!”
추산은 그럴 가능성이 높다고 생각했다. 아니, 생각하기로
했다. 하후천의 머리라면 진짜와 구별 불가능한 가짜를 피광
에게 보냈을 수도 있다는 기대까지 움튼다.
갑자기 가슴이 뛴다.

잘하면 빼앗기지 않을 수도 있다. 하나 이내 또다시 떠오르는 의문 하나.

왜 많은 곳 놔두고 농기구 따위를 놔두거나 집에서 쓸데없는 살림을 쌓아두는 헛간을 선택했을까.

일반적으로 중요한 것은 방 안 깊숙이 숨겨둔다.

—헛간, 헛간.

추산은 헛간에 이번 사건의 실마리가 있음을 알아차리고 이마를 찡그렸다.

맞은편의 아망개는 피광이 자신을 욕하는지도 모른 채 조용히 눈을 감고 있었다.

덜커덩거리는 것이 골목으로 마차가 들어서고 있음을 말해주고 있었다. 하지만 여전히 헛간이 시사하는 것이 무엇인지 떠오르지 않는다.

—젠장, 하고 많은 장소 다 놔두고 헛… 어엇!

추산의 눈이 커졌다.

가능성은 희박했지만 한 가지 그림이 떠올랐다.

양피지를 헛간에 던져 놨다는 것은 혹시라도 자신이 그 안에 담긴 내용의 중요성을 알지 못해 그냥 처박아놓은 것처럼 하기 위해서가 아닐까?

─무식!

충분히 그럴 가능성이 있었다.
하후천은 자신을 아주 무식한 아이로 만들어 버린 것이다.
무식한 아이가 뭘 알겠는가. 그래서 양피지를 헛간 같은 곳에
처박아놓은 것이다.
말이 된다.
더구나 앞서 아망개는 자신에게 양피지는 그림의 떡일 뿐이
라고 말하지 않았는가. 그렇다면 자신의 그런 무식한 행동이
야말로 아망개의 위험에서 더욱 안전해지는 길일 테고.
마차가 마당으로 들어섰더니 멈췄다.
"어딨느냐?"
급하게 묻는다.
확실하지는 않지만 선택의 여지는 없다. 헛간을 흘긋 바라
보았지만 너무 멀어 자세히 보이는 것이라고는 없었다.
아무튼 곧장 바로 가면 안 된다. 뭔가 아쉬워하는 눈치를 보
여야 한다.
헛간은 이제야말로 생사의 관문이 되었다.

북리 의원까지 끌어다 고문하고 자신을 강제로 납치했다는
것은 양피지에 담긴 내용이 무척 중요하다는 것쯤은 바보도
깨달을 것이다. 즉, 별것 아니라고 생각하여 헛간에 처박아놨

는데 아망개의 행동에서 범상치 않은 물건이라는 것을 깨닫고 머뭇거리는 것처럼 보여야 하는 것이다.

"빨리 가!"

이제와 아까워해 봤자 소용없다는 듯 아망개가 웃으며 등을 떠밀었다.

추산은 마지못한 척 뚜벅뚜벅 헛간으로 걸어갔다.

"뭐야? 설마 그 귀한 것을……."

다른 곳도 아닌 헛간으로 향하자 뒤를 따라오던 아망개가 예상대로 놀란다.

헛간에 들어선 추산은 놀랐다.

둘둘 말아 한쪽 벽 틈에 끼워놓은 양피지.

—맞았다.

자신의 추측이 한 치의 오차 없이 들어맞은 것이다.

추산은 턱으로 가리켰다.

"저기요."

"이런!"

아망개가 양피지를 번개처럼 뽑아 들었다.

"여기다 계속 처박아놨단 말이냐?"

"네. 그렇게 중요해 보이지도 않았고, 내 눈에는 뭐가 뭔지……."

아망개는 주먹을 쳐들었다.

“이런 쳐 죽일 놈, 그러다 쥐가 물어뜯기라도 하면 어쩌려고.”

아망개는 가슴을 쓸어내렸다.

그러면서 추산의 무식을 경멸하듯 한참 쏘아본다.

추산은 히죽 머리를 긁으며 웃었다. 영락없는 바보 웃음이다.

아망개는 천천히 양피지를 살피더니 두 눈이 커졌다. 그러더니 어금니가 지그시 깨물린다.

“미안하다. 좋게 말했으면 이런 일도 없었지 않느냐. 자, 받아라.”

아망개는 품에서 주머니 한 개를 꺼냈다.

안을 들여다보자 노란 구슬 두 개가 들어 있었다.

구룡주이다. 한 개에 금자 한 냥을 넘어가는 귀한 것이다. 아망개는 구룡주 두 개로 모든 것을 덮으려 하고 있었다.

“받아 넣어.”

추산이 시원찮은 행동을 보이자 어깨를 툭 친다.

“정말 미안하다. 어려운 일 있으면 찾아오고.”

다시 한 번 어깨를 토닥이고 사라졌다.

아망개가 사라지자 온몸의 힘이 쭉 빠졌다.

사실 죽을 확률이 구 할 이상이라고 생각했다. 무림인들이 가장 탐욕스러워하는 것이 내공을 올리는 영약과 비급이다. 정사를 막론하고 그 두 가지 앞에 부모형제도 소용이 없다는 것이 아버지 가르침이었다.

아망개의 눈에서 수시로 피어나는 강한 살기를 보았다.

자신이 어떻게 대처하느냐에 따라 살 수도 있고 죽을 수도 있음을 발견하고 살기 위해 최선을 다했다.

털썩!

그만 주저앉고 말았다. 다리에 힘이 풀린 것이다.

"산아!"

그때 외마디 외침이 터지며 하후청이 달려왔다.

아마 집 근처 어딘가에 숨어 있다가 아망개가 사라지자 달려온 것 같았다.

"세, 세상에!"

하후청은 피 딱지가 달라붙은 추산을 끌어안고 눈물을 흘렸다.

"나쁜 자식, 어떻게 사람을. 어어엉!"

"허험!"

기침 소리에 고개를 돌리자 하후천이 서 있었다.

휘청!

추산이 일어나 예를 갖추려 했지만 다시 무너지고 말았다.

"흐흐흑! 두고 봐. 아망갠지 개망갠지 내가 가만 안 둘 거야. 정파라는 인간이 어떻게 사람을 이 꼴로."

하후청의 눈에서 새파란 살기가 쏟아졌다.

추산은 아직까지 그토록 하후청의 무서운 모습을 본 적이 없었다.

"아망개, 별호도 거지같아 가지구."

"송구합니다."

"아니다. 매우 현명했다. 너의 대처가 조금만 미숙했거나 어설펐다면 넌 지금쯤 죽었을 것이다. 쥐도 새도 모르게 죽여버리면 누가 아망개의 위선을 알겠느냐. 이제 그의 정체를 알았으니 조심하고 경계하거라."

"소, 손 잡아. 어서 의원 가자."

"아냐."

"뭐가 아냐? 어서 가."

"괜찮다니까."

"많은 공부가 되었을 것이니라. 세상은 정파와 사파가 나눠져 있지 않다. 옳은 일을 하면 정파이고 그른 일을 하면 사파이니라. 그런 면에서 아망개라는 자야말로 가장 극악하고 용서 못할 파렴치한이라고 할 수 있다. 말이 정사의 전쟁이지 알고 보면 모두 자신들의 탐욕을 채우기 위한 욕망 싸움이니라."

추산은 하후청의 부축을 받고 방으로 들어섰다.

하후청은 물걸레로 얼굴의 피를 닦아주었고, 언제 준비했는지 금창약도 발라주었다.

와당탕!

밖이 소란하더니 피광이 뛰어들었다.

"야, 살았구나."

와락!

얼마나 흥분했던지 피광이 힘껏 추산을 끌어안았다.

"내가 악쓰는 소리 들었지?"

“그럼!”

“빌었다. 나 좀체 잘 안 비는 것 알잖아. 어제 한숨도 못 자고 빌었어. 너만 살려주면 나 가짜 금선련 장사 때려치우겠다고.”

“정말로?”

피광은 어색하게 웃는다.

“거참, 널 살려주기만 하면 때려치우리라 작정했는데 이상하게 또 마음이 흔들리네.”

“후하하!”

“호호호!”

하후천과 하후청이 고개를 쳐들며 웃었다.

“좌우지간 다행이다. 정말 축하한다.”

피광의 눈가에 눈물이 글썽거렸다.

그때 밖이 시끄럽더니 또래 소년들이 몰려들었다. 도끼와 칼을 쥔, 하나같이 흉흉한 인상에 금방이라도 피바람을 일으킬 듯했다.

“우와, 형님!”

“살았습니까? 우린 지금 목숨 걸고 개방분타로 진격하려고 했는데.”

서로 끌어안고 반가운 해후를 즐기는 추산을 보며 하후천의 눈이 빛을 뿌렸다.

―크구나!

아무나 사람을 이끌지 못한다.

인간처럼 복잡한 동물도 없다. 오죽했으면 소리장도(笑裏藏刀:웃음 속에 칼을 숨기고 있다)란 말이 나왔을까. 남녀노소를 불문하고 끝없이 자신만의 탐욕을 추구하는 욕망과 배신의 덩어리가 인간이다.

어리면 어린 대로 머리를 굴리고 늙으면 늙은 대로 뒤통수를 친다.

그런 복잡한 위험 덩어리들을 저토록 끌고 다닌다는 것은 아무나 지닐 수 있는 능력은 절대 아니었다.

第八章
북두왕

검명도살

패자(覇者)들 주위에는 가신과 충신들이 즐비하다.

그러나 그들 또한 자신의 목적과 이익을 바라고 모일 뿐이었다. 진정으로 상대를 존중하여 목숨을 던지고자 하는 자는 극히 소수이다. 황실에서 어느 날 역모가 일어났다. 그런데 어린 황제 곁에는 단 한 명의 장수도 무사도 없었다.

—보통 녀석은 절대 아니다.

하후천의 고개가 조용히 끄덕여졌다.

모두가 떠나고 셋만 남았다. 내 집이니까 내 손으로 차를 끓이겠다는데 하후청은 한사코 말렸다. 자신이 차를 끓일 테니 부친 하후천과 얘기를 나누란다.

추산은 하는 수 없다는 듯 하후청에게 모든 걸 맡기고 방으로 들어왔다.

맞은편에 앉자마자 하후천이 품에서 두루마리 한 개를 꺼내 펼쳤다.

"엇!"

추산은 깜짝 놀라는 표정을 지었다.

개방의 아망개에게 넘겨준 것과 똑같은 것이었다.

"그건 가짜고 이것이 진짜니라."

하후천이 놀란 추산을 보며 말했다.

"위촌왕(僞忖王)이라고 내가 잘 아는 인물이 있느니라. 관서(官書)의 진위만을 전문적으로 구별해 내는 인물인데, 그에게 부탁을 하여 밤새 똑같이 만들었다. 아망개는 열 번 죽었다 깨어나도 모를 것이다. 하나 내가 그에게 가짜를 넘겨주고 진짜를 쥔 건 단순히 아까워서가 아니다."

양피지가 별 볼일 없는 것이었다면 그런 고생 하지 않고 그냥 아망개에게 쥐버렸을 것이라는 뜻이다.

스윽!

하후천은 품에서 두툼한 유리조각 한 개를 꺼내더니 추산에게 내밀었다.

—유대(琉大:돋보기)!

글씨나 그림을 확대하여 볼 수 있도록 만들어진 유리였다.

워낙 귀하기도 하지만 고가이기에 보통 사람은 구경할 수조차 없는 물건.

"뭐하느냐. 어서 살펴보거라."

추산은 유대를 받아 눈에 대고 양피지를 보았다.

양피지가 자세히 보이기 시작했다.

"어엇!"

양피지를 보던 추산의 입에서 놀라움이 흘러나왔다.

―북두칠권(北斗七拳).

눈에서 유대를 떼고 다시 보았다.

두 눈에는 분명 북두칠이라는 세 개의 글씨밖에 보이지 않았다. 그러다 유대를 대고 보자 다시 네 개의 글씨가 나타난다. 그것뿐만이 아니었다.

글씨 아래로 선명하게 찍힌 북두칠성.

일곱 개의 주먹이 칠성의 모양으로 찍혀 있었다.

그때 문이 열리고 하후청이 찻상을 들고 들어섰다. 추산이 상을 받아주자 하후청이 환한 미소를 지었다.

세 사람은 차를 놓고 마주 앉았다. 잠시 차를 몇 모금 마시던 하후천은 입을 열었다.

"문과 무는 같다. 문이 곧 무이고 무공이 곧 문이니라. 두 개는 절대 분리될 수 없다."

무슨 뜻인지 모르겠다.

그러나 황실 학사까지 지낸 분의 말씀이기에 세이경청해야 한다.

"이 양피지는 한 권의 무서(武書)이다. 북두칠권이라고 들어 봤느냐?"

강호에 대한 얘기를 추산도 어느 정도 알고 있었다.

그러나 북두칠권이라는 말은 금시초문이었다.

"주먹이다. 천하에서 가장 강한 주먹이 어디에 있는지 아느냐?"

"자세히는 모르지만 소림의 백보신권이라고 들었사옵니다."

"맞다. 절정에 이르면 제아무리 뛰어난 고수도 백 걸음 안에 죽인다는 백보신권이 으뜸이다. 그에 버금가는 것이 흑도를 대표하는 권공 천마권(天魔拳)이고."

"그럼 백보신권과 천마권이 부딪치면 누가 이기나요?"

하후청이 눈을 반짝거리며 물었다.

하후천은 대답했다.

"글쎄다. 아직 두 권공이 부딪쳤다는 기록은 없다. 어느 한 쪽이 깨지기라도 하면 명예 실추는 불을 보듯 뻔하기 때문이지. 더구나 천마권은 백 년 전 한 번 나타났다가 이후로 사라졌기 때문에 지금으로서는 백보신권을 으뜸으로 친다."

"서로 피하기라도 했단 말인가요?"

“글쎄다. 그랬을 가능성도 없지 않아 있다고 본다, 아비는.”

“아버지가는 누가 더 강하다고 생각해요?”

황실 학사였다고 해서 글만 가르친 것이 아니었다. 어려운 무공 기서들을 번역도 하고 해독을 하다 보니 강호 명문들이 지닌 절기들의 위력에 대해서는 상당한 조예가 깊다.

“무공이란 고유의 성격이 있느니라. 빠르기를 주특기로 하는 것이 있는 반면, 태산처럼 무거운 것도 있고 변화가 극심하여 종잡을 수 없는 것도 있다. 그렇다 보니 딱히 어느 것이 뛰어나다고 할 수는 없지. 더욱이 익힌 자의 자질이 위력을 좌우하기도 하고.”

“그래두요. 뭔가는 조금 낫다는 것이 있을 것 아니에요.”

파고들 듯 묻는 하후청을 보며 하후천이 웃었다.

“좋다. 너에게 하나 묻자꾸나. 공기가 사람 사는 데 더 좋을 것 같으냐, 물이 더 좋을 것 같으냐?”

“그… 그야……”

말을 하지 못했다.

둘 모두 없어서는 안 되는 것이 아닌가.

“아버지는?”

하후청이 눈을 흘겼다.

하후천이 미소를 거두며 말했다.

“아무튼 내 짐작이 맞는다면 이 양피지는 그가 남긴 것이 아닌가 싶구나. 북두왕!”

추산의 고개가 하후청을 돌아보았다.

아느냐는 질문이었는데, 하후청 또한 눈만 말똥거리고 있었다.

"북두왕은 시황의 호위무사였다. 키가 팔 척에 몸무게가 무려 백 관이 나가는 거구였지. 그는 무공을 배운 것이 아니라 타고난 신력만으로 이백여 회에 걸친 시황제의 암살을 가로막은 불멸의 신력자였느니라. 특히 그에 대한 유명한 일화는 생사교(生死橋)의 싸움이었느니라."

시황제는 천하를 시찰했다.

황제에 대한 민심을 살피려는 목적도 있었지만 워낙 암살의 위협에 시달리다 보니 한곳에 오래 있을 수가 없었다. 어느 날 시황제의 마차가 아미산의 쌍교곡과 대평곡을 잇는 생사교를 건너는데, 맞은편에서 일천 명의 암살자가 모습을 드러냈다. 마침 마차는 다리 중간쯤을 지나고 있었는데, 등 뒤로도 어느새 일천 명의 암살자가 진을 쳐버렸다.

마차는 다리 중간에 갇혔다.

생사교 앞뒤를 가로막은 이천 명의 자객은 당시 강호제일살수 집단이자 전설로 내려온 매화꽃 피는 집으로 불리는 매화당(梅花堂)이었다.

시황제는 주위 눈을 피해 많은 무사들을 대동하지 않았다.

이천 대 일.

전무후무한 대결이었다.

아니, 신일지라도 결코 빠져나갈 수 없고 이길 수 없는 싸움이었다. 매화당의 표적이 되면 어떤 고수일지라도 유서를 쓰고 조용히 죽음을 맞이한다고 할 만큼 공포와 악명의 대명사.

그런 그들과 북두왕의 싸움이 시작되었다.

무려 칠 주야에 걸친 싸움 끝에 매화당 이천 자객이 모두 생사교 아래로 떨어졌다. 그 사건 이후 생사교는 북두교로 불리게 되었다. 지금도 아미산에 가면 북두교로 바뀐 생사교가 있고 당시 넘쳐흐른 피가 말라붙어 붉게 변했다.

하후청과 추산의 눈은 금방이라도 찢어질 듯 커졌다.

아무리 허풍이 많은 곳이 강호라고 하지만 혼자서 이천 명을 죽였다는 것은 말이 되지 않는다. 더구나 매화당에 대한 전설은 둘 모두 들었다. 자객들에게는 영원한 자부심이자 살수의 전당이며, 사도 외문들이 영원한 고향으로 치는 마교와 같은 존재.

정도에 소림, 사도에 마교, 자객에게는 매화당이 있었다.

이름하여 삼존문(三尊門)이라 불렀다.

"당시 북두왕은 단 두 주먹, 맨손으로 매화당을 물리쳤기에 더욱 유명해졌느니라."

"그럼 이 양피지가 북두왕이 매화당 이천 자객을 몰살할 때 사용한 권법이 기록되어 있단 말인가요?"

하후청이 물었다.

하후천은 추산을 보며 대답했다.

"그렇지 않나 싶구나."

"맞으면 맞은 거지 무슨 대답이 그래요?"

하후청이 확실하게 대답해 보라는 듯 노려보았다.

하후천이 실소를 다시 짓는다.

"맞다!"

"그럼 산이가 이걸 배우면 천하제일고수가 될 수도 있겠네?"

하후청이 눈을 부라렸다.

"산아, 배워. 당장."

추산은 아무런 반응을 보이지 않았다.

하후청이 침을 삼키며 말했다.

"너도 힘을 기르는 거야. 그래갖고 아망갠지 개망갠지 하는 자와 같은 위선의 탈을 쓴 가증스런 인간들을 깡그리 죽여. 아니, 세상의 나쁜 놈들을 모조리 없애 버려. 아버지, 산이가 이걸 배우면 그렇게 할 수 있죠?"

하후청은 흥분했다.

하후천이 말했다.

"다른 건 몰라도 북두왕이 남긴 북두칠권임은 분명하구나."

"북두칠권이라는 건 무슨 뜻이죠?"

"북두왕이 사용한 일곱 개의 주먹이란다."

하후청이 양피지를 보며 말했다.

"그런데 아버지, 여기 무아(無我)라는 말은 또 뭐죠? 북두왕이 불가의 인물이라는 말은 없는 것 같던데?"

"글쎄다. 자세히는 모르지만 완전하게 익히면 스스로가 사라진다는 뜻 아니겠느냐?"

"스, 스스로 사라지다뇨? 어떻게요?"

“으음, 글쎄 말이다.”

하후천의 이마가 찌푸려졌다.

학문에 관한 한 겨룰 만한 사람이 없다고 해도 될 그가 당황한다. 아직 제 해석을 하지 못했다는 뜻이리라.

“내가 없다, 내가 없다…….”

하후청은 연신 중얼거리며 고개를 갸웃했다.

아무리 생각해도 이해가 안 가는 얼굴이었다.

“산아, 넌 어때? 뭔가 알겠니?”

“아니.”

두 사람의 같은 반응에 하후천이 미소를 지었다.

“어쨌든 북두왕은 힘만 센 것이 아니라 학문에도 뛰어나다고 전해온다.”

“아, 이제 알 것 같아요. 그가 왜 무아라 했는지요. 필시 나는 최고다. 그래서 자기 말고는 천하에 없다는 것이라고 외치고 싶어서였을 거예요.”

추산이 눈을 빛냈다.

“최고면 최고지 다른 사람은 없다고 했을까?”

“신선이 눈에 보이고, 살아 있는 부처를 보았니?”

추산의 눈이 커졌다.

“그, 그럼 자신과 그들을 동격으로…….”

“맞아. 그래서 잘 익히기만 하면 없어진다고 한 것이 분명해. 자신과 인간들과는 다르다는 것을 강하게 외친 것이지. 존재는 하되 인간의 능력으로는 자신을 어찌할 수 없을 만큼 강

하다는 것. 호호호, 오만해요. 아니, 멋져요. 장부라면 그 정도
는 되어야 하지 않아?"

추산이 빙긋 웃는다.

"그런데 아버지, 주먹왕이면 주먹질하는 법이 기록되어 있
어야 하는데 어떻게 된 것이 이 돼지 아저씨 그림 하나만 달랑
그려져 있어요. 무공 기서들 보면 초식의 이름도 있고, 어떻게
뻗고 거둬들이고 하는 따위가 자세히 기록되어 있잖아요."

"강한 무공은 강한 만큼 범인들은 이해하지 못한다."

"설마 이 그림 안에……."

"그림이든 양피지든 이 안에 북두왕의 모든 권법이 들어 있
는 것만큼은 분명해 보인다."

하후청의 고개가 다시 추산을 본다.

"산아, 넌 알겠어? 보여?"

추산은 여전히 웃음만 지었다.

"모르겠지?"

당연히 모를 것이라는 듯 하후청이 고개를 끄덕였다.

아무리 봐도 그림만 덜렁 그려져 있는데 무슨 수로 추산이
알아차리고 본단 말인가.

"그래도 알아내어야 한다. 사람이 남긴 것인데 어찌 사람이
찾지 못하겠느냐? 물론 쉽지는 않을 것이지만 너라면 충분히
북두왕이 남긴 권법을 세상으로 끌어내리라고 믿는다."

하후천의 목소리가 진지했다.

"아, 아버지."

하후청의 눈이 커졌다.

아버지는 대학사이다.

학문의 깊이는 말할 것도 없으며 특히 경솔하게 입을 여는 분이 아니다.

그런데 지금 두 귀로 똑똑하게 들었다, 추산에 대한 칭찬을.

그건 용기를 주려는 의례적인 것이 아니라 진심에서 우러난 칭찬이었다. 그리고 정색한 얼굴에서 느껴지는 깊고도 심각한 눈빛은 양피지에 추산의 미래가 달려 있음을 말해주고 있다.

"아버지, 정말로 산이가 이 안에 담긴 비밀들을 깨우칠 수 있어요?"

솔직하게 말해달라는 의미다.

추산 또한 눈을 빛냈다.

면전이니 용기를 주기 위한 체면치레용이라고 생각했다. 자신은 한 번도 스스로가 뛰어나다는 생각을 해본 적이 없다. 단지 부친 추작도가 언젠가 골목대장 기질은 있다는 말을 한 적은 있었다.

"있다."

"거짓말 아니죠?"

"인석아, 아비에게 그 무슨 말버릇이더냐?"

하후천이 눈을 부릅떴다.

그제야 하후청은 깜짝 놀라며 더듬거렸다.

"죄, 죄송해요."

"선비라고 해서 사람 보는 눈까지 없다고 생각하지 말거라.

난 지금까지 산이만큼 뛰어난 아이를 본 적이 없느니라.”

그때 문득 추산의 머릿속으로 떠오르는 생각이 하나 있었다.

황실 학사까지 지낸 거목 하후천.

그런 인물에게 하나뿐인 딸은 말 그대로 금지옥엽일 수밖에 없다. 그런데도 자신처럼 천한 신분의 인물과 사귀는 데 전혀 반대하거나 눈살을 찌푸리지 않았다. 항상 갈 때마다 따듯한 미소로 환영해 주었고, 가끔씩 책을 주며 인간은 배워야 한다고 격려해 주었다.

─정말로 내가 똑똑하나?

피식!
자신이 뛰어나다고 생각하자 추산은 웃음이 흘러나왔다.

배불리 저녁을 먹고 추산은 팔베개를 한 채 누웠다. 두 다리를 길게 뻗고 천장을 올려다봤다. 아망개에게 두들겨 맞은 후 유증이 아직도 남아 움직임에 많은 장애가 따른다.

아망개를 떠올리자 자신도 모르게 이가 물린다.

─날 밟았다 이 말이지.

아직까지 자신을 건드린 자치고 절대 그대로 넘어간 적이 없었다.

　나이가 많든 적든 자신을 건드리면 반드시 응징을 해주었다. 그것은 속 좁은 행동이 아니라 어려서부터 아버지에게 그렇게 하도록 배웠다.

　사내가 빼앗고 살지는 못해도 빼앗기며 살아서야 되겠느냐는 한마디로 자신이 어떻게 이 세상을 살아야 하는지 가르쳐주었다.

　―서른다섯!

　나이까지 외워두었다.

　그뿐 아니었다. 피광더러 아망개에 대해 좀 더 자세히 알아보라고 일러두었다. 일류고수인만큼 당장 어떻게 응징은 불가능하다. 그러나 알아둔다는 것은 중요하다.

　부친 추작도는 기회가 있을 때마다 말했다, 상대를 잘 알면 최소한 깨지지는 않는다고.

　추산은 자리에서 일어났다.

　오늘따라 잠이 오지 않는다.

　문을 열고 밖으로 나갔다. 마당가에 철철 넘쳐흐르는 샘에서 물을 한 바가지 떠 마셨다.

　달빛까지 훤했다. 추산은 불현듯 아버지가 보고 싶다. 소년을 통해 보낸 서신을 보아 신변이 위험에 처해 있는 것 같지는 않지만 어딜 갔기에 당분간 올 수 없다고 했는지 궁금해졌다.

부친에 대해 이런저런 생각을 하다 방으로 들어온 추산은 구
석에 처박아놓은 양피지를 발견했다.

　—아망개는 보통 놈이 아니니라. 서둘러 배우고 없애 버리
거라.

　아망개가 가지고 간 양피지에는 북두칠성 모양의 주먹 자국
이 찍혀 있지 않다고 했다.
　물론 유대를 통하지 않고서는 아무리 내공이 절정에 이르렀
다고 해도 볼 수 없다. 양피지를 남긴 사람이 자신의 특정한
내기를 통해 남긴 문양이기 때문이다. 문제는 아망개 같은 고
수는 절대 허술하지 않다는 것이었다. 강호 경험까지 더해지
면서 보이지는 않아도 뭔가가 들어 있을 것이라는 정도는 충
분히 읽어낸다.
　어쩌면 지금쯤 아망개도 유대를 구해 살필 것이라는 것이
하후천의 얘기였다. 그런데 아무것도 드러나지 않으면 다시
자신을 의심할 것이라는 것.
　추산은 그림 속의 북두왕을 자세히 보았다.
　덩치도 덩치지만 너무 못생겼다. 말 그대로 최악의 생김새
에 자신도 모르게 풋 하고 웃음을 터뜨렸다.
　하지만 그를 더욱 웃음 나오게 하는 것은 북두왕의 자세였
다. 양발을 어깨 넓이로 벌리고 엉덩이를 뒤로 쭉 빼고 있는
것이 서서 뒤를 보는 사람 자세다.

자리에서 일어났다.

양피지 그림처럼 양 다리를 어깨 넓이로 벌리고 엉덩이를 뒤로 쭉 뺐다.

엉거주춤.

그림을 따라 했는데 반 각을 넘길 수 없을 만큼 다리가 아프다.

"끄응!"

추산은 자세를 바로잡았다.

잠깐 했을 뿐인데 땀이 등을 타고 흐른다.

잠시 쉬었다가 다시 같은 자세를 취했지만 처음보다 더 오래 견디지 못하고 서버렸다.

추산은 그림 속 자세가 단순한 동작이 아니라는 것을 깨달았다. 자세 속에 뭔가 들어 있음이 틀림없었다. 그렇지 않다면 이렇게 오래 서 있지 못할 이유가 없는 것이다.

"아이고!"

갈수록 뻐근해지는 몸.

허벅지를 비롯해 허리, 옆구리, 어깨까지 아프지 않은 곳이 없었다.

자신도 모르는 사이 땀으로 옷이 젖어버렸다.

몇 번을 더 취해보았지만 어색하고 힘들 뿐이었다.

하릴없이 그려놓지는 않았을 것이다.

이따금씩 추산이 자는 척하고 있으면 아버지는 슬며시 문을 열고 밖으로 나가 칼을 휘둘렀다. 비록 무예에 대해서는 모르

지만 아버지가 휘두르는 칼을 볼 때마다 한 가지 느껴지는 것
이 있었다.

　─어색하다!

　그냥 휘두르면 될 것 같은데 아버지의 칼은 어딘가 모르게
억지스럽고 몹시 힘이 들어가 있는 듯 지켜보는 사람까지 숨
을 쉬지 못하게 했다.
　나중에서야 아버지뿐만이 아니라 무공이 약한 사람들 모두
가 쉬운 자세도 어렵게 가져가고 간단한 칼질도 힘들게 휘두
른다는 것을 알았다. 즉, 하수들 모두에게 나타나는 공통적인
특징이라는 것을 귀동냥으로 알게 되었다.
　그러나 그림 속의 북두왕은 무시무시한 인물이었다. 그런
인물이 힘들게 권법을 펼칠 리는 없었다. 고수들은 어려운 것
도 아주 쉽게 펼친다고 했으며, 무공이란 워낙 오묘하여 높이
오를수록 평범해지고 강할수록 단순한 동작으로 적을 물리친
다고 들었다.

　─분명 있다!

　자신이 부족한 것이다.
　느끼지 못한 뭔가가 있다고 확신했다.
　추산은 문을 열고 밖으로 나갔다. 궁금증은 참지 못한다. 지

금 바로 해결해야 직성이 풀린다.

마당 가운데에서 몸을 세우고 그림을 따라 자세를 잡았다.

스윽!

엉덩이를 뒤로 빼고 상체를 곧바로 세우며 양 다리를 어깨보다 조금 좁혔다.

쉭쉭!

그 상태에서 주먹을 뻗어보았다.

여전히 맞지 않은 옷을 걸친 듯 힘들고 어색하다.

십여 차례 더 연습을 해본 추산은 자세를 바로 하고 숨을 들이켰다. 그러더니 곧바로 양피지를 품속에 넣고 집을 나섰다.

깊은 밤 저잣거리는 조용했다. 쓰레기가 밤바람에 굴러다녔고 몇몇 취객이 금방이라도 쓰러질 듯 휘청거리며 집을 찾아가는 모습에 자신도 모르게 웃음이 터진다. 몸속에 양피지가 있다는 것 때문인지 추산은 주위를 잔뜩 경계하며 걸었다. 괜히 아는 사람이라도 만나 이 깊은 밤에 어딜 가느냐고 이상한 눈으로 볼 수도 있어 고개까지 약간 숙였다.

부지런히 걸음을 옮겨 추산이 도착한 곳은 낡은 벽돌집 앞이었다.

─화선전(畵仙典).

밤바람에 삐그극거리며 떨어지기 직전의 나무 간판.

추산은 잠시 흔들거리는 간판을 올려다보다 대문을 밀었다.
예상대로 잠겨 있다. 추산은 주위를 한번 살핀 후 가볍게 담을
뛰어넘었다.
　작은 마당을 가로질러 안채로 들어서려는데 유리문이 앞을
가로막고 있다.
　덜컹!
　문은 굳게 잠겼다.
　피식 웃음이 나온다.
　낮이고 밤이고 문 하나만큼은 단단히 잠가놓는다. 그렇다고
집 안에 보물 따위가 가득 쌓여 있는 것도 아니었다. 언젠가
훔쳐 갈 그릇 조각 하나 없는데 왜 그렇게 문을 잠가놓느냐고
물었는데 돌아온 대답이 걸작이었다.

　—집은 잠가야 하느니라.

　추산은 만약을 몰라 집에서 가지고 온 가느다란 저철(箸鐵)
을 집어넣어 좌우로 흔들자 딸칵 소리가 나면서 잠금 장치가
풀렸다. 문을 조용히 열고 안방으로 거침없이 들어갔다.
　폭포가 떨어지는 것 같은 코고는 소리.
　탓!
　벽에 걸린 등잔의 초에 불을 붙였다.
　환해진 방 안에 술이 잔뜩 취해 보이는 중년인 한 명이 호리
병을 베고 자고 있었다. 추산은 잠에 떨어진 중년인을 보며 빙

긋 웃었다. 벗겨진 머리에 붉은 딸기코, 두툼한 입술은 볼수록
선해 보이는 인상이었다.

"천하제일화선(天下第一畵仙)님."

나직이 불렀다.

반응이 없자 귓가에 입을 대고 다시 불렀다.

"천하제일 독고대 화선님."

꿈틀!

중년인의 검은 눈썹이 반응을 일으켰다.

"천하제일화선님, 잠시 일어나 보십시오. 어서요."

"으잉!"

중년인은 취기 가득한 눈을 뜨더니 환한 방 안을 보며 벌떡
일어났다.

"웬 놈이냐?"

베고 있던 호리병을 거머쥐고 내려치려다 멈칫했다.

몇 번 눈을 깜빡거리더니 놀란다.

"너… 넌 산이 아니냐?"

"죄송해요, 주무시는데 깨워서."

"어, 어떻게 들어왔느냐? 단단히 잠갔는데."

추산은 그저 웃었다.

독고대 또한 누런 이를 내놓고 웃었다.

"하긴 네놈이 마음먹으면 어떤 문인들 못 열겠느냐. 내가 어
리석은 소릴 했도다. 아, 목이 마르구나."

추산은 잽싸게 밖으로 나갔고, 잠시 후 바가지 가득 물을 떠

와 내밀었다.

벌컥벌컥!

그는 바가지를 모두 비우며 트림을 했다.

"어제도 한잔하셨나 봐요?"

"당연하지. 인생이란 술 아니더냐? 마침 또 어제 건수를 하나 잡기도 했고."

"건수요?"

"너도 알걸. 견상(犬商) 백가 놈 말이다."

"아, 백 대인요?"

"대인은 무슨 얼어 죽을 대인이냐? 아무리 세상이 좋아졌다고는 해도 돈만 벌면 개나 소나 대인이더냐?"

"모두가 그렇게 부르잖아요."

"아무리 대인이 흔한 세상이지만 그래도 그렇지, 어떻게 개장사에게 대인이라는 호칭을 붙인단 말이냐?"

"알았어요."

"글쎄, 그놈이 견상화를 하나 그려달라지 뭐냐?"

추산은 눈을 크게 떴다.

"거, 견상화는 또 뭡니까?"

히죽!

독고대가 재밌다는 듯 웃는다.

"사람은 초상화, 개는 견상화."

"아니 그럼 개 초상화를 그려달라고 하더란 말입니까?"

"너, 와호견(渦虎犬)이라고 아느냐? 호랑이처럼 생긴 커다란

개 말이다.”

개 중 가장 고가의 명견이자 맹견이기도 한 와호견은 어지간한 호위무사보다 월등한 능력과 충성심을 지녀 고관대작들에게 인기다.

“그래서 그려줬단 말입니까?”

“단호히 거절했다. 난 사람을 그리지 절대 개 따위는 그리지 않는다고. 나의 붓을 모욕하지 말라고 호통을 쳤지.”

“돈만 주면 뭐든지 그려준다고 했잖습니까.”

“네 이놈!”

“소, 송구합니다.”

독고대가 묘한 웃음을 짓는다.

“맞혀보아라. 내 거절에 그놈이 어떤 반응을 보였겠느냐?”

추산은 웃었다.

“넘어갔군요. 아저씨 고단수에?”

“크크! 녀석, 언제 봐도 머리 하나는 잘 돌아간단 말이야. 맞느니라. 난 돈을 긁어내기 위해 거절한 거지. 난 돈만 많이 주면 개 아니라 지렁이도 그려준다는 게 삶의 철학 아니더냐.”

“얼마 받았습니까?”

독고대는 손가락 두 개를 펴 보였다.

추산의 눈이 커졌다.

“은자 두 냥.”

“닥쳐라! 날 뭐로 보고. 은자 스무 냥이니라.”

“헉!”

추산이 왕창 바가지라고 하려다 입을 닫았다.

독고대는 바가지 씌웠다는 말을 제일 싫어한다. 바가지는 능력없는 사람이 자신을 과대 포장하기 위해 행하는 사기지만 자신은 절대 그렇지 않다는 것이다. 실력만큼 받는다고 만날 때마다 강조한다.

"그래, 이 밤에 웬일이냐? 예의 바른 네가 결례를 무릅쓰고 침입해 온 것을 보면 아주 중요한 일인가 본데. 벌써 영정 초상화 부탁하려고 오지는 않았을 것이고."

탁!

추산이 품에서 양피지를 꺼냈다.

뭐냐는 듯 추산을 한번 본 독고대가 집어 펼쳤다.

화악!

독고대의 눈이 커졌다.

"이 그림에 대해서 설명 좀 부탁할게요, 천하제일화선님."

한참 굳은 표정으로 양피지를 보던 독고대가 웃음을 터뜨렸다.

"껄껄껄!"

"왜 웃으십니까?"

"어떤 놈인지 이것도 그림이라고. 발로 그려도 이보다는 낫겠다."

"무슨 그림입니까? 제가 아는 분이 그러는데 아주 오래전 무서운 무공으로 천하에 이름을 떨친 분이라고 했거든요. 그런데 그림이 무슨 의미인지 이해가 되지 않아요."

"너무 불쌍하도다."

추산은 독고대의 말뜻을 알아차리지 못했다.

독고대가 하품을 하며 말했다.

"자화상이라고 들어봤느냐?"

"그럼요."

"이놈이 이놈을 그린 것이니라."

추산의 눈이 커졌다.

"그, 그러니까 이 그림 속의 인물이 자신을 그린 거란 말입니까?"

"그렇지."

추산은 멍한 표정으로 독고대를 보았다.

독고대가 쌍심지를 켰다.

"뭘 그렇게 보느냐. 네 말처럼 제 놈 모습을 그리려고 했는데 워낙 솜씨가 없다 보니 이렇게 똥 싸는 자세로 그려 버린 것이라니까."

추산은 여전히 이해를 못한 얼굴이었다.

독고대가 양피지를 바로 놓고 말했다.

"어렵게 생각할 것 없느니라. 네 자세를 네가 지금 그린다고 생각해 보거라. 아니, 그럴 것 없고."

구석에서 붓과 종이를 가져와 펼쳤다.

"자, 네가 직접 널 그려보아라. 그냥 편히 서 있는 모습을 그려봐."

추산의 눈이 빛을 뿌렸다.

양피지 인물은 다른 자세가 아니라 자신의 서 있는 모습을 그렸다는 말이다.

척!

아무튼 추산은 종이와 붓들 들고 섰다.

잠시 자신의 자세를 훑어보고 왼손에 들린 종이에 그림을 그리기 시작했다.

스스슥!

추산은 진중했다.

조심스럽게 자신을 바라보며 그리기 시작했다. 물론 얼굴은 그릴 수 없기 때문에 목 부분까지만 그렸다.

한참 그리던 추산의 눈이 커졌다.

"왜 그러느냐?"

독고대는 뭔가 아는 듯 웃음을 지그시 물며 물었다.

분명 자신의 서 있는 자세를 그렸는데 전혀 엉뚱한 형태다. 서 있는 자신을 앞뒤로 살피며 그렸는데 양피지 그림과 흡사한 엉거주춤한 모습이다.

"위에서 자신을 내려다보며 그리기 때문에 이런 현상이 생기느니라. 더구나 엉덩이를 그리기 위해 뒤를 돌아보면 이렇게 엉거주춤한 자세가 되느니라. 본의 아니게 그림에 재능이 없는 놈들은 이렇게 똥 싸는 자세로 그린다."

추산은 다시 한 장의 종이를 가져다 그려보았다.

그러나 두 번째 또한 처음 것과 큰 차이가 없었다.

"틀림없습니까? 정말로 서 있는 모습을 그리려 했습니까?"

독고대(獨孤大), 저잣거리 한쪽에서 초상화를 그려주며 살아간다. 스스로 천하제일화선이라고 자부하는데 술이 한잔 들어가면 그의 그림은 더욱 화려해지고 깊어진다. 워낙 술을 좋아해서 그렇지 낙양에서 그의 그림 능력을 의심하는 사람은 한 명도 없었다.

스스스!

독고대는 자리에서 일어나 자신의 서 있는 모습을 그리기 시작했다.

독고대의 붓은 망설이거나 조금도 둔탁하게 흐르지 않았다. 물이 흐르듯 흰 종이 위에 먹물을 묻혀가며 불과 이십여 호흡도 되지 않아 서 있는 자신의 모습을 그려냈다.

"봐라"

추산은 놀랐다. 종이에는 독고대가 아주 편히 서 있었다.

이번에는 다른 종이 한 장을 들고서 또다시 그림을 그리기 시작했다. 그런데 이번 인물은 양피지 속의 북두왕이었다. 다만 차이라면 양피지와 달리 아주 편하게 서 있다는 것이다.

―편하다!

양피지의 그림은 보는 사람으로 하여금 답답한 느낌을 주었는데 독고대가 그린 그림은 너무나 수월했다.

"이자가 그리고자 한 모습은 이것이니라. 다만 워낙 그림에는 괴발개발이라 이렇게 그려진 것일 뿐."

놀라운 일이었다. 단순히 그림을 보고 있을 뿐인데 마음까지 평온해졌다.

─유유자적.

근심이라고는 찾아볼 수 없는 평안함과 부드러움이 온몸을 타고 흐른다. 누렇게 잘 익어가는 풍작 가득한 논을 바라보며 서 있는 한가한 농부일까.
"뭘 그렇게 쳐다보느냐? 날 못 믿겠단 말이냐?"
추산이 바라보자 독고대가 인상을 썼다.
"나, 천하제일화선이야."
"압니다. 믿습니다."
추산이 삭삭 빌듯 머리를 조아리자 그제야 굳어진 독고대의 표정이 펴졌다.

집으로 돌아온 추산은 독고대가 새로 그려준 그림 속의 자세를 취했다.
팟!
추산의 두 눈에서 섬광이 피어났다.
그러더니 연속 주먹을 뻗어보았다.
쉭쉭!
자세가 편해서인지 주먹이 훨씬 날렵하고 가볍다.
팟!

추산의 눈이 빛났다.

―혹시 그것 아닐까. 천주부동(天柱不動)!

천주부동이 뭔지 모른다.
그러나 귀가 아프게 들었던 강호 얘기 중 하나이다. 세상에서 가장 편한 자세란다.
기수식인데 적에게 맞아도 잘 넘어지지 않으며 적의 공격을 방어하기 쉽다. 한마디로 공수 전환을 빨리 가져갈 수 있는 가장 완벽한 자세로 무공이 높아질수록 천주부동에 접근한다고 했다. 천주부동은 신체의 조건에 따라 약간의 차이를 보이지만 거의가 한 가지 특징을 꼭 보인다.
그것은 편함이었다.

―서 있기만 해도 함부로 덤비지 못한다.

아버지 또한 자세에 대해 무척 민감하셨다.
제대로 선다는 아버지의 말씀이 천주부동을 의미하고 있는 것 아닐까.
세상에서 가장 완벽한 자세로써 하늘을 떠받칠 수 있다 하여 불린다는 천주부동.

어느 날 맹패광에게 부하 한 명이 물었다.

“형님의 주먹은 왜 그렇게 빠릅니까?”

맹패광은 빙긋 웃었다. 낙양 일대에서 활동하는 하오문의 무사들은 물론 개방의 일결조차도 맹패광의 주먹에는 쉽게 무너졌다. 그렇다고 맹패광의 주먹이 육중하다거나 파괴적이지는 않았다.

다른 사람보다 빨랐을 뿐이다.

한 대를 맞고 두 대를 때릴 만큼 그의 주먹은 놀라운 빠름을 갖고 있었다.

“편하니까.”

“편하다뇨? 뭐가요?”

“자세가 편하면 주먹은 빠르게 되어 있다.”

틀림없었다. 북두왕은 가장 편한 자세. 천주부동의 모습을 그리려 했다.

그러나 독고대의 말마따나 워낙 그림 솜씨가 없다 보니 고개를 숙여가며 자세를 그렸고, 서툰 솜씨는 엉뚱한 자신을 만들어내고 만 것이다.

슈슈슉!

추산의 주먹이 어둠을 갈랐다.

상당한 시간이 지났는데도 힘이 들지 않는다. 신이 나고 뻗어나가는 주먹에 힘이 실린다.

씨익!

스스로 생각해도 이상한 일이었다.

반 각 가까이 마당을 돌아다니며 부지런히 주먹을 뻗었는데 호흡이 전혀 거칠지 않다.

이따금 경쟁자를 떠올리며 주먹 연습을 할 때가 있었다. 그땐 무척 힘이 들었고 금세 땀으로 온몸이 젖었는데 지금은 전혀 아니었다.

추산은 잠시 주먹을 거두고 다시 생각에 잠겼다. 정말로 맹패광의 말처럼 자세가 좋아서, 그림 속의 북두왕이 취하는 자세가 천주부동이고 자신이 흡사할 만큼 흉내를 내고 있기 때문에 힘들지 않고 즐거운 것일까.

추산은 다시 자세를 잡고 주먹을 뻗기 시작했다. 이번에는 북두칠성 모양으로 주먹을 휘둘러보았다. 양피지에 그려져 있기 때문에 흉내를 낸 것이다.

갸웃!

연거푸 대여섯 차례 북두칠성 형태로 주먹을 뻗어보았는데도 여전히 편하다.

그런데 찌푸려진 이마는 무엇을 뜻하는가.

대저 비급이란 단순히 무공만 기록된 것이 아니었다. 기연을 얻은 사람들 얘기를 들어보면 비급 안에 예상 못한 신묘한 장치가 되어 있다는 한결같은 얘기.

쉭!

쉬이이익!

이번에는 좀 더 오랫동안 쉬지 않고 뻗었다.

―이상하다!

　자세가 편하고, 그래서 주먹 뻗는 데 힘이 그다지 들지 않는
것으로 비급의 모든 내용이 끝나서는 안 된다. 북두왕 같은 거
물이 남겼다면 뭔가 또 숨겨 있을 것이라는 생각이었다.
　휘두르고 또 휘둘러도 소위 짠하고 뭔가 나타나리라 기대하
지 않았다고 하면 새빨간 거짓말이다.
　단순한 주먹질로는 성에 차지 않는다.
　어느새 조각달은 서편으로 완전히 기울어졌고, 어둠은 정점
에 이르렀다. 얼마 지나지 않으면 새벽이 몰려올 것이다. 무려
두 시진 가까이 주먹을 휘두른 건 뭔가 나타나길 기대한 것이
다.

―젠장!

　추산은 옷을 활딱 벗고 찬물로 땀을 씻어냈다.
　모든 건 절차가 있고 때가 있다.
　한 번에 모든 것을 얻을 수 없다. 뭔가 들어 있겠지만 아직
때가 아니기 때문에 나타나지 않은 것이라는 억지 안위를 하
자 자신도 모르게 웃음이 나왔다.
　"푸훗!"
　어쨌든 나아진 주먹은 기분을 즐겁게 했다.

아직 해가 남았는데도 피광이 수레를 걷자 곁에서 금서비액을 팔던 고씨가 말을 건넸다.

금서비액은 쥐약이다.

"왜, 아직 해가 창창한데?"

"오늘 일이 좀 있어서요."

"으음! 집안일이야?"

"예!"

"그래, 일찍 들어가 봐. 자네가 일찍 들어가는 바람에 내가 좀 심심하겠지만."

피광은 항상 수레를 맡겨놓는 화산객점으로 향했다.

"형님, 오늘은 왜 이렇게 일찍 접습니까?"

꼬마 점소이가 묻는다.

"일이 좀 있거든. 부탁 좀 하자."

"염려 마십시오. 다른 건 몰라도 형님 수레는 제가 꼭 지키니까."

점소이는 수레를 받아 객점 뒤에 있는 광으로 끌고 들어갔다.

추산에게 가장 신임을 받는다는 소문이 퍼지면서 피광에 대한 상인들과 점소이들의 태도는 예전과 판이했다. 앞다투어 인사를 했고, 그가 한마디 하면 나이가 많아도 무조건 허리를 구부렸다.

점소이에게 수레를 맡긴 피광은 곧바로 추산의 집을 향해 발걸음을 옮겼다.

멈칫!

골목을 지나 추산의 집 대문을 들어서려던 피광은 자신도 모르게 걸음을 세웠다.

'뭐하는 거지?

열린 대문 틈으로 보이는 추산의 모습.

추산은 주먹을 뻗고 있었다. 예전부터 추산은 누구와 대결을 벌이면 항상 맨주먹을 선호했다. 물론 호신용으로 칼 한 자루를 품고 다니긴 했지만 가급적 주먹으로 해결을 한다.

져도 주먹으로 지고 이겨도 주먹으로 이긴다.

그래서 추산의 주먹질에 대해 조금 알고 있기에 피광의 눈은 커졌다.

—어… 어어!

추산의 뻗어나가는 주먹이 너무나 가벼웠다.

상대를 친다는 것보다는 툭툭 건드리는 듯 가볍고 빠르게 뻗어나가는 주먹.

꿀꺽!

며칠 못 본 사이에 추산이 너무나 달라졌다.

—가만!

피광의 눈이 좁혀졌다.

주먹에 집중하다 우연히 피어나는 먼지에 시선이 아래로 향
했다.

'저… 저저!'

추산의 다리가 움직이고 있었다.

그런데 모양이 괴이하다.

―부, 북두칠성!

추산의 두 발이 북두칠성 모양으로 움직이고 있었다.

"꿀꺽!"

처음 보는 괴이한 발놀림에 피광은 마른침을 삼켰다.

"후후!"

추산이 길게 숨을 내쉬며 주먹을 거두어들였다. 하지만 뭔
가 마음에 들지 않은 듯 이마를 찡그리며 입을 열었다.

"언제까지 숨어 볼 거냐?"

피광은 깜짝 놀라 어색한 표정을 지으며 들어섰다.

"미, 미안해. 일부러 그런 건 아니고."

슥!

추산은 다시 자세를 잡았다.

십일(十一) 자의 족형(足形)에서 오른발이 조금 뒤로 처져 있
다. 발 앞부리는 약간 벌어졌고 무릎은 굽힌 듯 편 듯하며 상
체는 수그리는 듯 약간 웅크렸다.

그리고 양 주먹을 턱 밑에 붙인 모습.

그다지 큰 덩치는 아닌데 그렇게 자세를 갖추자 틈이 없고 더욱 작아 보인다.

상대라면 때릴 곳이 없을 성싶다. 또한 한 덩어리 바위 같기도 하고.

볼수록 달라진 추산의 모습에 피광은 두 눈을 활활 태웠다.

슉!

왼 주먹이 날렵하게 뻗는다.

슉— 슈슈슉!

연거푸 추산의 왼 주먹이 바람 소리를 내며 허공을 가르고 오른 주먹은 요지부동 턱밑을 굳게 지키고 있었다.

왼 주먹은 부챗살처럼 각도를 벌리며 허공을 장악해 갔다.

—멋있다!

피광의 눈이 흥미롭게 타올랐다.

빠를 뿐만 아니라 수평으로 부채처럼 쫙 퍼지는 주먹이 너무나 근사했다. 특히 가운데 턱과 오른쪽 어깨 사이에 박힌 듯 붙어 있는 주먹은 왠지 섬뜩했다.

금방이라도 폭발할 것 같은 기세.

"처음 보는 건데?"

추산이 자세를 풀자 기다렸다는 피광이 물었다.

"어디서 난 거야?"

저잣거리에 삶의 터전을 잡은 사람들에도 무인들 못지않게

힘의 중요성을 느낀다. 걸핏하면 찾아와 행패를 부리고 은자를 뜯어가는 자들이 한둘인가.

터줏대감들은 오히려 공생관계이기 때문에 나은 편이었다.

불쑥 나타나 한 푼 뜯고 사라지는 뜨내기들의 행패에 진저리가 나고 그때마다 한주먹 배웠더라면 하는 아쉬움과 염원을 갖는다.

"뭐냐니까?"

숨을 가다듬느라 대답이 늦자 피광이 다그치듯 물었다.

"나도 몰라. 네가 보기에는 어떠냐? 괜찮아 보여?"

엊그제의 추산의 주먹과 비교하면 하늘과 땅 차이였다. 옛날 주먹이 무질서했다면 지금 보았던 것은 절제되었고, 격을 갖추고 있었으며, 어떤 틀을 유지하고 있었다.

바위는 바람이 불어도 바위다.

절대 움직이지 않는다. 지금 추산의 자세가 그러했다. 상대가 어떤 공격을 해도 흐트러지지 않을 자세였다. 약자일수록 강자를 만나면 자신의 것을 잃어버린다는 것이 무인들의 지론.

위기가 닥쳐도 흔들리지 않고 자신의 것을 지키는 것이 고수들의 진면목이라는 애기쯤은 귀가 아프도록 들었기에 추산의 주먹에 더욱 놀라움을 금치 못했다.

피광은 슬며시 추산을 따라 자세를 잡아보았다.

"어라랏!"

안 된다.

몇 번에 걸쳐 시늉을 내보지만 보기와는 영 딴판으로 엉망
진창이었다.
"들어와 봐!"
멈칫!
피광은 자신도 모르게 뒤로 한 걸음 물러났다.
추산은 웃으며 말했다.
"때리지 않을 테니까 들어와 보라니까."
피광은 이마를 찡그렸다.
이따금 혼자 주먹 연습을 하다 잘 안 되면 찾아오는 형들이
있었다.
다짜고짜 자신을 적이라고 생각하고 들어와 보라는 요구를
한다. 그야말로 미칠 노릇이었다. 무서운 형님들 말을 거역할
수도 없고 그렇다고 들어갔다가는 얻어터지기 십상이었다. 그
것도 맨주먹이면 괜찮은데 시퍼런 칼이나 검을 들고 서 있는
원수라고 생각하고 힘껏 들어오라며 소리치면 죽을 맛이었다.
"뭐해? 안 친다니까!"
추산은 팔소매로 땀을 닦으며 말했다.
피광의 눈이 가늘어졌다.
친구지만 대장으로 불리는 추산.
그의 맘씨가 좋다는 건 자신도 알고 저잣거리가 안다. 얼마
나 많은 도움을 받고 있는가.
피광은 주먹을 쥐었다.
그러나 섣불리 들어가지 않고 탐색만 할 뿐이었다. 주위를

슬슬 돌며 금방이라도 공격할 듯 왼손을 건들건들했지만 솔직
히 파고들 마음은 추호도 없었다.
　추산이 버럭 소릴 질렀다.
　"들어오라니까!"
　"내 맘이야."
　들어가고 안 가고는 자기 맘이다.
　한마디로 무슨 허점이 보여야 들어갈 것 아닌가.

　―왜 이렇게 작아. 씨이!

　잔뜩 웅크린 추산의 자세가 오늘따라 단단한 바위처럼 보였
다.
　부피가 작다는 건 공격할 수 있는 권역이 좁다는 뜻으로 피
광에게는 아주 불리했다.
　슉!
　기다리다 못한 듯 추산이 먼저 주먹을 뻗어왔다.
　슥!
　피광은 잽싸게 고개를 틀었다.
　"으헉!"
　피한 곳에 추산의 주먹이 와 있었다. 추산의 정권이 코에 닿
을까 말까 한다.
　"다, 다시 하자!"
　절대 믿을 수가 없었다.

아무리 그래도 한 방에 갈 수는 없었다. 추산의 주먹을 인정하지만 또래에서는 내심 이인자라고 자부하는데 한 방을 피하지 못한다는 건 치욕이었다.

슉!

추산의 주먹이 온다.

잔뜩 벼르고 있었기 때문에 피광이 번개처럼 피했다.

뚝!

그러나 또다시 코가 간지럽다. 추산의 정권이 코끝에 살짝 닿아 있었다.

"꿀꺽!"

피광은 마른침을 삼켰는데 표정은 납덩이가 되었다.

"하, 한 번만 더 해보자."

이인자가 일인자의 일 권도 피하지 못한다는 건 무조건 심각한 사태이다.

추산은 고개를 끄덕였다.

은근히 기뻐하는 얼굴이었다.

스윽!

피광은 잔뜩 기세를 갖추고 단호히 말했다.

"들어… 왓!"

어금니를 깨물면서 말이 떨어지기가 무섭게 피했다.

주먹을 보지 않고 피한 이유는 도박이었다. 일단 한 번은 피해야 체면이 설 것이고 그러자면 도박을 해야 했다.

왼쪽 아니면 오른쪽이므로 오 할 승률.

멈칫!

오른쪽으로 피했는데 주먹은 다시 코에 닿아 있었다.

날아오는 주먹을 보지 않고 미리 피했는데도 안 된다. 피광
은 재수가 없다고 여겼다. 주먹의 빠름이 아니라 우연이 둘이
피하고 때리려는 위치가 맞아떨어진 탓이라고.

그래서 또다시 요청했지만 여전히 결과는 같았다.

타악!

추산은 얼어붙은 피광의 등을 토닥이고 바가지로 물을 퍼
마셨다.

지난 며칠 추산은 양피지와 씨름을 했다. 북두왕의 그림과
북두칠성 형태를 띤 주먹, 무아(無我)라는 글씨는 어떤 연관성
을 갖는가.

가끔씩 하후청이 가져다주는 책을 읽기도 했다. 그다지 독
서량이 많다고 할 수 없었지만 한 번 보면 모든 걸 기억해 버리
는 두뇌에 아버지는 흐뭇해하셨다.

부잣집에서 태어났으면 세상 한번 흔들 머리라고 언젠가 머
리를 쓰다듬으며 취중에 했던 말.

그렇다고 해서 자신이 똑똑하다는 생각은 한 번도 하지 않
았다. 단지 아주 간단히 해결할 수 있는 문제를 어렵게 가져가
는 주위 사람들 모습에 왕왕 고개를 갸웃거릴 뿐이었다.

추산은 낮에는 혹시나 하여 주로 밤에 양피지 분석에 몰입
했다. 토방에 양피지를 펼쳐 놓고 달빛을 이용해 연구에 들어

갔지만 끝내 기대하던 어떤 찬란한 기연이나 놀라운 징후는
나타나지 않았다.

뒤따르는 실망감.

그러다 보니 머리도 아프고 수련도 하기 싫어졌다.

그러던 어느 날 그날도 밤늦게까지 주먹을 휘둘렀지만 신통
한 소득을 얻지 못하고 굳은 얼굴로 방으로 들어섰다.

몸을 씻어 알몸으로 들어선 추산은 이불이 있는 구석까지
아무 생각 없이 북두칠성 모양의 걸음을 띠며 다가갔다. 매끄
러운 방바닥을 미끄러지듯 하면서 여인을 끌어안고 춤을 추
듯.

뚝!

한순간 추산은 그 자리에 얼어붙었다.

다시 뒤로 물러나와 북두칠성 형태로 발걸음을 옮겨보았다.

—이것이다!

쇠망치로 뒤통수를 한 대 맞은 것 같은 충격.

일곱 개의 주먹은 일곱 개의 보법까지 뜻하고 있었다.

보중권흔(步中痕拳), 발이 가는 곳에 공격[拳, 掌, 兵]이 있다
는 강호의 말.

가까이는 아버지의 칼이 그러했다. 한밤중에 아버지는 칼
연습을 했는데 문틈으로 보면 칼이 가는 곳에 발이 있었다. 아
니, 발이 있는 곳에 칼이 따라가고 있었다.

발과 칼은 같이 움직였다.

일곱 개의 주먹은 일곱 개의 보법이기도 했다. 즉 북두칠성 모양으로 발을 옮기며 주먹을 뻗으면 되는 것이다. 그것이 보 중권혼 아닌가.

―북두칠성은 포획의 별[拏星]이니라.

하후천이 가르쳐 준 말이다.

최고의 사냥꾼들은 사냥감을 북두칠성 모양으로 쫓는다.

짐승이든 사람이든 완벽한 북두칠성 모양으로 추적을 하면 절대 빠져나가지 못한다는 것이다.

완벽한 그물, 주먹을 말아 쥘 때도 자세히 보면 북두칠성 모 양이 아니던가. 그래서 말아 쥐는 별이라고도 하는데, 짐승을 쫓을 때 구석으로 몰아간다는 뜻이다.

―북두칠성은 하늘에 있는 뭇 별들을 가두는 제성(帝星)으 로, 어떤 상대일지라도 북두칠권이 완성되면 빠져나가지 못하 고, 또한 칠 권 안에 죽음을 맞는다.

오늘 아침 동이 트기도 전에 하후천이 찾아왔다. 하후천의 손에는 한 권의 낡은 서책이 들려 있었다. 그가 가져온 것은 북두왕에 대한 자료였다. 하후천은 북두왕에 대한 좀 더 자세 한 정보를 얻기 위해 황궁에 사람을 보냈고, 마침내 북두왕에 대한 기록을 얻어온 것이다.

거한의 그림은 북두칠권을 펼치는 기수식, 즉 천하제일화선 독고대의 말이 맞았다.

북두칠성 형태의 보법을 먼저 내기(內氣)로 새겼고, 그 뒤에 주먹을 새겼다. 그러다 보니 유대에는 주먹만 나타난 것이었다. 겹치다 보니 먼저 그려진 발그림자는 보이지 않은 것이다.

—북두칠보(北斗七步).
—북두칠권(北斗七拳).

그리고 무아(無我)는 북두칠권을 완성하면 적이 없다는 하후천의 해석이 맞았다.

하후천이 가져온 자료에서 중요한 사실 또 한 가지를 발견했다.

북두칠권의 일곱 개 식에는 각기 이름이 있다는 것이었다.

유대를 동원해도 그림만 나타났을 뿐 글씨는 없었다. 그런데 자료에 적힌 대로 북두칠성 형태, 즉 북두칠보를 내디디며 주먹을 뻗자 글씨가 나타나지 뭔가.

이건 또 무슨 현상인가.

자신의 궁금증을 들여다보기라도 하듯 하후천이 말했다.

—득유중시(得有中示), 깨우치면 보이느니라.

무슨 말인지 모른다.

멍청한 표정을 짓는 추산을 보며 하후천의 설명이 이어졌다.

역시 황궁에서의 경험이었다.

황궁에서 한 권의 비급 때문에 발칵 뒤집힌 일이 있었다. 황궁무고에는 역대 황실에서 정리되고 탄생한 고수들이 남긴 수많은 비급이 가득했는데, 어느 날 구문제독 이철진이 한 권의 책을 갖고 찾아왔다.

이철진은 황제의 오른팔이자 무광(武狂)이었다. 그가 가져온 책에는 아무런 글씨도 없었다. 이철진의 말인즉, 어떻게 아무런 글씨도 없는 책이 무고에 꽂혀 있을 수가 있느냐는 것이다. 무서가 아니면 절대 보관될 수 없는 곳이 황궁무고이다.

ㅡ무자무서(無字武書).

정확한 기원은 모른다. 단지 하후천이 말하길, 무공에는 두 가지가 있단다. 비급에 적힌 글씨를 읽고 깨우치는 것과 깨우쳐야 나타나는 것.

무공이 높은 인물일수록 자신의 무공이 사파의 인물들에게 넘어갈 것을 우려해 여러 함정과 쉽지 않은 열쇠 장치를 해놓기도 하고, 일부러 자신의 능력을 과시하기 위해 고생을 시키는 인물들도 있단다.

어쨌든 기본적인 동작이나 오의를 깨우쳐야 나타나는 것을 해단감(解丹感)이라고 한다. 기서를 남기는 인물이 자신의 내공으로 글씨를 가려 버린다. 상대가 이치를 깨달았을 때 비로소 내기에 의해 숨겨진 글씨가 나타나도록 하는 비법, 해단감.

해단감으로 남겨진 북두칠권은 다음과 같았다.

―철권(鐵拳)!

―호권(虎拳)!

―혈권(血拳)!

―인권(印拳)!

―지권(地拳)!

―천권(天拳)!

―무권(無拳)!

궁금한 것은 또 있었다.

북두왕은 힘이 장사였다고 했다. 그래서 북두칠권 또한 힘이 없는 사람이 펼치면 별 볼일 없어지는 것이 아닌가 하는 우려가 들었다.

그런데 그 역시 한낱 기우로 밝혀졌다.

북두왕은 물론 타고난 신력의 소유자이기도 했지만 무인이었다.

내공을 지닌 것이다.

같은 이 갑자의 내공의 소유자라도 타고난 신력이 강하면 다르다. 처음에는 동일해 보이지만 오랜 싸움으로 체력이 소모되면 타고난 신력의 소유자가 우월해진다.

내공과 타고난 힘은 근본적으로 다르기 때문이다. 워낙 거력의 소유자이기 때문에 다소 역사가 북두왕을 과대평가한 면이 없지 않았지만 분명한 건 무인이었다는 것이다.

그런데 그가 사용한 내공 심법 역시 북두칠성에 있었다.

—보심(步心).

내공심법이라고 하면 하늘과 땅의 정기를 몸 안으로 받아들여 힘을 쌓는 비결이다. 물론 저장소는 단전인데, 대개가 결가부좌하거나 이따금 좌도방문에서는 서거나 거꾸로 매달려 심법 운용을 하는 방식도 있었다.

그렇지만 거의가 결가부좌의 법이 대세이다.

걸음을 떼면서 운기조식을 하는 것을 달마는 보심(步心)이라고 했는데, 북두왕이 남긴 내공심법이 바로 북두보심이었다.

북두칠성 형태로 걸음을 옮기며 호흡을 조절한다. 물론 첫 걸음부터 일곱째 걸음 때까지 호흡의 양과 질, 방법 모두 전혀 다르다.

—걷는 운기조식.

뭐니 뭐니 해도 북두보심 최고의 강점은 끊임없이 싸우며 운기조식을 할 수 있는 것이었다. 아니, 체력이 떨어지고 힘들 수록 더욱 열심히 싸워야 내공이 채워진다는 의미가 된다.

또다시 수련에 들어간 추산을 바라보며 피광은 연신 침을 삼켰다. 언젠가 추산과 딱 한 번 붙은 적이 있다. 맹패광의 생일 축하연이 벌어졌고, 모두가 거나하게 취했다. 피광은 취기에 추산에게 시비를 걸었다. 사실 추산의 주먹을 한 번도 구경해 본 적이 없었다.

물론 도움을 받았기에 대장으로 받아들였지만 주먹이 어느 정도인지 궁금했다.

칠 합 정도 주고받다가 자신은 뻗어버렸다.

나중에 많이 봐주었다는 것을 알아차렸고, 그때부터 추산이 왜 어리면서도 맹패광의 패거리에게 인정을 받는지 이해했다.

그런데 지금 본 추산의 주먹은 마구잡이가 아니었다. 뭔지는 몰라도 달라진 건 틀림없었다.

"누가 가르쳐 주고 갔는데?"

추산이 창안했을 리는 없다.

"소림?"

주먹하면 소림의 백보신권 아닌가.

추산은 콧등으로 대답했다.

"누가 쓸 만한 무공 한 수 있는데 배워보겠느냐면서 대충 휘젓고 가더라고."

"누구냐니까?"

앞뒤 사태의 전말을 말하려다 추산은 입을 다물었다.

피광을 믿지 못해서가 아니었다.

그냥 혼자 간직하기로 했다.

—사람 입은 싸서 열리는 게 아니라 자신도 모르게 열리기에 화근 덩어리라고 하느니라.

하후천이었다.

아무리 친한 친구 사이일지라도 모든 것을 드러내 놓는 것은 결코 바람직하지 않다. 진정한 친구란 서로가 적당한 감춰 가며 살아갈 때 더욱 가깝고 빛난다.

숨기는 것과 우의를 위해 감추는 것은 큰 차이가 있다.

"그나저나 웬일이야?"

흘긋!

하늘을 본다.

아직 한창 장사를 해야 할 시간인데 집으로 찾아왔기 때문이다.

잠시 추산을 이모저모 뜯어보듯 살피던 피광이 헛기침을 하더니 입을 열었다.

"사, 사실은……."

피광이 찾아온 목적을 말하려는데 갑자기 꽝 소리가 나면서 대문이 떨어져 나갔다.

며칠 전 힘들게 고쳐 놓은 대문은 또다시 박살이 났고, 세 명의 거지가 들어섰다.

개방의 낙양분타주 구타개가 두 명의 수하를 데리고 들어섰다.

"타주님 아니십니까?"

피광은 아는 체를 했다.

구타개는 피광의 인사도 받지 않고 곧장 추산에게로 다가왔다.

"데리고 가자."

두 거지가 추산의 좌우로 다가섰다.

추산은 이마를 찡그렸다.

"또 뭡니까?"

"가보면 알아. 어서 가자."

두 거지는 추산의 좌우 팔을 단단히 붙들고 데려갔다.

"거기 서."

피광이 앞을 가로막았다.

두 눈을 부릅떴다.

"개방에서 왜 추산을 데리고 간단 말이오? 전번에도 이유 없이 끌고 가 반 죽여놓더니."

"비켜라!"

구타개가 버럭 소릴 질렀다.

피광은 물러나지 않았다.

"도대체 개방과 내 친구가 무슨 원한이 있다고 걸핏하면 이렇게 찾아와 끌고 가냐니까요!"

빠악!

구타개의 오른손이 번쩍하는 것 같더니 어느새 피광은 땅바닥을 나뒹굴었다.

"그냥 콱!"

나동그라진 채 신음하는 피광을 보며 구타개가 타구봉을 반쯤 들어 올렸다 내리며 걸어갔다.

"이래도 되는 겁니까? 아무런 이유 없이 내 친구를 끌고 가다니! 그러고도 당신들이 정파라고 할 수 있소이까?"

피광이 주저앉아 고개고래 소릴 질렀다.

구타개가 돌아섰다.

"정파?"

구타개가 다가오더니 마구 타구봉을 휘둘렀다.

퍼어억!

퍼퍼퍽!

"그래, 나 정파다. 어쩔래? 정파는 사람도 못 때리고, 못 데려가느냐?"

퍼퍼퍽!

구타개는 쓰러진 피광을 마구 짓밟았다.

"더러우면 신고해! 당장 무림맹에 진정하라고, 개자식아!"

몇 번 더 밟더니 사라졌다.

코피를 흘린 피광이 몸을 일으켜 세웠다.

스윽!

손등으로 코피를 훔치며 피광은 중얼거렸다.

‘두고 보자, 구타개 이 개자식.’

아망개는 벌써 수일째 양피지를 살피고 있었다. 유대까지 동원하여 꼼꼼하게 조사했지만 그림 말고는 어떤 것도 나타나지 않는다. 원래대로라면 북두칠성을 한 모양의 일곱 개 주먹과 글씨가 나타나야 북두왕이 남긴 것임이 증명된다.

꽈당!

문이 열리고 추산이 끌려 들어왔다.

돌연 추산의 입가가 야릇해졌다. 자신의 예상이 적중했기 때문이다. 아망개는 평범한 인물이 아니었다. 아무것도 얻지 못하면 반드시 자신을 다시 끌고 가 족칠 것이라고 예상했는데 맞아떨어진 것이다.

구타개와 두 부하가 사라지고 방 안에는 아망개와 추산만이 남았다.

한참 양피지를 살피던 아망개가 천천히 돌아섰다.

“자주 보는군. 하긴 자주 봐야 정도 들고 그러다 보면 친해지기도 하지.”

가까이 다가오던 아망개가 추산의 오른쪽 어깨에 떨어진 지푸라기를 털어낸다.

“평판이 아주 좋더군. 상당히 의리도 있고?”

추산은 아무 말도 하지 않았다.

아망개는 말을 이었다.

“장부들끼리 말 돌려봐야 입만 아프지. 저것 아니지?”

책상 위에 펼쳐진 양피지를 아망개가 가리켰다.

"괜찮아. 사내답게 툭 터놓고 얘기하자고. 진짜는 어디에 숨겨놨나?"

추산은 정색하며 말했다.

"정말 왜 이러십니까?"

지나치게 억울하다는 표정을 짓거나 큰 소리로 날뛰면 더욱 오해를 받는다.

"이러지 말고 진짜 내놔봐. 위풍찬에게 받은 것."

추산은 조용히 물었다.

"무슨 말씀이십니까?"

빠아악!

강력한 주먹이 날아왔다.

추산은 나가떨어졌다.

"이상하단 말이야. 요즘 녀석들은 꼭 맞고 얘길 한단 말이야. 추산 너, 오늘 여기서 시체로 나갈 수도 있다."

스윽!

아망개는 한쪽에 세워놓은 몽둥이를 거머쥐었다. 미리 준비를 해놓은 것 같았다.

히죽!

가벼운 미소를 짓더니 몽둥이를 들어 올렸다.

"말해, 진짜는 빼돌렸다고."

추산은 아무 말 하지 않았다.

진심을 알아주지 않으니 더 이상 말하고 싶지 않다는 뜻이었다.

휘익!

몽둥이가 떨어졌다.

아망개의 몽둥이질은 무자비했다. 머리고 얼굴이고 가리지 않고 닥치는 대로 두들겼고, 추산은 비명을 흘리며 새우처럼 잔뜩 몸을 웅크렸다. 몸의 면적을 줄여 조금이라도 몽둥이질을 피해보려는 행동이었다.

따악!

딱!

어느샌가 비명도 멈췄다. 오로지 들리는 것이라고는 추산을 때리는 몽둥이 소리뿐이었다.

살이 찢어지고 머리가 깨지고 피를 뒤집어썼다.

추산의 몸은 한 덩어리 고기였다. 이제 갓 잡아놓고 해체를 시작하는 쇠고기처럼 보였다.

"끝까지 한번 해보자는 건가? 그것 좋지."

이 정도 맞으면 누구라도 입을 연다.

그런데 추산은 아무 말도 하지 않았다. 처음 몇 번 흘리던 신음까지 닫아버렸다.

퍼퍼퍽!

또다시 반 각 가까이 때리던 아망개가 빨갛게 변해 버린 몽둥이를 집고서 쭈그리고 앉았다.

"어딨느냐? 진짜."

"부, 부탁이 있습니다."

아망개의 눈이 커졌다.

뭔가 말을 하려는 의도임을 알아챈 것이다.

"그래, 뭐야? 무조건 들어주지."

추산은 입가로 피를 흘리며 말했다.

"저, 저도 사냅니다. 죄 없이 맞고 싶지 않으니 사내답게 깨끗하게 목을 잘라주십시오."

흠칫!

아망개의 눈이 커졌다.

『검명도살』 2권에 계속…

「무림포두」, 「염왕」의 작가 백야!
그가 칠 년 동안 갈고닦아 온 역작 「취불광도」!

강호 일신(一神), 검신 한담(邯鄲),
오직 검 한 자루로 무림을 지배하고 다스리는 인물.
강호를 지배하는 또 하나의 손, 또 하나의 검…….

기이한 파계승의 손에서 자란 나정은 스승과 함께 떠난 무림행에서 이십 년 전의 혈난을
만들어낸 금단의 무공을 만나게 되고……

그에게 잠재되어 있던 거대한 힘이 운명의 안배에 따라 깨어난다!

어린 동자승, 나정이 만들어가는 무림 기행!
또 하나의 전설이 이제 시작된다!

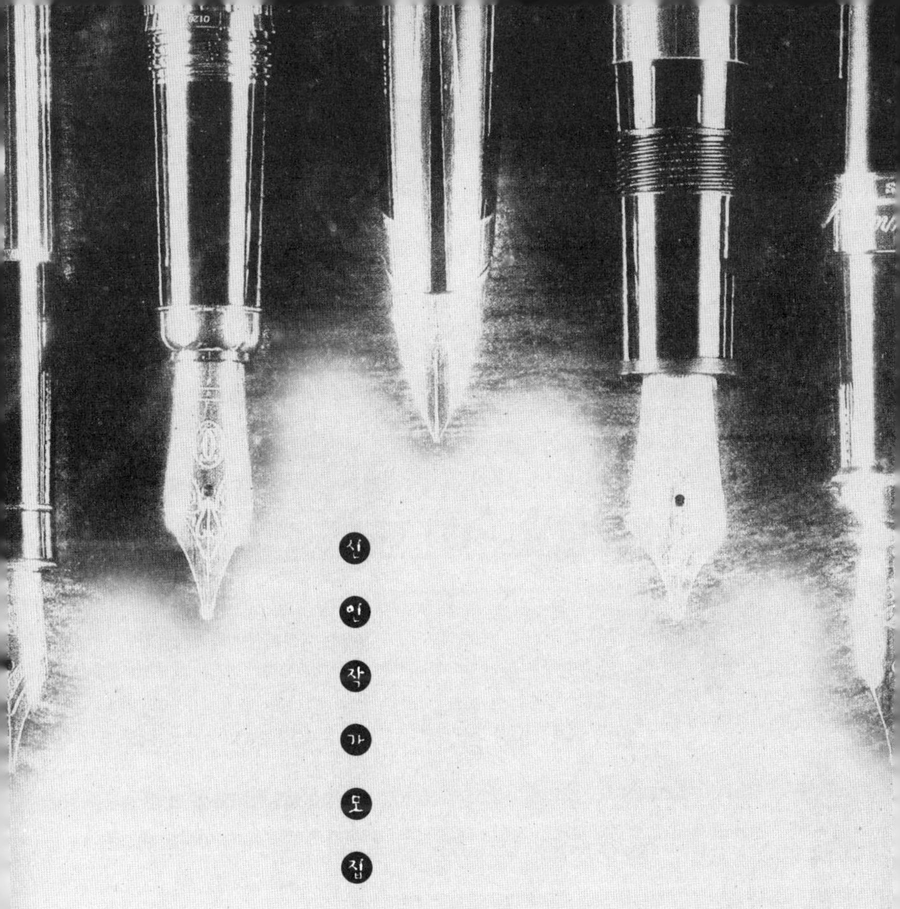

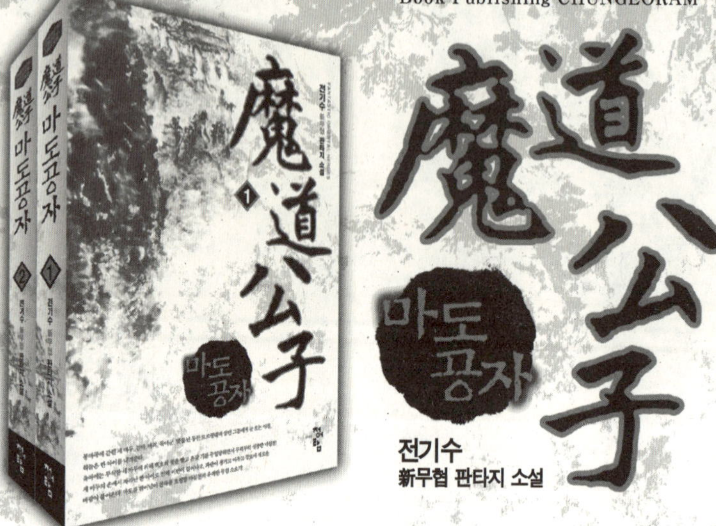

魔道公子
마도공자
전기수 新무협 판타지 소설

김용희 新무협 판타지 소설
天府天下
천부
천하
天府天下
천부천하
천부천하
天府天下

Dragon order of FLAME 폭염의 용제

김재한 판타지 장편 소설

「사이킥 위저드」, 「마검전생」의 작가 김재한!
그가 그려내는 새로운 액션 히어로가 찾아온다!

모든 것을 잃고 복수마저 실패했다.
최후의 일격마저 막강한 레드 드래곤 앞에서 무너지고,
죽음을 앞에 둔 그에게 찾아온 또 하나의 기회!

"네 운명에 도박을 걸겠다."

과거에서 다시 눈을 뜬 순간,
머릿속에 레드 드래곤의 영혼이 스며들었을 때,
붉은 화염을 지배하는 용제가 깨어난다!

강철보다 단단한 강체력을 몸에 두른
모든 용족을 다스리는 자, 루그 아스탈!

세상은 그를 '폭염의 용제' 라 부른다!